聽彈琴

거문고 타는 소리를 듣다

맑고 고운 일곱 줄의 저 거문고
차가운 솔울목 고요히 듣는다
옛 가락 스스로 좋아하지만
지금 사람들은 대개 연주하지 않는다

泠泠七絃上
靜聽松風寒
古調雖自愛
今人多不彈

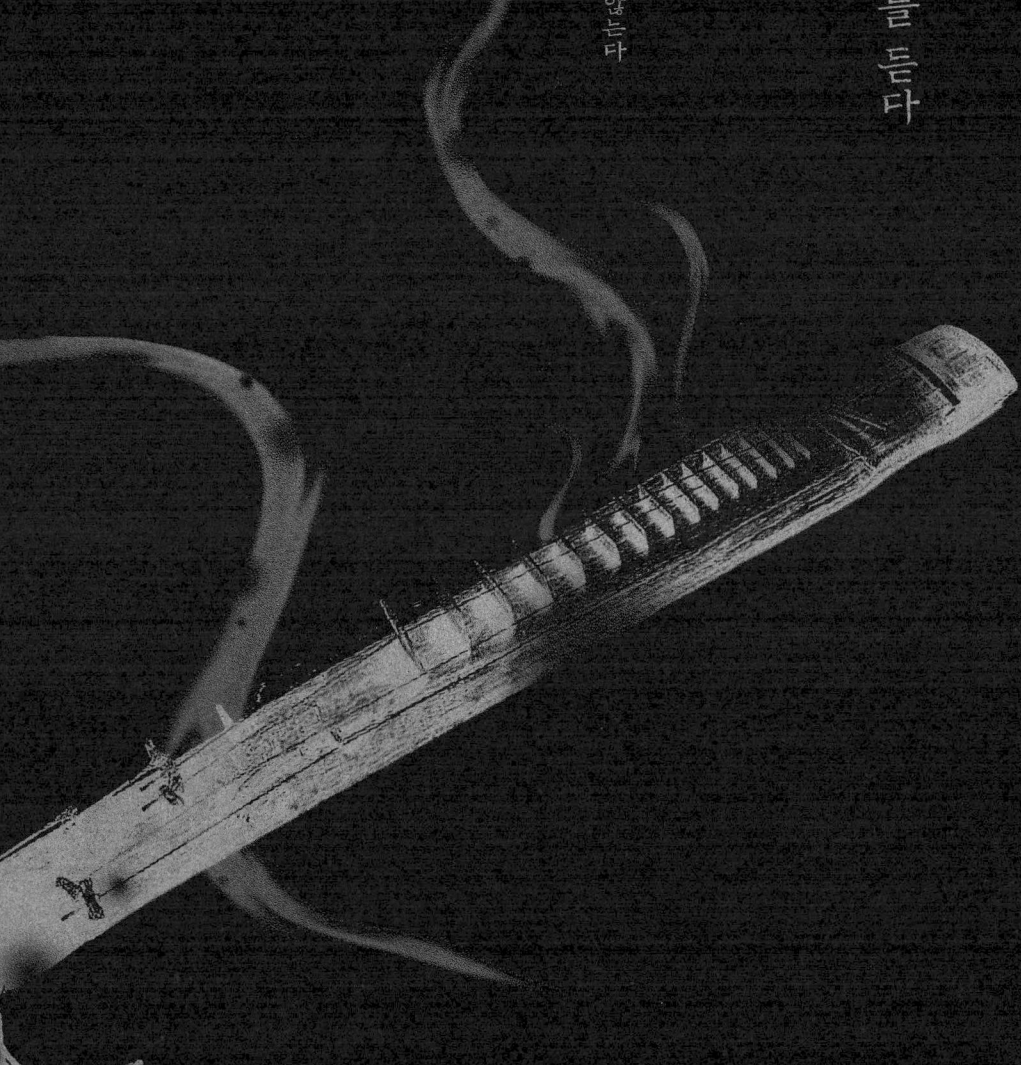

음공의 대가

음공의 대가 4
일성 新무협 판타지 소설

초판 1쇄 찍은 날 § 2005년 2월 21일
초판 1쇄 펴낸 날 § 2005년 3월 2일

지은이 § 일성
펴낸이 § 서경석

편집장 § 문혜영
편집책임 § 서지현
편집 § 장상수 · 유경화
마케팅 § 정필 · 강양원 · 이선구 · 홍현경

펴낸곳 § 도서출판 청어람
등록번호 § 제1081-1-89호
등록일자 § 1999. 5. 31
어람번호 § 제2-0532호

주소 § 경기도 부천시 원미구 심곡1동 350-1 남성B/D 3F (우) 420-011
전화 § 032-656-4452 팩스 § 032-656-4453
http://www.chungeoram.com
E-mail § eoram99@chollian.net

ⓒ 일성, 2004

ISBN 89-5831-435-4 04810
ISBN 89-5831-346-3 (세트)

※ 파본은 본사나 구입하신 서점에서 교환하여 드립니다.
※ 저자와 협의하여 인지를 붙이지 않습니다.

목차

제1장 두고 보자는 놈치고 무서운 놈 없다 _7

제2장 다시 만난 해화 _23

제3장 만월교도 _37

제4장 골치 아픈 일행 _47

제5장 이루지 못할 사랑 _67

제6장 검게 퍼져 가는 만월교의 손 _82

제7장 시간을 때우기 위한 일 _89

제8장 어설픈 구원의 손길 _104

제9장 사랑하는 그녀, 구출 실패의 결과 _111

제10장 그녀는 예뻤다? _125

제11장 흔들리는 귀주의 연합 세력들 _144

제12장 드러나지 않은 만월교의 문제 _154

제13장 피에 굶주린 자들의 최후 _169

제14장 또 다른 계획 _180

제15장 고백 _185

제16장 모양각 최고의 신법대가 진방 _195

제17장 미로 속으로… _203

제18장 초빙 _216

제19장 폭풍 전야 _231

제20장 물고 물리는 기습 작전 _246

제21장 반전 _260

제22장 불어오는 분란의 바람 _276

제23장 아까운 녀석 _283

제24장 모종의 계획 시작 _290

제25장 사랑을 위한 배신? _299

제1장
두고 보자는 놈치고 무서운 놈 없다

　강력한 기운을 숨김없이 풍기는 혈의마인(血衣魔人)은 정화문의 정원에서 미동도 하지 않고 서 있었다. 그의 시선은 큼지막한 고목나무에 고정되어 있었다. 눈빛으로 사물을 뚫을 수 있다면 그가 그랬을지도 몰랐다. 안광에서 뿜어지는 요상한 기운은 강렬하다 못해 살기까지 내비쳤던 것이다.
　잠시 후 그는 눈빛을 풀며 고개를 저었다.
　"한심하군."
　정원에는 아무도 없었지만 그는 자신의 말에 놀라며 주위를 둘러보았다. 그리고는 다시 짜증스러운 표정을 지었다. 대혈천문의 혈루혈천대(血淚血天隊) 대주인 자신이 이런 곳에 파견 나와 사람이나 찾아야 한다는 현실이 한심하게 느껴졌기 때문이다. 이런 일을 하기 위해 무공을 익혔던 것도 아니요, 수십 평생을 무공 하나에 매달려 신화경에 올라선 것도 아니었다.

그런 생각이 자꾸 들자 더욱 화가 치밀어 오르는 그였다. 하지만 어쩔 수 없어 한숨만 지었다. 의형인 당천(唐川) 문주의 서릿발 같은 명이 머리 속을 스쳐 지나갔던 것이다.

"어떠한 일이 있어도 당원영(唐元瑛)을 찾아 내 앞으로 데려와야 한다. 알겠느냐?"

당원영은 혈천문주의 손녀였다. 문제는 그녀가 갑자기 가출(?)을 해 버렸다는 것이다. 그 때문에 혈천문의 사대무력 세력 중 하나인 혈루혈천대가 지금 정화문에 파견을 온 상태였다. 오백 명으로 구성된 절정의 고수가 한낱 계집아이 하나 때문에.

사실 문주의 맘을 이해 못하는 것도 아니었다. 혈천문은 오래전부터 단목문과 모종의 연합을 결성했고, 그로 인해 엄청난 힘을 가지게 되었다. 수적인 우세의 단목문과 극강의 고수들을 대량 보유하고 있는 혈천문이 손을 잡았으니 당연한 일. 하지만 그것은 만월교 때문에 생겨난 일시적인 현상일 뿐이었기에 두 문파에서 생각한 것이 혼인이었다. 당천의 손녀인 당원영과 단목문주의 둘째 아들인 가형(柯逈) 공자를 혼인시키기로 비밀리에 약속했던 것이다. 혈연 관계를 유지해 더욱 돈독한 관계를 원했기 때문이다.

"하지만 왜 혈루혈천대인가 말이다."

아직도 이곳에 온 사실이 내심 불만인 그는 그나마 그 사실을 숨기고 있었기에 다행이라고 생각했다. 그 때문에 정화문이야 든든한 고수들이 파견을 나왔으니 좋아하고 있었고, 도균에서 만월교와 연합을 구성한 문파들은 긴장하는 사태가 발생해 버렸지만 말이다.

이런 저런 생각으로 고심하고 있을 때 갑자기 정원으로 자신과 같은 붉은색 야행복을 입고 있는 사내가 들어와 부복했다.

"도균으로 들어갔다는 정보를 입수했습니다."

거두절미. 그 말만 남긴 사내를 향해 그가 의아한 표정을 지으며 물었다.

"확실한가? 다른 곳으로 방향을 틀 가능성이 농후하지 않은가?"

"그럴 가능성이 많았기에 그에 중점을 두어 수색했습니다만, 확실히 도균으로 간 것이 맞습니다. 아가씨와 비슷한 생김새의 여인을 봤다는 사람들도 몇몇 찾을 수 있었습니다. 아가씨는 우리가 만월교와 연합한 달단방 등의 세력권까지 수색할 수 없을 것이라 생각한 모양입니다."

"흐음, 영악하군. 그 때문에 문제가 심각해질 수 있다는 생각은 왜 못한 건지······."

잠시 생각에 잠겼던 그가 순간 두 눈을 번뜩였다.

"두 눈으로 확인하지 않으면 믿을 수 없는 법. 괜히 적들을 도발할 필요는 없다. 우선 오십여 명만 도균으로 투입해라. 나머지는 모두 그대로 주위 도시를 수색한다."

"알겠습니다."

"꼼꼼히 살펴 위치를 확인한 후 연락을 주면 내가 직접 가겠다."

"존명!"

말과 함께 적의사내는 바람과 같이 사라져 버렸다. 그리고 정원에 여전히 남아 있던 대주는 비릿한 웃음을 흘렸다.
　의형의 손녀이니, 자신에게도 손녀와 진배없다. 그렇기에 평소에도 허물없이 야단을 치곤 했지 않은가.
　"잡히기만 해봐라, 고얀 놈!"

＊　　　＊　　　＊

　가을 하늘은 푸르고, 높고, 깊이가 있다. 그래서 남자의 계절이라고도 한다.
　맞는 말일지도 몰랐다. 일 년 중 술과 웃음을 파는 주루에서 가장 많은 남자들이 몰려드는 시기가 가을이기 때문이다. 뭐가 그리 울적한지… 남정네들은 기녀의 몸을 주무르며 아픈 머리와 시름을 달래려고 애썼다.
　그것은 회화루도 예외일 수는 없다. 그리고 얼마 전 새로 들어온 한 명의 여인을 유독 많은 사내들이 찾았다.
　그 때문에 회화루주는 즐거운 기분일 수밖에 없었다. 처음 그녀를 보았을 때 물건이라고 생각했으니까 말이다. 어디를 내놔보아도 빠지지 않는 아름다운 외모에 열여덟 살이라는 어린 나이. 미소가 어여쁜 그녀가 일을 하고 싶다고 찾아왔을 때 생각하지도 않고 당장 받아들였다. 그 아까운 시간에 그녀를 다른 경쟁 주루에 빼앗길 수도 있다고 생각했기 때문이다. 먹고 재워주기만 하면 그만이라고 하니 완전히 굴러 들어 온 떡이 아닌가!
　하지만 어떤 경우에든 장단점은 있기 마련인가 보다. 그래서 루주도 한편으로는 애가 타 미칠 지경이었다. 이유는 그렇게 인기 많은 그녀가 정작 몸을 팔진 않는다는 것 때문이었다.

음악적 재주가 있어 악기를 연주한다거나, 문학적 소양이 깊어 고풍스러운 손님들의 이야기 상대가 된다거나 하는 등의 특별한 재주가 아무것도 없으니 기녀인만큼 손님이 원할 때 몸을 주는 것이 정상 아닌가?

그런데 그녀는 웃음만 팔 뿐, 절대 손님들의 은근한 추파를 받아들이지 않았다. 그것 때문에 그녀를 보기 위해 상당한 돈을 지불했던 단골 손님들의 불만을 루주는 매일 같이 들어야 했다. 심하게 곤란한 경우도 여러 번 겪어야 할 정도로.

내칠 수는 없고, 그녀의 마음을 돌려놓는 수밖에 없는데 말을 들어먹지 않으니…….

"휴."

나직이 한숨을 쉰 회화루주는 자신의 앞에 서 있는 자신을 령령이라 밝힌 기녀를 바라보며 근심스러운 표정을 내비쳤다. 화를 내고 싶은 마음도 있었지만 다른 기루에 가버리면 그것도 상당히 신경 쓰이기 때문에 최대한 끓어오르는 분노를 누를 수밖에 없었다.

"도대체 어제는 왜 그랬느냐?"

그의 말에 이 얄밉고도 복스러운 령령이 고개를 갸웃거렸다. 흡사 아무것도 모른다는 눈치. 그 때문에 회화루주는 더욱 참을성을 발휘해야 했다.

"발뺌을 할 셈이냐?"

"무슨 소리죠? 제가 뭘 어쨌다고?"

"어제 네가 모신 손님 말이다. 그분이 얼마나 중요한 손님인 줄 알고나 그런 것이냐? 황궁에서도 알아주는 장군님이시다."

"그게 뭐 어쨌다고요?"

순간 회화루주의 표정이 차갑게 식었다.

"감히 그분에게 어떻게 대했기에 돌아가실 때 역정을 내냐는 말이다. 내가 그분께는 각별히 신경 쓰라고 하지 않았느냐?"

"훗, 난 또 뭐라고. 신경 쓰지 마세요."

"신경 쓰지 말라니?"

"그저 그런 사람이었어요. 그런 자가 장군이라면 나라가 망할 거예요. 소심한 데다 나이 들어서 삐치는 꼴이라니… 나중에는 전쟁터에서 적들이 작전에 속아주지 않는다고 삐칠 놈이에요."

그러자 회화루주의 표정이 핼쑥해졌다. 혹시 누가 듣지나 않았는지 방 안을 두리번거린 후 표정을 굳히며 한숨을 쉬었다.

"휴— 내가 너랑 말을 섞어 무엇 하겠느냐!"

"그럼 앞으로 그런 말씀 마세요. 전 여기에서 공짜로 일해주는 거고, 그런 만큼 제가 내킬 때만 몸을 팔 거예요. 모든 게 제 마음이라는 거죠."

상큼한 미소를 짓는 그녀의 말에 체념한 듯 고개를 설레설레 젓는 루주였다.

"뭐, 아무튼 좀 더 손님들에게 사근거리며 대하거라."

"걱정 마세요. 그건 정말 자신있거든요. 사람들 대하는 것이 재미도 있고요."

"그렇다면 다행이고……. 그리고 오늘 예약 손님들이 있다."

"누구죠?"

"이번은 정말 중요한 손님들이야. 바로 달단방이다."

"달단방?"

"그래. 너는 이곳에 온 지 얼마 되지 않아 모르겠지만 그들이 이곳의 실세라고 할 수 있지. 몇 달 전 도균에 있는 대부분의 세력권을 거머쥐었거든. 만월교를 등에 업고 있어 아무도 건드리지 못하는 자들이니 절대 문제를 만들지 말거라."

"달단방 무사들에게 다 그리해야 하는 건 아니잖아요? 정확히 누가 오는 거죠?"

"방주님의 자제 되는 분이시다. 악사로는 미의를 붙여줄 테니 정연과 같이 분위기를 잘 살려야 한다."

"해화 언니는요? 언니가 더 편한데……."

"그 아이는 오늘 쉬기로 했으니 미의와 같이 모셔. 친구 한 분하고 같이 오신다고 했으니 각별히 신경 쓰도록 하고."

"그렇게 하죠. 그런데 따로 불러서 하실 말씀이 그거였어요?"

회화루주가 고개를 끄덕이자 령령은 피식 웃으며 방을 나갔다. 내심 '싱겁긴!' 하는 표정이었다.

그날 저녁 루주의 말대로 달단방주 역원의 자식 중 막내인 역성량(逆聲量)과 그와 동문수학하던 친구인 배양확(裵陽擴)이 찾아와 예약된 방으로 들어섰다.

성대하게 차려진 술상 앞에 그들이 자리를 잡자 배양확이 약간 흥분된 목소리로 탄성을 질렀다.

"정말 대단해!"

"뭐가?"

"여기 말이야. 내 생전 이런 술집은 처음이야."

약간 시골 서생 같은 분위기를 풍기는 친구의 말에 역성량이 미소를 지었다. 사실 역성량은 무공의 성취가 그리 뛰어나지 못했기에 몇 해 전부터 학문에 힘을 쏟고 있었다. 지금 친하게 지내고 있는 배양확도 그렇게 알게 된 사이였다.

"자식! 나만 믿어. 소문에는 얼마 전 여기 회화루에 령령이라는 기가 막히게 아름다운 기녀가 들어왔다고 들었거든. 내가 오늘 너에게 그녀를 품게 해줄 테니까. 운 좋은 줄 알아!"

"하하하, 친구 잘 둔 덕분에 호강하게 생겼구나!"

그들이 이런 저런 이야기를 하며 입가심으로 술잔을 기울이고 있을 때 방문이 열리며 두 명의 여인이 들어섰다. 순간 동시에 탄성이 터져 나왔다. 소문만 들었기에 설마 하는 생각을 가지고 있었지만 확실히 소문이 날 만하다는 생각이 들 정도로 아름다운 기녀가 들어섰기 때문이다. 둘이 넋이 나간 사람마냥 멍하니 령령을 바라보고 있을 때 미의는 미리 마련된 연주석으로 들어가고, 정연과 령령이 인사를 했다.

"안녕하세요. 정연이라고 합니다."

"안녕하세요. 령령이라고 해요."

인사를 마치기 바쁘게 정신을 차린 역성량이 이런 곳에 들어오는 남자 특유의 거드름을 피우며 너털웃음을 흘렸다.

"허허허, 네가 령령이라는 아이냐?"

생긴 외모로 보아 그리 많아 보이지 않는 나이에 하대를 해오는 것이 내심 불쾌한 령령이었지만 어쩔 수 없이 고개를 끄덕였다. 루주에게 들은 말도 있었고, 이곳에 오래 머물고 싶은 만큼 문제를 일으키고 싶지 않았던 것이다. 그리고 며칠 경험해 보지는 못했지만 기녀에게 하대를 해오는 남자들은 널리고 널렸기에 익숙해져 있기도 했다.

그녀의 대답에 역성량이 친구, 배양확의 옆 자리를 가리키며 말했다.

"그럼 너는 저 자리에 앉거라. 오늘 내 친구를 위해 특별히 너를 부른 것이니 잘 모셔야 한다."

배알이 뒤틀리는 기분을 참으며 령령이 대답했다.

"걱정 마세요. 친구 분께서 회화루에 또 오고 싶을 정도로 잘해 드리지요."

"하하하. 그러면 고맙고. 그리고 너는 내 옆에 앉거라."

정연까지 자리를 잡자 본격적인 술판이 벌어지기 시작했다. 간드러진 금은 연주에 따라 몇 병의 술이 금세 비워지자 문득 령령이 호기심이 가득한 눈빛으로 역성량의 옆에 놓여져 있는 검을 가리켰다.

"검법을 배우셨어요?"

그녀의 말에 역성량이 어깨를 으쓱거리며 고개를 끄덕였다. 내심 그녀가 대단하다는 듯한 눈빛으로 물어오자 기분이 좋았기 때문이다. 그는 생각과는 달리 별것 아니라는 듯 검을 집어 들며 말했다.

"어깨 너머로 배우긴 했는데 그리 좋은 솜씨는 아니다."

"하지만 검이 호화로워요. 검만 보면 정말 대단한 고수 같으세요."

"하하하, 그래?"

상대의 반응이 꽤나 좋자 그는 머리를 긁적이며 고개를 저었다. 사실 령령의 말에 담긴 의미를 파악했다면 화를 냈어야 했지만 술기운에,

그리고 자만심에 취해 있었기에 알아채지 못했던 것이다. 그녀의 말뜻이 검집만 좋을 뿐, 너는 빛 좋은 개살구일 뿐이다, 라는 것을 파악하지 못한 그는 오히려 한술 더 떠 자기 자랑을 슬며시 돌려 늘어놓기 시작했다.

"사실 검법을 예전에 열심히 하기는 했지만 지금 실력은 잘 모르지. 나도 시험해 보고 싶지만 그게 그렇게 간단하지가 않아."

"왜죠?"

"그거야 시험 상대가 없으니까. 누가 내게 덤비려고 하겠어? 지금은 아니지만 예전에는 호위들까지 따라다녔으니 당연히 없을 수밖에. 나도 내 실력을 시험해 보고 싶은데 말이야."

"정말 대단한 분이셨군요."

"하하하, 별말씀을……. 난 차라리 글공부를 하는 게 좋아. 땀 흘리며 무공을 익혀봐야 뭐 하겠어. 사람은 머리를 써야 해. 그래서 무공을 예전에 그만두었지."

"그래도 한번 보고 싶어요, 공자님의 검법을요."

"하하, 그만 하자. 여기에서 보여주기에는 장소가 협소하니까."

그러면서 역성량은 은근히 분위기를 잡으며 화제를 돌리려 했다. 자신이 검법을 잘하지 못한다는 것은 잘 알고 있었기에 일부러 창피를 당할 필요가 없다고 생각했기 때문이다. 게다가 슬며시 욕정도 치밀었기에 그는 자신의 상대인 정연의 어깨를 슬며시 안으며 말을 이었다.

"조금 이른 시간이지만 이제 피곤하군! 그만 서로 볼일이나 볼까?"

그의 행동에 정연은 살짝 얼굴을 붉혔지만 역시 문제는 령령이었다. 그가 말을 꺼내기 무섭게 자리에서 조심스럽게 일어섰던 것이다. 돌연한 행동에 의아한 표정을 지었던 역성량이 물었다.

"어디를 가려는 것이냐?"

령령은 아무렇지도 않은 듯 옷매무새를 가다듬고는 자리를 빠져나오며 대답했다.

"볼일을 보시려면 사람을 불러야 하지 않겠어요? 짝이 모자라니까요."

"그건 또 무슨 소리지?"

"공자님은 정연 언니와 시간을 보내시면 되겠지만 친구 분께서는 상대가 없으니 제가 부르러 가려고요. 뭐가 잘못됐나요?"

순간 역성량의 인상이 일그러졌다.

"그렇다면 너는 지금까지 말만 하고 술이나 축낸 것이냐?"

"호호, 축내다뇨? 저는 지금까지 공자님들의 기분을 띄워주었던 거예요. 그것도 상당히 힘든 일이랍니다."

최대한 예의를 지키려는 말투였지만 그것이 오히려 두 남자의 심기를 건드렸던 모양이었다. 결국 배양확이 '이거 어떻게 된 거야? 올 때와 말이 다르잖아?' 라고 입을 열었고, 친구에게 화통하게 한번 기분 내주려던 역성량이 창피함을 이기지 못하고 자리에서 벌떡 일어섰다.

"널 보기 위해 일부러 예약까지 한 거다. 얼마나 많은 돈을 지불했는데, 이렇게 가면 내 체면이 뭐가 되겠나? 그냥 오늘 이 친구와 같이 보내라."

"어쩌죠? 저는 사람을 상대하기는 하지만 잠자리는 아무나와 하지 않거든요. 죄송합니다. 다른 아이를 보내 드리지요."

그녀의 말에 따르면 달단방의 공자가 '아무나' 가 되어버린 상황이었다. 열받는 것은 둘째 치고라도 황당한 기분까지 들었던 역성량이 험악한 표정으로 버럭 성질을 부렸다.

"당장 이리 와서 다시 앉아!"

"죄송해요. 그럴 수는 없어요. 조용히 마시고 가시면 고맙겠네요."

여전히 웃고 있는 그녀를 향해 결국 성질을 참지 못했던 그가 그녀에게 다가가 팔을 잡아챘다. 그러자 앙칼진 령령의 목소리!

"이것 놔!"

흥분에 격앙된 역성량의 목소리도 바로 뒤를 이었다.

"뭐? 지금 뭐라고 했어?"

"이것 놓으라고 했다. 감히 누구 팔을 잡는 거야?"

"감히? 허! 너 혹시 미친 것 아니야?"

"미친 건 너지!"

역성량은 황당한 표정을 지우질 못하며 그녀의 팔을 잡은 채 멍하니 있었다. 하지만 이내 탁자에 올려져 있던 술잔을 들어 그녀의 얼굴에 뿌렸다. 촤악 하는 소리와 함께 잔 안의 술이 령령의 얼굴을 적시자 그녀의 손이 부들부들 떨리기 시작했다.

"버릇없는 녀석들은 이렇게 해줘야 정신을 차리지."

그의 말을 끝으로 령령은 거칠게 손을 뿌리치며 방을 도망치듯 뛰쳐나왔다. 그 상황에서 분위기가 좋게 변할 리는 없었다. 자연 배양확이 기분을 망쳤다는 듯 자리에서 일어섰고, 역성량 또한 그와 함께 투덜거리며 회화루를 빠져나갔다. 나오는 중간에 회화루주의 미안함이 섞인 사죄가 있었으나 그것조차 받아들이지 않은 채였다.

"미안하군. 별 이상한 계집 때문에 오늘 기분 망쳤어."

"그보다 기녀가 손님의 잠자리를 거부하다니, 정말 황당하군!"
"그러게 말이야. 젠장!"
역성량은 욕지기와 함께 배양확의 팔을 끌었다.
"그러지 말고 다른 기루로 가는 것이 어때? 회화루 말고도 좋은 곳은 얼마든지 있으니까. 내가 오늘 하루 책임진다는 약속은 지켜야 하지 않겠어?"
금세 기분이 풀어진 얼굴을 한 배양확이 웃으며 고개를 끄덕였다.
"좋지. 어디로 갈 생각이야?"
"홍루라는 곳이 있는데, 그곳 아이들이 꽤 괜찮더군. 그리로 가지."
하지만 그들은 홍루에 갈 수가 없었다. 홍루는 회화루에서 오른쪽 길로 틀어 이각 정도를 가야 하는 거리였다. 그런데 그 중간에 있던 한 사람을 만났기 때문이다. 아무도 없는 골목길을 막고 있는 것은 좀 전에 회화루에서 술을 뒤집어쓴 령령이었다.
매서운 눈초리로 정면을 쏘아보고 있는 그녀를 발견한 두 사내는 흠칫거리며 걸음을 멈춰 세웠다. 하지만 금세 찡그리며 마주 그녀를 바라보았다. 그중 역성량이 위협조로 입을 열었다.
"여기에서 뭐 하고 있나? 우리에게 볼일이라도 있는 건가?"
"흥, 날 그렇게 대하고도 조용히 갈 수 있을 것 같았어? 기녀로 지낸 지 며칠밖에 안 됐지만 너희 같은 치졸한 놈들은 본 적이 없어. 난 정의로운 여자라서 그런 녀석들은 혼을 내줘야 하거든."
"하하하, 진짜 미쳤던 모양이군. 감히 내가 누구인 줄 알고 그따위 말을 하는 거냐? 조용히 꺼지면 문제 삼지 않을 테니 기분 망치지 말고 꺼져."

그러자 령령이 마주 웃었다.

"호호호, 왜? 호화로운 검까지 들고 겁먹은 거 아니야? 문제 삼아도 되니 한번 실력 발휘해 보지 그래? 실력이 어떤지 알고 싶다며? 내가 상대를 해주지."

"보자보자 하니까, 정말 혼이 나야 정신을 차릴 계집이구나. 좋아! 그렇게 피를 보고 후회하고 싶다면 원하는 대로 해주지."

스르릉!

역성량은 시원스레 검을 뽑아 그녀에게 천천히, 하지만 여유를 잃지 않고 다가가기 시작했다. 아무리 무공에 재능이 없었다지만 십여 년간 놀면서 무공을 익히지는 않았던 것이다. 뿐만 아니라 상대가 여자에다 기녀였으니 긴장도 하지 않았다. 그저 따끔하게 혼을 내줄 요량이었다. 하지만 그것은 단지 그의 생각일 뿐.

"이얍!"

갑자기 여인의 차가운 기합성이 터지고 난 후 역성량은 상대를 무시한 대가가 어떤 것인지 뼈저리게 후회해야 했다. 방어 자세도 취하지 않은 채 걸음을 옮기고 있는데 령령의 몸이 바로 눈앞으로 다가오더니 아랫배에 답답한 통증이 밀려왔기 때문이다. 그것으로 끝났으면 다행이었지만 불행히도 그녀는 추호도 끝낼 생각이 없는 모양이었다.

퍼퍼퍽!

연신 주먹이 오갔고 그럴 때마다 역성량의 입에서 신음 소리가 흘러나왔다.

퍽!

"크윽!"

마지막 일격은 통쾌하게 그의 턱이었다. 여자 주먹이 무쇠라도 되는지 그의 턱이 확하니 돌아가며 그대로 일 장이나 날아가 땅에 처박혀 버리는 창피스러운 일이 벌어져 버렸다.

쿵 하는 소리와 함께 역성량은 일어서지 못하고 신음만 흘릴 뿐이었다. 그때 무슨 일이 벌어졌는지 아직도 상황 파악을 하지 못한 배양확이 두 눈을 부릅뜨며 그녀를 빤히 바라보고 있었다. 무공을 익히지 않은 그였으니 보이지 않을 정도로 빠른 그녀의 몸놀림에 경악했기 때문이다. 사람이 저렇게 빠르게 움직일 수도 있냐는 듯 멍하니 있는데 그 또한 무사할 수는 없었다.

"너도 정신 차리게 해주겠어."

말과 함께 령령의 몸이 다시 배양확에게 눈 깜짝할 사이에 다가섰다. 그리고 좀 전과 같은 소리, 같은 상황이 벌어졌다.

퍼퍼퍼퍼퍽!

"크아악!"

두 사내에게 완전한 복수를 한 령령은 바닥을 뒹굴고 있는 그들을 보며 싸늘하게 외쳤다.

"다시는 여자에게 그딴 식으로 대하지 마, 알겠어!"

대답은 들려오지 않았지만 그녀는 내심 미소를 지었다. 앞으로 어떨지는 모르겠지만 기루에서 자신에게 했던 것처럼 함부로 하지는 못할 것이라 확신했기 때문이다. 고통이 가라앉는지 비틀거리며 일어선 역성량이 턱을 만지며 그래도 친구라고 쓰러져 있던 배양확을 일으켜 세웠다. 그리고 등을 돌려 사라져 가는 그녀를 향해 나직하지만 의지가 강하게 실린 어투로 내뱉었다.

"두고 보자! 달단방에서 가만 있지는 않을 거니까. 분명히 후회하게 만들어줄 테다!"

그때 령령이 훅하니 몸을 돌리자 역성량은 움찔하며 몸이 경직되었다. 그 후 령령의 비웃는 목소리가 그의 귀에 또렷이 들려왔다.

"두고 보자는 놈치고 무서운 놈 없더라. 복수를 해보고 싶으면 해봐."

"……?"

"호호호!"

역성량과 배양확은 분노에 치가 떨리는 중에도 황당한 표정을 지었고, 령령은 계속 웃기만 했다. 잠시 후 웃음을 멈춘 그녀가 다시 차가운 눈빛을 보이며 말했다.

"그 대단한 달단방주의 아드님께서 기루의 기녀에게 폭행을 당했다? 사람들이 과연 믿을까?"

순간 역성량의 얼굴이 붉게 물들기 시작했다. 그 변화를 놓치지 않은 그녀는 더욱 박차를 가하기 위해 쐐기를 박았다.

"혹시 모르지. 날 찾아와 복수를 한답시고 난동을 부리면 믿어줄지도. 안 그래?"

"비, 빌어먹을!"

"호호호, 마음대로 해봐, 난 상관없으니까. 기녀들은 사람들의 소문에 신경 쓰지 않거든. 누가 손해 보는지 한번 해보자고."

말을 남기며 바람같이 사라지는 그녀를 보며 두 사내는 이를 갈 수밖에 없었다.

제2장
다시 만난 해화

 "본 교에서 따로 준비하고 있는 계획이 있으니 너무 걱정 마십시오. 그리고 이번 도균에서 불거지고 있는 혈천문의 도발 문제 또한 생각하고 있는 것이 있습니다. 신경 쓰지 마시고 지금까지와 같이 하던 사업 정상적으로 운영하시면 됩니다."
 악마금의 말에 역원 방주는 고개를 끄덕였다. 지금까지 혈천문의 걱정 때문에 속이 타고 있던 것이 사실. 하지만 악마금의 확신 섞인 말을 듣자 안심하는 표정이 되었다.
 "그런데 혈천문에서 왜 정화문에 고수들을 투입했는지 모르겠소. 정말 공격을 준비하고 있는 것일지도 모른다는 생각을 지울 수가 없으니……. 여러 문파에서도 신경을 곤두세우고 있는 실정이오. 혹시 짚이는 점이 있소?"

"글쎄요, 하지만 그 점도 염려 마십시오. 다른 곳도 제가 이미 만나 본 후 안심시키고 왔습니다. 다음은 만독부입니다. 그곳을 마지막으로 정화문에 찾아가 혈천문의 의도를 알아볼 생각입니다. 확실한 것은 그때서야 알 수 있겠지요."

"그렇다면 알겠소. 그럼 대주만 믿고 기다리도록 하지요."

"그렇게 하십시오. 그럼 저는 이만……."

말과 함께 자리에서 일어서는 악마금을 역원이 붙들었다.

"먼 여행을 하셨을 테니 오늘은 이곳에서 쉬었다 가시는 것이 어떻겠소? 전에 도움을 받았던 보답도 변변히 하지 못했는데, 오늘 저녁이나 함께 하는 게 좋을 것 같소만."

"아닙니다. 만독부도 걱정을 하고 있을 테니 빨리 찾아가 봐야 합니다."

"어쩔 수 없군요."

약간의 아쉬움을 드러낸 역원 방주는 어쩔 수 없이 악마금을 배웅하러 정문까지 따라 나왔다. 그런데 그때 정문을 빠져나가는 역성량을 볼 수 있었다. 뭐가 그리 급한지 자신과 악마금도 알아보지 못한 채 정문으로 걸어가고 있는 모습이 수상쩍었던 역원이 의아함을 드러내며 급히 불러 물었다.

"어디를 가는 것이냐?"

역원이 불러 세우자 전에 악마금을 몇 번 본 적 있는 역성량이 고개를 숙여 인사를 해왔다.

"여기는 어쩐 일이십니까?"

악마금도 그를 기억하고 있었기에 고개를 까딱거려 보였다.

"볼일이 있어서 잠시 들렀소."

"그런데 어딜 그리 급하게 가야 하기에 나와 대주도 못 알아보고 지나쳤느냐?"

역원의 물음에 역성량은 잠시 난감한 표정을 짓더니 급히 둘러댔다.

"아버님께 말할 정도로 중요한 일은 아닙니다. 다만 친구와 약속이 있어서 그런 것입니다."

"친구?"

"네, 그럼 저는 이만!"

역성량은 악마금에게 포권을 한 후 역시 빠른 걸음으로 사라져 버렸다.

그가 가고 나서 악마금은 정문 밖까지 배웅을 나온 역원에게 작별을 고한 후, 만독부로 향했다. 하지만 그의 행로는 도균을 빠져나올 때쯤 방향을 틀어졌다. 여기까지 와서 그냥 가기는 조금 섭섭한 마음이 들었기 때문이다.

그가 걸음을 옮긴 곳은 바로 회화루였다. 역원에게는 급한 듯이 보여야 했지만 실제 시간이 그리 촉박하지 않았기에 해화와 오랜만에 술이나 마셔볼 생각이었던 것이다. 그녀가 아직도 기루에서 일을 하는지 어떤지는 모르지만 하루 정도 여유를 부려도 악마금에게는 전혀 상관이 없었다. 이번 일을 떠맡은 것도 순전히 유람을 하기 위해서이지 않은가.

조금은 이른 시간이었기에 기루들이 즐비하게 늘어서 있는 거리에는 사람이 많지 않았다. 악마금은 한산한 거리를 걸으며 기분 좋게 회화루를 찾을 수 있었다. 하지만 회화루에 가기도 전에 소란스런 소리를 들어야 했다.

챙그랑!

무언가 깨지는 소리가 요란스럽게 울리자 악마금은 급한 걸음으로 회화루로 다가갔다. 그리고 정문 앞에 안절부절못하고 서 있는 역성량을 볼 수 있었다. 그의 행동이 무언가 이상했기에 회화루에 들어서기 앞서 악마금이 물었다.

"여기에서 무엇을 하고 있소? 혹시 회화루에 볼일이 있었소?"

방주의 아들이었기에 최대한 예를 갖추어 물은 악마금을 발견한 역성량이 화들짝 놀라며 얼굴을 붉혔다.

"대, 대주께서는 여기에 어쩐 일이십니까?"

"볼일이 있어 왔소. 그런데 친구 분을 여기에서 만나기로 했습니까?"

"그, 그것이 아니라……."

아무리 보아도 수상쩍은 곳이 한두 군데가 아니었기에 악마금은 그를 일별하고 회화루의 문을 열었다. 들어가 보면 모든 것을 알 수 있을 것이기 때문이다. 그때 역성량이 악마금을 막으려는 행동을 보였지만 이미 문을 열고 들어선 상태였다.

회화루로 들어선 악마금은 대충 상황을 파악할 수 있었다. 달단방의 무사 십여 명이 회화루 일층에서 난동을 부리고 있는데, 그것은 어떤 형태로든 회화루가 달단방에게 잘못을 했다는 것을 뜻했다. 하지만 의아한 점은 좀 전에 만났던 달단방주의 지시가 아닌, 그의 아들 역성량의 지시 같다는 점이었다. 방 내의 일엔 전혀 상관없는 그가 왜 회화루를 응징하는지 알 수는 없었지만 악마금으로서는 그리 유쾌하지만은 않았다.

그가 상관할 입장이 아니었기에 인상만 쓰고 지켜보고 있는데 달단방 무사들도 악마금을 알아보고는 하던 행동을 멈췄다. 몇 달 전의 일이었지만 만독부주를 잔인하게 꺾어버린 고수는 쉽게 잊을 수 없기 때문이다.

잠시간의 침묵 후 악마금이 물었다.

"여기에서 무엇을 하는 것이냐?"

"죄송합니다, 대주님! 회화루와 약간의 은원 관계가 있기에 어쩔 수 없습니다. 잠시만 기다려 주십시오."

"은원?"

"그렇습니다."

악마금은 고개를 돌려 한쪽 구석에서 주루가 망가지는 것을 발을 구르며 지켜보고 있는 회화루주에게 향했다. 난감한 그의 표정을 보며 악마금이 고개를 갸웃거리며 물었다.

"무슨 일인데 그러시오, 대인?"

그러자 악마금을 알아본 그가 볼멘소리를 했다.

"얼마 전에 들어온 령령이라는 기녀 때문입니다. 그 녀석이 도련님에게 무례하게 행동한 모양인데……."

"흠……."

어느 정도 상황을 파악한 그가 고개를 끄덕였다.

"그렇군요. 그럼 그녀를 불러 이들에게 넘기면 그만이 아닙니까?"

"사람을 보냈는데 낮에 해화랑 잠시 나갔다더군요."

"그럼 올 때까지 기다리면 되겠군. 자네들은 잠시 멈추게. 회화루의 기녀라면 당연히 이곳에서 책임을 지겠지만 나와 무관한 곳도 아니니까 이쯤에서 그만두고 그 기녀에게 직접 분풀이를 하는 것이 좋지 않겠나?"

악마금이 그렇게 말하자 달단방 고수들도 어쩔 수 없는 듯 기다리기로 했다. 그리고 한참 후 회화루의 뒷문으로 두 명의 여인이 모습을 드러냈다. 그녀들은 엉망이 된 주루 안을 보고는 약간 놀란 표정을 지었다. 하지만 그것도 잠시, 왼쪽에 서 있던 령령이 비릿한 미소를 지으며 웃었다.

"이건 뭐야? 알아들을 만큼 따끔하게 혼내주었더니 소문이 나도 괜찮은 모양이지?"

그녀가 말하는 의미를 달단방 고수들은 알아들을 수 없었다. 막내공자에게 회화루를 응징하고, 령령이라는 기녀를 따끔하게 혼내주라는 명을 받았을 뿐, 다른 이야기는 일절 듣지 못했기 때문이다. 그렇기에 그들 중 한 명이 상관없다는 듯 앞으로 나서며 으르렁거렸다.

"네가 령령이라는 기녀냐?"

"그렇다면?"

"호호호, 간도 크구나. 감히 도련님께 무슨 짓을 했는지는 모르겠지만 오늘 그 대가를 확실히 받아야 할 것이다. 조용히 뒷문으로 따라 나와라."

"흥, 그렇게 말하면 내가 겁먹을 줄 알고?"

그러면서 그녀가 따라가려는데 옆에 있던 해화가 경악하며 령령의 소매를 잡았다.

"어떻게 하려고 그래?"

"걱정 마세요, 언니. 제가 해결하면 되니까요."

해화의 걱정에도 불구하고 령령은 선뜻 무사들을 따라 뒷문으로 향했다. 그러자 악마금에게 해화가 도움의 눈빛을 보냈다. 처음 실내로 들어서자마자 그를 발견했지만 달단방 고수들 때문에 살벌한 상황이 연출되자 그때서야 악마금을 아는 척한 것이다.

"도와주세요, 대주님!"

그녀의 말에 악마금은 반가움 반, 난처한 기분 반을 느끼며 고개를 저었다. 쓸데없는 일에 신경 쓸 정도로, 그것도 모르는 기녀를 도움으로 해서 달단방과 사이가 틀어지고 싶은 생각이 없었기 때문이다. 이번 일은 순전히 령령이라는 기녀와 달단방의 문제였다. 만약 대상이 해화였다면 완전히 달라졌겠지만 말이다.

"오랜만에 보는군요."

화제를 돌리며 뜬금없이 걸어오는 인사에 해화는 얼굴을 붉히며 더욱 간절한 표정을 지었다. 악마금 정도의 위치면 충분히 이번 일을 쉽게 끝낼 수 있을 것 같았다. 그것도 말 한마디로도 충분히 좋게 끝을 낼 수 있는 일이었다. 누가 뭐래도 악마금은 지금의 달단방을 만든 만월교의 간부급 고수였으니까!

"대주님, 저 아이를 알게 된 지 얼마 되지 않았지만 참 착한 아이입니다. 제가 도와달라는 소리를 하기에는 염치가 없지만, 말 한마디만이라도 해주세요."

"흠."

잠시 생각에 잠겼던 악마금이 피식 미소를 지었다.

"좋습니다. 그런데 조건이 있습니다."

"어떤……?"

"그리 어려운 것이 아니니 들어줄 수 있을 겁니다."

"말씀해 보세요. 제가 할 수 있는 일이라면 다 하겠어요."

"오늘 밤, 예전과 같이 당신과 술을 마셨으면 하는데… 그래 줄 수 있겠습니까?"

그러자 해화가 루주를 바라보았다. 그것을 보고 루주가 거절할 리 없었다. 좋게 끝나면 오히려 자신에게 좋은 일이니 말이다. 게다가 굳이 악마금이 그런 부탁을 하지 않아도 그가 원한다면 그렇게 해야 할 실정이었다. 루주는 급히 고개를 끄덕이며 입을 열었다.

"대주님께서 중재를 해주신다면 저야 오히려 고마운 일이지요. 오늘 신경 써서 모실 테니 해화의 부탁을 들어주십시오."

"좋소, 말 한마디가 어려운 것도 아니니 대인께서 따라가셔서 무사들에게 전하십시오."

"뭐라고 하면 될까요?"

"그 령령이라는 기녀는 내가 직접 버릇을 고쳐 줄 테니 이쯤에서 물러나라고 말입니다. 그렇게 하면 알아들을 겁니다. 그리고 달단방주님의 막내 공자에게는 내가 직접 말을 하지요. 그것이 대인의 입장에서도 편하고 깔끔할 겁니다."

"그래 주신다면 저야 고맙지요. 알겠습니다."

내심 불안해했던 회화루주는 발등에 불이라도 떨어진 듯 급히 뒷문을 열고 달려나갔다. 혹시 벌써 달단방의 고수들이 령령에게 무슨 일을 저질렀을까 걱정이 되어서였다. 그가 사라진 후 악마금은 해화를 향해 웃으며 말했다.

"역 공자에게 설명을 하고 잠시 들를 곳이 있습니다. 그동안 자리를 준비해 주십시오."

"어디를 다녀오시려고요?"

악마금은 환하게 웃으며 대답했다.

"금을 하나 사려고 그럽니다. 기루에도 금은 많이 있겠지만 오랜만에 제 것을 하나 사고 싶어서요."

"그러시다면 오실 때까지 준비해 놓겠어요."

회화루주는 급히 뒷문을 빠져나와 정원을 둘러보았다. 몸값이 비싼 기녀들은 자신의 거처를 가지고 있지만 그렇지 못한 신출내기는 대부분 기루에서 지내야 하기에 주루 뒤편 정원에 따로 건물이 지어져 있었다. 주루 뒷문으로 연결된 정원으로 뛰어간 그는 건물 뒤 공터에 달단방 무사들을 발견하고는 달려들었다.

다행히 아직은 일을 벌이지 않았는지 모두 령령만을 쏘아보고 있는데 돌연히 루주가 나타나자 의아한 표정이 되었다. 루주는 무사들 중 선임의 귓가에 입을 갖다 대고 조용히 악마금이 한 말을 속삭였다. 그러자 무사가 인상을 찌푸리더니 나직이 입을 열었다.

"대주께서 그리 말씀하셨다면 어쩔 수 없지요. 도련님께도 말씀을 드린다니 그만둘 수밖에."

그러면서 아쉬운 듯 령령을 향해 말을 이었다.

"운이 좋은 줄 알아라. 오늘은 그냥 가지만, 다음번에도 이런 일이 생긴다면 각오하는 것이 좋을 거다."

그 말에 령령은 속이 뒤틀렸으나 억지로 입을 다물고 있을 수밖에 없었다. 조용히 끝을 내겠다니 괜스레 나서서 일을 벌일 필요는 없다 생각했기 때문이다. 한껏 긴장하며 은근히 내력을 끌어올리고 있던 그녀는 천천히 몸을 이완시키기 시작했다. 그리고 달단방 무사들이 사라지는 것을 보며 루주에게 다가가 속삭였다.

"어떻게 된 거죠?"

"무사들의 말을 못 들었느냐?"

"무슨 말이요?"

"운이 좋았다는 말 말이다. 그들의 말마따나 오늘 운이 엄청 좋은 줄 알거라."

그 말에 령령은 피식 웃었다.

"누가 운이 좋았는지 모르겠네요. 아무튼 대인에게는 미안하지 않게 돼서 다행이에요."

웃으면서 하는 그녀의 말에 루주는 진저리를 쳤다. 무슨 일이 벌어질 뻔했는지 꿈에도 모르는 그녀의 말투가 정말 한심해 보였기 때문이다. 무공을 익힌 무사들이 작정한다면 그녀는 오늘 정말 제삿날일 수도 있었다.

"지금 그런 말이 나오느냐? 내가 얼마나 조바심이 났는 줄 알고나 있냐? 사고뭉치 같은 녀석!"

"호호, 그래도 언제나 오늘처럼 잘 해결됐잖아요."

"자랑이라고 하는 말이냐? 아무튼 다음번에는 좀 조심하거라. 너 때문에 내가 제명대로 못살겠다."

"노력은 해보죠."

루주가 버럭 소리쳤다.

"노력만으로는 되질 않아!"

"호호, 알겠어요. 그런데 정말 어떻게 된 거예요? 뭐라고 말했기에 저들이 꼬리를 내리고 물러가는 거죠?"

"내 입으로 설명하면 길고…… 간단히 말해 해화 때문인 것만은 알고 있어라."

"해화 언니 때문이요?"

"그래, 아무튼 빨리 주루로 들어가서 오늘 장사 준비나 해둬. 손님 올 시간이 다 되었다."

"알겠어요."

그녀가 다시 주루 안으로 들어섰을 때 점원들이 분주히 움직이며 부서진 탁자와 물건들을 교체하고 있었다. 그것이 누구 때문인지 알고 있는 령령. 하지만 거들떠보지도 않고 이층으로 올라가 버리는 그녀였다.

해화는 삼층에 있는 가장 큰 방에 직접 술상을 준비하고 있었다. 연주 이외에는 손님 접대를 거의 하지 않는 해화를 의아한 시선으로 보던 령령이 물었다.

"어쩐 일이에요? 언니가 직접 술 손님을 받으시려고요?"

갑작스런 목소리에 화들짝 놀란 해화가 얼굴을 붉히며 대답했다.

"그, 그럴 일이 생겼어."

"그럴 일이라니요? 중요한 손님인가 보죠?"

"중요한 손님이라기보다는 오랜 친구 같은 분이 오셨거든."

"친구?"

"그래, 아까 주루에서 보지 않았니? 검은 옷을 입고 있던 남자 분 말이야."

달단방 무사들 때문에 주루에 있던 사람들에게 크게 관심을 가지지 못했던 령령은 곰곰이 기억을 더듬기 시작했다. 하지만 주의 깊게 보지 않았기에 머리 속에 떠오를 리 없었다.

"누군데 그래요?"

"만월교 사람이야."

순간 령령이 경악한 표정을 지었다.

"마, 만월교라면 최근 들어 무림에 혈풍을 일으키고 있는 무서운 자들이잖아요."

"그런 건 잘 모르겠어. 하지만 그분을 볼 때는 만월교도인들이 그리 나쁜 사람 같지는 않아."

"그래요?"

"그럼, 얼마나 자상한데."

령령은 고개를 갸웃거렸다. 만월교에 대해 자세히 알고 있는 것은 아니지만 떠도는 풍문에는 그리 좋은 인상으로 남겨져 있지 않았기 때문이다.

"믿어지지는 않지만 아무튼 사람마다 다 다른 법이니까. 그런데 대인께서 언니 때문에 제가 무사히 넘어갔다던데, 무슨 소리죠?"

그녀의 말에 해화가 방긋 웃었다.

"굳이 말하면 나 때문이라기보다는 그분 때문이야. 말했지, 만월교에서 오신 분."

"그래요? 그런데 난 왜 기억이 나질 않지. 아무튼 그분에게 고맙다고 전해주세요."

"그러지 말고 나중에 함께 술을 마시자. 너도 보면 상당히 좋아할 거야. 기녀들에게 상당히 잘해주시거든."

그러자 령령은 고개를 저으며 너스레를 떨었다.

"호호, 내가 무엇 때문에 만월교도와 술을 같이 마셔요? 전 됐으니까 언니나 그 친구 분을 잘 모시세요. 보아하니 좋아하는 것 같은데."

"무, 무슨 소리야? 그런 것 아니니까 오해하지 마."

"호호, 아니긴……. 기분이 정말 좋아 보이는데요 뭐."

순간 해화가 얼굴을 붉힌 채 아무런 반박도 하지 못했다. 그것을 빌미로 령령은 좀 더 그녀를 놀려주고 난 후에야 방을 빠져나왔다. 하지만 령령은 결국 그날 밤 만월교도와 술을 마셔야 했다. 그 이유는 돌연히 나타난 두 사내 때문이었다.

저녁이 넘어 달이 하늘에 올라설 때쯤 령령은 기녀들이 대기하는 방안 창가에 앉아 지나다니는 사람들을 멍하니 내려다보고 있었다. 그런데 그때 검을 차고 붉은색 경장을 입고 있는 두 사내를 보고 가슴이 철렁 내려앉는 것을 느꼈다. 두 사내는 초상화를 사람들에게 보이며 이리저리 기루를 기웃거리고 있었다.

'저, 저 녀석들이 언제 여기까지?'

한껏 인상을 찌푸린 령령은 내심 그런 생각을 하며 자세를 낮춰 두 눈만 창가로 내밀었다.

'어떻게 하지? 저런 식으로 수소문하다 보면 내가 여기에 있다는 것이 들통날 텐데……. 좀 더 먼 곳으로 갈 걸 그랬나 보네. 지금이라도 도망칠까?'

그녀는 이내 고개를 저었다. 괜히 섣불리 움직였다가 오히려 들통나기가 쉬울 것이 분명했다. 그렇다고 이대로 있을 수도 없다고 생각한 그녀는 빠르게 머리를 굴리기 시작했다. 쫓기고 있는 몸이니만큼 당연히 도망갈 궁리. 잠시 후 한 가지 떠오르는 계책이 있었다.

'두 명밖에 없으니 아직은 기회가 있어. 그냥 조용히 지나치면 이대로 있는 거고, 날 발견하면 이곳이 달단방의 영역이니까, 그들과 싸움을 붙이면 될 거야.'

순간적으로 떠오른 방법이었지만 상당히 그럴듯하다고 느낀 그녀가 나직이 웃었다.

"호호호, 달단방은 만월교와 연합이니까 수틀리면 해화 언니가 있는 방에 들어가면 되겠네. 달단방보다는 만월교도와 부딪치게 하는 것이 더욱 주위를 혼란시키기에 좋을 거야. 그사이에 나는 도망가는 거고."

그녀의 바람대로라면 자신을 발견하지 못하고 그냥 지나치는 것이 가장 나은 방법이다. 하지만 초상화까지 보이며 찾는다면 그럴 가능성은 현격히 줄어들게 된다.

그녀에게는 만약이라는 것도 있었기에 차선은 언제나 준비해 둬야 했다.

"그런데 혈루혈천대가 투입됐다면 설마, 종조부(從祖父)님께서 직접 오신 것은 아니겠지?"

령령은 말을 내뱉으며 슬며시 몸을 떨었다. 입을 열고 보니 왠지 그럴지도 모른다는 여인 특유의 직감이 살아났기 때문이다.

제3장
만월교도

"흠, 가만 보아하니 령령이라는 기녀와 많이 닮았군."

노점상 주인의 말에 적의인들의 인상이 구겨졌다. 그중 하나가 재차 확인했다.

"령령이라는 기녀? 기녀가 분명하오?"

"그림만 보고는 정확히 구분할 수 없지만 비슷한 것 같은데, 왜 그러슈?"

"아, 아니오. 그런데 그 기녀는 어디에서 일하고 있소?"

"저쪽에 있는 회화루라는 곳이오. 얼마 전에 들어왔다는데, 장사를 하다가 몇 번 길에서 본 적이 있소. 소문이 꽤 자자한 기녀인데 역시 이름값을 하더군."

적의인들은 노점상 주인이 가리킨 곳을 바라보았다.

"젠장, 정말 기녀로 있는 것 아닐까?"
"설마. 아무튼 확인은 해봐야겠다."
"만약 사실이면 어떻게 하지?"
"아가씨가 확실하다면 손을 써야지."
"지원은?"
"쓸데없는 소리. 아가씨 무공이야 뻔한데 지원을 기다릴 필요가 뭐가 있나? 괜히 우르르 모여들었다가 오히려 우리가 먼저 발각되어 놓칠 우려가 있으니 조용히 처리한 후 연락하자. 혹시 아닐 가능성도 있으니까 말이야."
"그렇군."
말과 함께 두 명의 혈루혈천대 대원은 급히 회화루로 향했다.

악마금과 해화는 약간의 어색함을 뒤로한 채 형식적인 이야기를 나누고 있었다. 오랜만에 만난 것이기에 뚜렷이 할 이야기가 떠오르지 않았기 때문이다. 하는 일이 다르니 서로 그쪽으로도 아무런 말도 꺼내지 않았다. 하지만 그것도 처음에만 그랬을 뿐, 점차 화제가 음악으로 바뀌자 금세 예전과 같은 화기애애한 분위기가 연출되었다.
"그동안 악기 연습을 꽤 많이 할 수 있었습니다. 예전에 소저께서 들려주셨던 금 연주가 많은 도움이 됐죠."
"그래요? 저 또한 대주님께서 연주하셨던 특징을 많이 살려보려고 노력 중이랍니다. 사실, 저에게는 상당한 충격이었거든요."
"충격이라……. 어떤 점에서요?"
곰곰이 생각에 빠졌던 해화가 생각난 듯 주절거리기 시작했다.

"우선 대주님의 연주는 남성 특유의 강한 음을 가지고 있으면서도 여성들의 기교까지 갖추고 계세요. 그렇기에 금음에 대한 변화가 상당히 심한 편이죠. 어떻게 보면 약간의 이단적인 음악이라고 할까요?"

그녀의 말에 악마금은 미소를 지었다.

"이단이라……. 칭찬으로 들리지는 않는군요."

"아니에요, 칭찬이었어요. 그렇지 않으면 제가 왜 그 기교를 따라 하려고 노력하겠어요? 곡의 특성을 아주 잘 살리는 방법이라고 생각해요."

"그런가? 하지만 저는 소저의 연주 기교가 마음에 들던데……."

"그건 서로에게 일장일단이 있어서가 아닐까요? 그리고 남의 떡이 더 커 보인다는 말도 있잖아요."

"흐음. 그럴 수도 있겠군요. 그럼 오랜만에 금을 연주해 줄 수 있겠습니까? 서로 어떻게 다른지 한번 비교해 보고 싶군요."

"그럴까요?"

그러면서 해화는 슬머시 미소를 지으며 옆에 놓여 있는 자신의 금을 당겨 자세를 잡았다. 미리 조율을 해놓았었기에 바로 연주가 시작되어 은은한 금음이 방 안을 가득 메웠다. 확실히 예전 해화의 금음과는 많이 달라져 있었다. 그녀의 말처럼 기교에 크게 신경 쓰지 않고 깊고 굵직한 소리를 내려고 애쓰는 모습이 역력했던 것이다. 그것이 악마금의 금음과는 또 다른 매력을 풍겼기에 끝날 때까지 악마금은 눈을 감고 소리에 최대한 신경을 곤두세우려 했다.

이윽고 해화의 연주가 끝나자 이번에는 악마금이 새로 사 온 금을 집어 무릎 위에 올려놓았다.

"좋군요. 확실히 예전과는 많이 달라졌습니다."

"더 좋은가요, 아니면 나쁜가요?"

"글쎄요……. 역시 장단점은 있는 것 같습니다. 예전의 경쾌하면서 가는 고음의 맛이 사라진 반면, 폭넓은 금음이 충분히 전달된다는 점?"

"그럼 이번에는 대주께서 한번 연주해 보세요. 얼마나 달라졌는지 들어보고 싶네요."

"그러지요."

악마금은 눈을 감고 금을 조율하기 시작했다. 그 후 신중히 생각하여 곡을 선정하고 줄에 손을 올려놓았다. 하지만 연주는 잠시 멈춰야 할 모양이었다. 드르륵 하고 방문이 열렸기 때문이다.

"네가 웬일이니?"

갑작스럽게 등장한 여인을 알아본 해화가 놀란 듯 묻자, 악마금의 연주를 방해한 령령이 피식 웃었다. 무언가에 쫓기는 듯한 인상을 풍길 만큼 다급한 모습과는 달리 목소리는 장난기가 가득, 능청스럽기까지 했다.

"생각해 보니 고맙다는 인사를 하지 않은 것 같아서요."

그녀의 말에 해화는 고개를 갸웃거릴 수밖에 없었다. 좀 전에는 만월교도와 왜 술을 마시냐며 싫다고 했던 그녀가 무언가에 쫓기는 듯한 얼굴로 방에 들어선 것이 이해가 가질 않았기 때문이다.

"무슨 일이 있니?"

"제가 무슨 문제만 일으키는 아이인가요? 말했듯이 인사 정도는 하려고요."

그러면서 령령은 재빨리 술자리에 합석을 했다. 그 모습을 본 악마금은 속이 뒤틀렸으나 해화와 친하다는 것을 알고 있었기에 억지로 참아내야 했다. 오랜만에 가져보는 기분 좋은 술자리를 자신 때문에 망치기 싫었던 것이다. 하지만 문제는 다음이었다. 무엇이 그리 궁금한지 령령이 이것저것 물어오기 시작했다.

"만월교도라고 들었어요. 정말인가요?"

"그렇소."

"그럼 무공도 할 줄 알겠군요?"

"조금은."

"의외네요."

"……?"

"만월교에서 왔다니 무공을 익힌 것은 당연한 것이고, 그렇기에 상당히 거친 분인 줄 알았거든요."

"무슨 뜻이오?"

"훗, 상당히 외모가 출중하다는 칭찬이니 신경 쓰지 마세요."

하지만 악마금의 표정은 조금씩 구겨지고 있었다. 그러나 령령은 전혀 상관하지 않고 재차 물었다.

"지위는 어느 정도죠? 달단방에서 한 수 접어줄 정도면 대단할 것 같은데, 아닌가요?"

"한 수 접어준다는 말은 조금 그렇군요. 그냥 부탁을 드렸을 뿐이오."

"그래도 달단방에서 그런 부탁을 쉽게 들어줄 정도라면 대단한 거죠."

"그건 생각하기 나름."

"음, 그럴 수도 있겠군요. 그런데 그 금은 연주를 하시려고 그랬던 거예요?"

악마금은 자신이 잡고 있던 금을 내려다본 후 고개를 끄덕였다.

"그러려고 했지만 지금은 안 되겠소."

"지금은 안 된다니, 무슨 말이죠?"

말과 함께 령령은 의미심장한 미소를 지었다.

"혹시 제가 방해꾼이었다는 말인가요?"

슬슬 부아가 치미는 악마금이었다. 해화와 함께 그간 못했던 이야기를 하기 위해 일부러 찾아온 것인데 난데없이 불청객이 끼어들어 눈치 없이 굴고 있으니…….

좋은 분위기를 깨지 않기 위해 억지로 참고 있는 그였지만 은근히 차갑게 대답했다.

"고맙다는 인사를 하려고 왔다면 충분하니 그만 자리를 비켜주시겠소?"

하지만 령령도 이곳에 온 이유가 따로 있었기에 물러설 리 없었다.

"언니가 같이 술을 마시자고 그랬는데 그러면 안 되나요?"

순간 악마금이 의문스러운 표정으로 해화를 바라보았다. 그러자 차가워진 악마금을 알아챈 해화가 변명하듯 떠듬거렸다.

"령령이 있으면 좀 더 좋을 것 같아 제가 그렇게 제안을 했었어요. 하지만 거절을 했었는데……."

"제가 언제 거절했다고 그래요?"

령령은 그녀의 말을 끊으며 그런 적 없다는 듯 발뺌을 하고 나섰다. 그 후 악마금이 잡고 있는 금 쪽으로 시선을 돌려 재빨리 화제를 바꾸었다.

"그렇다고 저 때문에 연주를 못할 이유는 없잖아요. 한번 들려주세요. 금을 연주할 줄은 모르지만 듣는 것은 자신있거든요. 제가 잘하는지 아닌지를 평가해 줄게요."

"허!"

악마금은 당찬 그녀의 말에 쓸쓸하게 실소를 머금은 후 금을 잡았다. 그녀가 있든 없든 상관하지 않기로 한 것이다. 하지만 막 연주를 시작하려는데 또다시 방해꾼이 나타났다.

드르륵!

일언반구도 없이 문이 열리며 두 명의 사내가 모습을 드러냈다. 그들은 무언가 찾는 눈치였다. 그리고 그들이 찾는 무언가가 무엇인지는 표정으로 알 수 있었다. 령령 쪽을 바라보고 붉은색 경장을 입은 두 사내가 인상을 찌푸렸기 때문이다.

"정확하군."

사내의 말에 령령이 약간 경직된 표정을 보이더니 이내 악마금을 바라보았다. 그리고 떨면서 하는 말.

"도, 도와주세요!"

난데없이 나타난 두 사내, 그리고 겁에 질려 도와달라는 령령의 말에 악마금은 의아할 수밖에 없었다. 하지만 그런 난감함은 곧바로 사라져 버렸다. 그에게 있어서 이런 상황은 전혀 상관이 없었기 때문이다. 안 그래도 기분이 그리 좋지 않아 화풀이 대상이 없을까, 생각하고 있던 차에 적당한 먹잇감(?)이 나타났으니 상관할 필요가 없지 않은가. 그것도 자신의 연주까지 방해를 하는 기가 막힌 시간 때에 나타났으니 말이다.

"무슨 일인지 모르겠지만 나가라!"

악마금이 기분 나쁜 투로 고개를 꺾으며 입을 열자 겁먹은 척 불안한 표정을 짓고 있던 령령은 내심 회심의 미소를 지었다.

'호호, 계획대로 되고 있어. 적당한 시간에 슬쩍 이곳을 빠져나가야겠다.'

그런 생각과 함께 그녀가 두려움에 떨리는 목소리로 악마금에게 속삭였다. 적당히 둘러댈 필요가 있어 보였기 때문이다.

"예전부터 저를 쫓는 자들인데 빚을 정리했는데도 계속 쫓아와서 괴롭히는 작자들이에요."

"그런 건 내가 상관할 바가 아니지. 다만 내 기분이 그리 좋지 못하다는 것이 문제일 뿐."

그러면서 악마금은 두 사내에게 말을 했다.

"무슨 사정인지는 모르겠지만 죽기 싫으면 꺼져!"

악마금의 건방진 말에 일순 혈루혈천대의 대원들은 황당한 표정을 지었다. 계집아이같이 생긴 녀석이 감히 자신들이 누구인 줄 알고 저렇게 당당하게 나오는지 알 수가 없었던 것이다. 그것도 무공도 익히지 않은 것 같은 녀석이 저따위로 나오고 있으니 더욱 황당했다. 하지만 그들도 이런 곳에서 시간을 끌고 싶은 생각은 없었다. 그리고 그들은 실력만큼이나 자부심 강한 무인! 그렇기에 악마금에게 상관하고 싶은 생각도 없었다.

그들은 악마금에 신경도 쓰지 않고 곧장 령령, 즉 당원영에게 몇 걸음 다가갔다. 그때 악마금이 술잔을 슬며시 들었다.

"가라고 했을 텐데? 피를 봐야 정신을 차릴 건가?"

"뭐?"

이 정도 되면 분위기 파악도 했으련만 악마금이 더욱 건방지게 나오자 두 사내도 인상을 구겼다.

"여자들 앞이라고 쓸데없는 호승심을 부리다 창피당하지 말고 가만히 있는 것이 신상에 좋을 것이다."

"웃기는군!"

말과 함께 악마금이 술잔을 휙하니 뿌렸다. 술이 잔을 빠져나오며 방울방울 사방으로 퍼져 나가자 놀라운 일이 벌어졌다. 더욱 다가오던 사내들의 몸에서 피가 솟구치며 뒤로 튕겨 나갔던 것이다.

말도 안 되는 무공에, 전혀 신경 쓰지 않았던 공격은 아무리 극강의 고수인 혈루혈천대의 대원들이라도 막을 수가 없었다. 너무 방심한 나머지 내공 운용조차 하지 않았으니 악마금이 술에 실은 내공에 엄청난 타격을 입는 황당한 일을 겪을 수밖에 없었던 것이다.

"크으윽!"

"흐윽!"

고통의 신음을 흘리며 바닥을 뒹구는 사내들을 바라보며 악마금은 인상을 썼다. 그리고 잠시 후 해화를 힐끔 바라보았다. 그녀가 자신의 행동에 대해 어떻게 생각할지 약간 걱정이 되었기 때문이다. 역시 해화는 피를 흘리고 있는 사내들을 경악한 시선으로 바라보고 있었다. 그 때문에 무안해진 악마금이 슬며시 자리에서 일어서며 부드러운 어조로 어렵게 입을 뗐다.

"꼴사나운 모습을 보여 드렸군요. 오늘은 더 이상 같이 술을 마시기 어려울 것 같으니 다음에 다시 들르지요."

화들짝 놀라며 정신을 차린 그녀가 격양된 목소리로 떠듬거렸다.

"아, 아니에요. 저는 괜찮으니……."

"아닙니다. 저 녀석들이 방심해서 쉽게 당한 것일 뿐. 저 정도 고수라면 분명 상당한 세력이 뒤를 받쳐 주고 있을 겁니다. 제가 계속 있는다면 오히려 회화루에 피해가 갈 것이니 오늘은 물러나죠."

"하지만……."

"저는 괜찮습니다."

그때 령령이 멍한 목소리로 끼어들었다. 그녀는 조금 전 일어났던 일이 전혀 이해가 되지 않는 눈치였다.

"어, 어떻게 한 거죠?"

악마금이 그 말에 전혀 신경을 쓰지 않자 약간 정신을 수습한 그녀가 더욱 궁금증을 드러냈다.

"정말 어떻게 한 거예요? 저들이 저렇게 쉽게 당할 자들이 아닌데……."

"……."

역시 악마금은 대답하지 않았다. 오히려 해화을 보며 고개를 까딱거려 보이며 말을 했다.

"그럼 이만 가보겠습니다."

악마금은 해화의 말도 기다리지 않고 분위기가 묘하게 돌아가는 방 안을 급히 빠져나가 버렸다. 그리고 잠시 후 령령도 회화루를 몰래 빠져나가는 사태가 발생했다.

제4장
골치 아픈 일행

　회화루를 빠져나온 악마금은 원래 계획대로 만독부로 향했다. 그리 먼 거리는 아니었지만 어차피 악마금이 시간에 쫓기는 인간이 아니었기에 느긋하게 걸음을 옮기고 있었다. 그러나 도균을 빠져나와 숲길로 들어섰을 때 그는 갑자기 나무숲 사이로 몸을 숨겼다. 누군가가 쫓아오고 있다는 것을 알아챘기 때문이다. 역시 그의 예상대로 사람 하나가 모습을 드러냈다.
　"어디 갔지?"
　당원영은 갑자기 악마금의 기척이 사라지자 당황하며 주위를 둘러보기 시작했다. 그를 따라온 것은 뜻밖의 생각이 들었기 때문이다. 이대로 회화루에 있는 것은 무리. 아마 혈루혈천대의 고수들이 도균에 깔려 있을 것이 분명했고, 그것이 아니더라도 악마금에게 당한 대원들이 언젠가는 자신이 회화루에 있다는 것을 알릴 게 자명하기 때문이다. 뿐만 아니라 악마금의 실력이 엄청났기에 같이 다니면 도움이 될 것이라는 이기적인 생각도 들었다.

"설마 눈치를 챈 건가?"

그녀는 주위를 두리번거리며 청력을 끌어올리기 시작했다. 좀 전까지만 해도 기척이 느껴졌는데 갑자기 사라졌으니 주위에 숨어 있다는 뜻이었기 때문이다. 하지만 한참을 찾아도 보이지 않자 그녀가 나직이 소리쳤다.

"이봐요? 어디 있어요?"

그때 음산한 목소리가 들려왔다. 놀랍게도 자신의 바로 뒤에서 들리는 목소리였다.

"날 찾나?"

"헉!"

소스라치게 놀란 당원영은 급히 몸을 돌려 싸늘한 눈빛을 드러내고 있는 악마금을 바라보았다.

"어, 언제……."

"그런 건 상관할 필요 없고, 중요한 건 네가 왜 이곳에 있냐는 것이지. 말해 보실까? 왜 날 따라왔지?"

아직도 진정이 되지 않은 당원영은 멍하니 악마금을 바라보다가 고개를 저어 정신을 차렸다.

"당신과 가는 길이 같은 것 같아서 동행하려고요."

"호호호, 그 말을 나보고 믿으라는 말인가?"

"그럼 제가 거짓말이라도 한다는 말인가요?"

"아니었던가? 아까 회화루에서 보았던 사내들의 실력을 보건대 절대 빛이 있는 기녀를 쫓는 자들이 아니야. 게다가 내가 너의 연기에 속을 정도로 멍청한 줄로 알았다면 단단히 착각한 거지."

"그럼 알면서도 도와주었단 말이에요?"

"내가 상관할 바가 아니니까. 난 귀찮은 건 딱 질색이거든. 그때는 기분이 나빴고 화풀이 대상이 필요했을 뿐이야."

그의 말에 당원영이 경악한 표정을 지었다.

"그럴 수가! 단지 기분이 나빴다는 이유로 사람을 그렇게 벌집으로 만들었단 말이에요?"

"죽이지 않은 것이 다행이지. 자, 이제 한번 말해 보실까?"

악마금이 비릿하게 웃으며 입을 열자 순간 당원영은 몸을 떨었다. 그의 표정과 몸에서 풍겨 나오는 기운은 그녀가 상상할 수 있는 그런 종류의 것이 아니었기 때문이다. 회화루에서 술을 마실 때는 전혀 눈치채지 못했는데, 이제 와서야 만월교도라는 생각이 머리를 스치고 지나갔다.

"그, 그런 걸 알아서 뭐 하게요?"

"흐흐, 상관은 없지. 하지만 네가 날 쫓아온 순간부터 상관이 있게 되었거든. 난 날 귀찮게 하는 놈들은 그냥 두지 않으니까."

"그, 그럼 어떻게 하겠다는 거죠?"

불안함이 깃든 얼굴이었지만 당차게 묻는 그녀의 말에 악마금이 급히 손을 움직였다.

타타탁!

경미한 타격 소리가 들리고 당원영의 몸은 굳은 채 꼼짝도 하지 않았다. 악마금이 혈도를 짚었기 때문이다. 그녀가 놀란 듯한 표정으로 악마금을 바라보았다.

"왜 이러는 거예요?"

"말해, 왜 날 쫓아왔는지. 그리고 좀 전의 그 고수들은 누구인지, 또 네 신분이 무엇인지."

"아까 제가 말했던 것이 사실이에요. 숨기는 건 없어요."

"호, 그랬어?"

악마금은 능글맞게 웃으며 말을 이었다.

"그런데 네 몸속에 왜 내력이 움직이고 있지? 평범한 여자들은 그런 기운이 풍기지 않거든. 그리고 고수들이 잡으러 왔는데도 도망칠 생각을 하지 않았다는 게 정말 이상해."

"저는 몰라요. 지금은 기녀일 뿐이고, 그자들은 저를 잡으러 다닐 뿐이에요. 그게 다예요."

그녀는 악마금이 만월교도라는 것을 알고 있기에 절대 사실을 말할 수 없었다. 자신이 혈천문주의 손녀라는 것을 안다면 분명히 엄청난 일이 벌어질 수도 있기 때문이다. 뭐, 악마금이 만월교도가 아니더라도 말할 수 없는 것은 마찬가지였다. 자신을 잡아 혈천문에 넘기고 수고비를 받아갈 수도 있는 것이니까.

아무튼 상황과는 달리 부드럽게 웃는 악마금 때문에 더욱 두려움을 느끼는 당원영이었다.

"흐흐, 그럼 말할 수밖에 없게 해주지."

그러면서 악마금은 움직이지 못하는 그녀를 들어 풀숲에 던져 버렸다. 그리고 움직이는 그의 손은 당원영의 품속을 뱀처럼 더듬기 시작했다.

"아악! 지금 뭐 하는 짓이에요?"

경악한 그녀는 부단히 몸을 움직이려 애를 썼지만, 그것은 마음뿐 몸은 꼼짝도 하지 않았다. 결국 악마금이 자신의 옷을 서서히 벗기기 시작할 때쯤 울음을 터뜨렸다.

"흑흑, 제가 잘못했어요. 사실대로 말할 테니 제발 그만 하세요. 흑흑흑!"

"흐흐, 이제야 말이 통하는군."

악마금은 그녀의 반쯤 풀어헤쳐진 옷을 추슬러 주며 으름장을 놓았다.

"내가 알아들을 수 있게 차근차근 말해 봐. 만약 내가 만족할 만한 대답이 아니면 알지?"

당원영은 몸을 움직일 수 없었기에 두 눈을 빠르게 깜빡거렸다. 그리고는 자신의 처지를 설명하는데 혈천문에 대한 이야기를 완전히 뺀 것이었다. 가상의 문파를 하나 만들어 그곳 문주의 손녀라는 것과 함께 집안에서 정한 정혼자가 싫어 도망친 이야기, 그리고 그녀를 쫓는 집안의 무사들에 관한 이야기였다. 그녀의 이야기를 다 들은 악마금이 믿음직스럽지 못하다는 얼굴로 턱을 쓰다듬었다.

"흠, 그런데 자원문이라니? 그런 문파도 있었나?"

그녀는 급히 둘러댔다.

"강서의 서쪽에 붙어 있어요. 그리고 이건 집안끼리의 비밀이기에 다른 사람들은 몰라요."

"흐음. 좋아, 믿어주지. 솔직히 믿지 않아도 상관은 없지만."

악마금이 웃으면서 하는 말에 당원영은 눈에 불을 켜며 따졌다.

"그런데 왜 제게 이런 거였어요? 알 필요가 없다면 이렇게까지 하지 않아도 되잖아요."

"흐흐흐, 회화루에서 짜증이 났었거든. 난 빚지고는 못사는 성격이니까 복수를 해줘야지. 날 속여 싸움을 붙인 대가치고는 아주 미약한 것이니 감사하는 마음이나 가져."

그 말에 그녀는 황당한 표정이 되었지만 아무튼 이대로 있을 수는 없다고 생각했기에 애절한 어투로 부탁했다.

"이제 됐으니 혈도를 풀어주세요. 답답해서 미치겠어요."

"아, 한 가지 더!"

"……?"

"왜 나를 따라왔지?"

"그건 지금 회화루에 있을 수가 없으니까요. 그렇다고 혼자 다니기에는 조금 불안하기도 하고요."

"오호라. 그렇다면 날 보표로 삼아 다닐 생각이었다 이거군."

당원영은 특별히 부정하지 않았다. 그러자 악마금이 가늘게 뜬 눈으로 그녀를 훑어보았다.

"누구 마음대로 그따위 결정을 내린 건가? 네가 원하면 내가 '그렇군요, 그럼 같이 가죠' 라고 할 줄 알았나?"

"그런 건 아니지만……. 그래도 방향이 같으면 같이 동행할 수도 있잖아요."

"흐흐흐, 말했지? 난 귀찮은 것은 딱 질색이라고. 방향이 같든 말든 상관은 없지만 날 걸고넘어지는 건 못 참는 성격이지. 지금 말하지만 날 따라올 생각 따위는 하지 마라."

그러면서 악마금이 손을 한번 휘저었다. 그러자 혈도가 제압되어 있던 그녀의 몸이 정상적으로 움직이기 시작했다. 간단한 동작으로도 점혈을 푸는 그의 신기한 방법이 놀랍기는 했지만 그녀는 내색하지 않고 입을 열었다.

"하지만 저도 이 길로 가야 한단 말이에요."

"어디까지 갈 건데?"

"몰라요. 최대한 도균에서 멀어지면 돼요."

말과 함께 그녀가 악마금의 소매를 잡아 애원하듯 말했다.

"지금 잡히면 정말 큰일나요. 그러니 거절하지 마시고 가는 곳까지만 동행해 주세요."

크게 어려운 부탁은 아니었지만 악마금이 승낙할 이유는 없었다. 심드렁한 그의 표정을 보며 당원영이 제안을 한 가지 했다.

"귀찮은 건 싫다고 했죠?"

"그래서?"

"그럼 동행할 동안 제가 모든 일을 다 해드릴게요. 어때요?"

"일을 해준다?"

"네. 그러니까… 밤에 노숙할 때 불을 피운다든지 음식을 만든다든지 하는 잡다한 모든 것이요. 사실 추적하는 녀석들이 있기는 하지만 제가 어디로 가는지 알 수 없을 테니 문제될 것은 없을 거예요. 어때요?"

"하하하!"

악마금은 그녀의 말을 들으며 웃기만 했다. 그 때문에 인상을 쓴 그녀가 무언가 말하려는데 악마금이 먼저 입을 열었다.

"괜찮은 조건이기는 한데, 만약 추적자들이 붙으면 어떻게 하지? 난 그런 일에 나서는 것이 싫거든."

정작 중요한 일은 나 몰라라 발뺌하는 악마금을 얄밉다는 듯 바라보던 당원영이 대답했다.

"무공이 고강(高强)하시니 제가 도망칠 수 있게만 도와주시면 돼요. 그런 간단한 일, 게다가 일어날지도 모르는 일을 빌미로 하녀 한 명 얻는다면 손해는 아니잖아요."

"그렇기는 하군."

한참 동안 생각하던 악마금이 고개를 끄덕였다.

"좋아, 난 만독부로 가는 길이니 그곳까지만 같이 동행하기로 하지. 좀 전에 약속했듯이 모든 일은 네가 해야 하니 명심하도록."

"걱정 마세요."

그렇게 두 사람의 기묘한 동행은 시작되었다. 둘 다 바라는 바가 있었기에 괜찮은 조건이기는 했지만 분명 한 사람은 손해를 볼 수밖에 없었다. 그리고 손해는 당원영 쪽인 것 같았다. 초반부터 악마금은 짐을 모두 그녀에게 들게 했던 것이다.

연약한 여인에게 짐까지 짊어지게 할 줄은 몰랐던 당원영은 내심 악마금을 쩨쩨한 놈이라 생각했지만 그것은 시작일 뿐이었다. 설마 했던 그녀는 악마금이 작정이나 한 듯 부려먹기 시작하자 힘들어 미칠 지경이었다. 식사는 물론이고, 그녀의 말마따나 야숙을 하게 되었을 때 장작을 구해와 불을 지피게 하는 한편, 산짐승까지 잡아오게 한 후 요리까지 시켰다.

좀 더 걸음을 빨리해 마을에 당도했다면 이런 일도 없었겠지만 악마금이 의도적으로 그러는 것인지 느긋한 걸음걸이로 가고 있으니 당원영으로서는 울화통이 치밀었다. 결국 다음날이 되자 그녀가 투덜거렸다.

"만독부까지 빨리 가야 하지 않아요? 좀 더 속력을 내는 것은 어때요? 이러다 오늘도 야숙을 해야겠어요."

"난 상관없어. 하녀까지 있는데 설마 내가 고생을 하겠어?"

"그래도 저도 좀 생각을 해주세요. 얼마나 힘든지 알아요?"

"그건 네가 원했던 것이 아닌가?"

"하지만 일부러 고생시킬 필요는 없잖아요."

"잔말 말고 따라와. 지금이라도 생각이 바뀌었으면 따로 가도 난 상관하지 않아."

그 말에 그녀는 입을 다물어 버렸다. 어차피 가는 길이었고, 혼자 가기에는 조금 불안한 감이 있었기 때문이다. 혹시 혈루혈천대를 만나게 된다면 끌려가 얼굴도 모르는 자와 정략결혼이라도 해야 할 판. 그것만은 피하고 싶은 당원영이었다.

아무튼 열심히 악마금의 수발을 들며 동행을 한 지 이틀째 저녁 시간이었다. 아직 더 가도 되겠지만 악마금이 여유를 부리며 걸음을 멈춰 세웠다.

"슬슬 해가 지고 있으니 가까운 데 쉴 곳을 찾는 것이 어때?"

"벌써요?"

"밤의 숲길은 위험하거든."

당원영은 '어련하겠어?' 라는 눈빛으로 악마금을 바라본 후 체념한 듯 주위를 살피기 시작했다. 이리저리 돌아다닌 끝에 괜찮은 공터를 발견한 그녀는 악마금이 보는 앞에서 나뭇가지를 구해 불을 지폈다. 그리고 어김없이, 장장 삼각이라는 시간을 투자해 토끼 한 마리를 잡아와 불에 굽기 시작했다.

털을 뽑고, 근처 냇가에서 내장을 빼내고, 불 위에서 노릇노릇 익어가는 토끼를 바라보던 그녀가 나무에 몸을 기대어 쉬고 있는 악마금을 얄밉다는 듯 쏘아본 후 입을 열었다.

"다 익었어요. 어서 드세요."

"흠, 냄새는 좋군."

악마금은 불 앞으로 다가가 토끼 다리를 하나 뜯었다. 당원영은 심사를 기다리는 서생의 그것과 같은 표정으로 악마금을 바라보았다.

"어때요?"

"꽤 먹을 만하군."

다리 하나가 뼈만 남는 데는 그리 오랜 시간이 걸리지 않았다. 그리고 다음 다리!

악마금은 먹어보라는 소리도 없이 혼자서 토끼 다리를 모두 뜯어 먹었다. 그 후 당원영을 보며 슬며시 권했다.

"한 마리는 많은 것 같군. 너도 먹지 그래?"

"빨리도 물어보네요."

그러면서 어깨 살을 조심스럽게 뜯는 그녀. 하지만 그녀는 자신이 잡고, 요리한 맛있는(?) 토끼 고기를 먹을 수가 없었다.

"살려줘!"

갑자기 들리는 외침에 당원영은 고기를 뜯다 말고 고개를 돌렸다.

꽤 먼 곳에서 들리는 아련한 소리였지만 음성에 담겨 있는 절박한 심정은 여실히 드러나 있었다. 의아함이 들었던 그녀는 입 근처에서 고소한 냄새를 풍기는 고기를 아쉬운 듯 바라보더니 악마금을 향해 물었다.

"무슨 일이죠?"

"글쎄……. 누군가가 위험에 처했는지도 모르지."

"말을 참 쉽게 하네요. 그럼 도와줘야 하는 것이 사람의 도리 아닌가요?"

"웃기는 소리! 나와 직접적인 연관이 없다면 그런 일 따위에는 신경 안 써. 너도 쓸데없는 데 신경 쓰지 말고, 주린 배나 채워둬."

너무도 실리적인 악마금의 말에 그녀는 한편으로 수긍을 하면서도 한편으로는 왠지 반박하고 싶은 기분이 들었다. 하지만 그의 말대로 배고픔을 참기는 힘이 들었다. 하루 종일 고생한 후 드디어 맛볼 수 있는 고기가 눈앞에 있는데 포기할 수는 없지 않은가. 내심 자신에게도 그런 마음이 있다는 것을 창피해한 당원영은 토끼 고기를 입속 한가득 베어 물었다. 그리고 그때 아련히 들리던 목소리의 주인을 볼 수 있었다.

"도와주시오!"

불빛을 보고 찾아온 모양이었다. 이리저리 찢겨져 있는, 그리고 땀에 절은 것인지 물에 빠졌던 것인지 축축이 젖어 보이는 옷을 입고 있던 봉두난발의 사내가 뛰어들며 소리쳤다. 누군가에게 쫓기고 있는 듯한 분위기와 다급해 보이는 표정을 보고 당원영이 고기를 오물거리며 물었다.

"무슨 일인데 그러시는 거죠?"

역시 그녀가 예상하는 대답이 나왔다.

"쫓기고 있소. 제발 도와주시오."

"누구에게요?"

사내는 그런 말을 할 시간적 여유조차 없는지 대답없이 재빨리 공터 주위의 풀숲에 뛰어들며 몸을 숨겼다. 그러면서도 눈짓으로 당원영에게 다른 곳으로 갔다고 말하라는 것을 잊지 않았다.

당원영이야 부지불식간 일어난 일이라 '그런가 보다' 라고 넘겼지만 악마금은 인상을 굳히며 잠시 생각에 잠겼다. 몸이 젖어 있는 상황에서도 전혀 물을 떨어뜨리지 않고 풀숲으로 몸을 숨기는 모습이 여간 대단한 고수 같아 보이지 않았기 때문이다. 뿐만 아니라 그런 급한 상황에서도 전혀 흔적을 남기지 않았다는 것 또한 눈여겨볼 만했다. 무엇 때문에 저런 고수가 쫓기고 있는 것인지는 알 수 없었지만 약간의 흥미가 들었기에 악마금도 모른 척하기로 했다.

잠시 후 사내가 온 곳으로 열 명의 검을 든 무사가 빠르게 모습을 드러냈다. 그들은 악마금과 당원영을 보며 험악하게 물었다. 흡사, 거짓을 말한다면 목숨을 보장할 수 없다는 듯한 위협적인 어투였다.

"좀 전에 이곳을 지나간 자를 보지 못했나?"

보자마자 하대를 해오는 중년 사내 때문에 심사가 뒤틀렸지만 당원영은 능청스럽게 말을 받았다.

"보기는 봤는데, 왜 그러시죠?"

"어디로 갔지?"

"그러니까, 왜 그러시는지 알아야 가르쳐 드리죠."

그러자 중년 사내 뒤에 있던 또 다른 사내가 검을 잡은 상태에서 앞으로 나섰다. 으르렁거리는 그의 목소리에는 살기가 배어 있었다.

"바빠 죽겠는데, 죽고 싶지 않으면 빨리 말해라!"

그에 질세라 당원영이 짐짓 두렵다는 듯 몸을 떨며 연기를 했다.

"저곳으로 달려갔는데, 이쪽으로 갔다고 말해 달라고 했어요."

"흠."

잠시 생각에 잠겼던 중년 사내가 손짓을 하자 남은 아홉 명의 사내가 재빨리 당원영이 가리킨 곳으로 몸을 날렸다. 망설임없는 신속한 동작으로 보아 엄청난 고수들임에 분명했다. 실력이 상당할 것이라 생각되는 봉두난발의 사내가 왜 도망을 쳤는지 이해가 갈 정도였다.

아홉 명이 사라진 후 남았던 중년 무사가 목소리를 부드럽게 바꾸며 가볍게 포권을 했다.

"고맙소. 바쁜 일이 있었기에 무례를 범했으니 용서해 주시오."

"아니에요. 그런데 정말 무슨 일이죠?"

"아주 극악한 범죄자요. 하지만 걱정 마시오. 수하들의 실력이 뛰어나니 조만간 잡힐 것이오."

순간 당원영은 놀란 표정을 지었다. 숨겨준 자가 나쁜 놈이었다니, 지금 말할 수도 없고, 가만 있자니 찜찜했다.

"어, 어떤 일을 저질렀는데요?"

"그건 말할 수 없소."

"혹시 관에 몸을 담고 있나요?"

"아니오. 그자는 우리 철영문(鐵營門)의 중죄인이오."

"철영문?"

"이곳에서 삼십 리 떨어진 중영(中營)에 위치하고 있소."

"아! 문도 수는 적지만 고수들이 많기로 유명한 명문이로군요."

당원영이 아는 체하자 중년 사내가 자부심을 내비치며 고개를 끄덕였다.

"그렇소. 들어봤소?"

"네. 얼핏 듣기로는 천오백여 명의 고수를 보유하고 있고, 그중 삼백 명이나 되는 절정고수들을 앞세워 일대에서 가장 강한 힘을 유지하고 있다고 알고 있어요."

"흠, 대충은 맞소만 일대에서 가장 강한 힘이라는 말은 조금 과장됐군요. 우리가 있는 중영에는 진성문(辰星門)이라는 거대한 문파도 자리 잡고 있으니 말이오."

"아무튼 도망친 사내는 관의 죄인이 아니라 철영문의 죄인이라는 뜻이군요?"

"그렇게 볼 수도 있지만, 아주 악질이오. 그자를 잡느냐 못 잡느냐에 따라 본 문의 존망이 걸릴 정도이니까요."

"그 정도로 큰 죄가 있는지 몰랐군요."

당원영은 더욱 궁금증이 일었으나 상대가 그에 대해서는 입을 꾹 다물고 있자 어쩔 수 없이 화제를 돌렸다.

"그런데 아까 달려간 아홉 명의 실력이 엄청난 것 같은데, 저런 고수가 철영문에는 몇 명이나 있죠?"

"저들은 우리 문의 최고 정예들이오. 고수들이 많은 것은 사실이지만 저 정도의 고수들은 흔하지 않지요. 오십 명 정도?"

그때 어둠 속에서 사라졌던 아홉 명의 사내가 나타났다. 그들 중 하나가 인상을 쓰며 급히 보고를 올렸다.

"없습니다. 감쪽같이 사라졌는데요."

그러자 중년 사내가 당원영을 바라보며 미심쩍은 듯 물었다.

"정말 저곳으로 간 것이 맞소?"

"네? 네. 분명히 저곳으로 달려갔어요."

속으로 불안함이 든 것이 사실이었지만 이미 한 거짓말을 되돌리기에는 무리가 있었다. 그녀로서는 끝까지 거짓말을 할 수밖에 없었는데, 문제가 생겼다. 바로 저 안하무인인 악마금이 문제의 원흉이었다. 그는 재밌다는 듯 이죽거리며 당원영을 향해, 하지만 주위 무사들 들으라는 듯 크게 말했다.

"너는 거짓말을 밥 먹듯이 하는구나!"

순간 놀란 당원영. 그녀의 눈은 경악에 물들어 악마금을 쏘아보았고, 열 명의 무사는 인상을 험악하게 구기며 당원영을 바라보았다. 그러자 당원영이 말도 안 된다는 듯 반박을 하고 나섰다.

"무, 무슨 소리예요? 제가 언제 거짓말을 했다고 그러죠?"

"흐흐흐, 그럼 왜 저곳으로 갔다고 그랬지?"

당원영은 끝까지 발뺌을 했다.

"저, 저곳으로 갔잖아요. 당신도 봐놓고 왜 그러는 거예요?"

그녀의 목소리는 자연히 떨려 나올 수밖에 없었다. 일이 잘못됐을 경우 엄청난 결과가 날 수도 있었기 때문이다. 그리고 그 결과의 최악은 어쩌면 목숨을 잃게 될 수도 있었다. 하지만 이 빌어먹을 악마금은 그녀를 끝까지 물고 늘어지고 싶은 모양이다. 표정은 장난 같았지만 그것이 당원영의 기분을 더욱 나쁘게 했다. 아이들이 장난으로 던진

돌에 개구리는 맞아 죽기도 한다.

"호! 그랬어? 내 눈이 잘못된 건가? 왜 난 다른 방향으로 갔다는 생각이 들까?"

개구리가 되기 싫었던 그녀가 버럭 소리쳤다. 그러면서 내심 아까 전 풀숲으로 숨었던 사내가 이미 자리를 빠져나갔기를 빌었다.

"말도 안 되는 소리 말아요. 그럼 당신은 그자가 어디로 갔다고 생각하는 거죠?"

악마금은 여전히 이죽거리고 있었다.

"글쎄… 그건 네가 말해야 하지 않을까? 숨겨주려고 작정했으니 더 잘 알고 있을 것이 아닌가?"

점점 더 궁지 속으로 몰아가는 악마금 때문에 당원영은 얼굴이 핼쑥해져 버렸다. 그에 질세라 무사들이 검을 뽑아 들었다. 중년 사내의 목소리에는 적의가 드러나고 있었다.

"그 말이 정말이냐?"

"……."

당원영은 말없이 난감한 표정을 지을 뿐이었다. 그러자 중년 사내가 그것을 긍정으로 해석하고 무사들에게 명했다.

"주위를 살펴라!"

슈슈슉!

아홉 명의 사내가 빠른 신법으로 사방으로 흩어졌다. 하지만 일각이 지나도 도망자의 위치를 파악할 수는 없었다. 돌아온 무사들이 고개를 갸웃거렸다.

"없습니다."

중년 사내는 못 미더운 표정으로 잠시 생각에 잠기더니 이내 당원영을 바라보며 말했다.

"누구 말이 맞는지는 모르겠으나 시간이 없으니 그냥 가도록 하지. 하지만 다음에 볼 때는 각오하는 것이 좋을 거다."

그들이 조용히 물러가자 당원영이 오히려 얼떨떨한 기분이었다. 하지만 생각을 접은 채 악마금을 무섭게 쏘아보았다.

"도대체 왜 그랬죠? 귀찮은 일은 싫다면서요? 만약 탄로가 났다면 어떻게 됐을지 알기나 해요?"

"하하, 어떻게 된다니 무슨 말이야? 설마 저들이 날 어떻게 할 수 있을 거라고 보나?"

순간 당원영은 황당한 표정을 지었다. 악마금의 실력이 뛰어난 것은 인정하지만 솔직히 기루에서 혈루혈천대를 어떻게 쓰러뜨렸는지는 모르는 그녀였기 때문이다. 게다가 그것은 악마금의 무공 실력이 아닌, 다른 유의 술수라고 보고 있는 면도 컸다. 혈루혈천대가 완전히 방심한 상황에서 기습을 받았으니 어쩔 수 없었던 것도 사실이 아닌가. 그런데 지금 악마금의 말은 자신이 방금 지나쳐 간 고수들을 모두 상대할 수 있는 듯 말하고 있으니 가소로울 수밖에.

"기루에서 어떤 술수를 썼는지 모르지만 지금은 달라요."

"상관없어. 난 사실을 말했을 뿐이니까. 전혀 상관도 없는 자를 숨겨주기 위해 위험을 무릅쓰는 네가 더 이상해 보일 뿐이야."

그 말도 맞는 말이었지만 당원영이 둘러댔다.

"그건 그자가 죄인인 줄 몰랐을 때잖아요."

"그럼 알았을 때 말을 하지 그랬나?"

"어떻게 그래요? 그러다가 우리까지 피해를 보면 어쩌려고요?"
"피해를 볼 것이 어디에 있어. 몰랐다고 하며 위치를 가르쳐 주면 그만 아닌가? 보아하니 그들이 그리 돌머리 같지는 않던데."
"닥쳐랏!"
당원영이 무언가 말하려 할 때 갑자기 풀숲에서 누군가가 외치며 공터로 뛰어들었다. 숨어들었던 봉두난발의 사내였다. 무사들이 아무리 찾아도 보이지 않던 그가 어떻게 그 자리에 있는지는 알 수 없었지만 지금 그런 것을 상관할 때가 아니었다. 그자는 악마금을 향해 검을 겨누고 있었기 때문이다.
"도와주지 않을 거면 그냥 있을 것이지 왜 그따위 소리로 사람을 위기에 처하게 했지? 나에게 무슨 감정이라도 있나?"
그의 말하는 모습을 보고 악마금이 비릿하게 입꼬리를 말아 올렸다.
"난 너를 도와주겠다고 한 적이 없다. 그리고 죽으려고 환장을 했군. 난 나에게 검을 겨누는 놈을 그냥 두지 않거든."
그러면서 악마금의 손가락이 퉁겨졌다. 순간 겨누어져 있던 검이 '챙' 하고 부러져 나갔다.
"이럴 수가!"
봉두난발의 사내는 경악하며 자신의 검이 왜 부러졌나를 생각했고, 옆에서 지켜보던 당원영 또한 두 눈을 부릅뜬 채 땅에 떨어진 검신과 악마금을 번갈아 보기 시작했다. 그들이 알고 있는 무공 이론으로는 도저히 생각할 수 없는 괴현상이 일어났으니 당연한 것이었다. 하지만 악마금은 그들에겐 상관하지 않고 자연스럽게 자리에서 일어서고 있었다. 그리고 일어섬과 함께 그의 신형이 갑자기 사라지더니 이내 사내의 코앞에 다가와 있었다.

　조금 전보다 더욱 놀란 봉두난발의 사내였지만 그 놀람은 이어지지 않았다. 악마금의 처절한 구타가 시작되었기 때문이다.

　"퍽! 퍼퍽!

　둔탁한 격타음은 젖은 옷에서도 먼지를 불러 일으켰다. 맞는 중에도 사내는 자신의 무력함을 느끼며 결국 살려달라는 소리를 내뱉었다.

　"사, 살려주십시오."

　무인으로 살아오면서 이런 일은 없을 것이라 생각했던 그였지만, 상대가 자신과 견주어볼 수도 없을 만큼의 엄청난 고수라는 것을 절실히 느끼자 본능적으로 튀어나오는 비굴함은 어쩔 수 없었다. 하지만 상대는 멈출 생각이 없는 모양. 그 후로도 몇 대를 더 두들기고 나서야 손을 거두었다. 봉두난발의 사내는 맞는 것에 지쳐 숨을 헐떡였다. 그래도 평소 엄청난 수련 덕분에 몸이 튼튼했기에 이 정도로 끝난 것이었다.

　"이렇게 끝낸 것을 다행으로 알아라."

　악마금은 가늘게 뜬 눈으로 더러운 벌레를 보듯 신음을 흘리며 쓰러져 있는 봉두난발의 사내를 내려다보고 있었다. 그러자 사내는 고개를 미세하게 끄덕이며 떠듬거렸다.

　"고, 고인을 몰라뵙고……. 죄, 죄송합니다."

　"알면 됐고! 우선 네놈에게 궁금한 점이 있어서 살려둔 것이니까 묻는 말에 대답이나 해봐."

　"마, 말씀하십시오."

　"무슨 죄를 지었는지, 저자들이 철영문의 고수들이 맞는지, 또 왜 쫓기게 되었는지를 말해 봐."

"그, 그건······."

사내가 난감한 듯한 표정을 짓자 악마금이 인상을 찌푸렸다.

"좀 더 맛을 봐야 입을 열겠다면 어쩔 수 없지."

그러면서 다시 멱살을 잡고 일으키려는데, 사내가 아픔도 잊은 채 기겁을 하며 고개를 저었다.

"아, 아닙니다! 말하겠습니다!"

악마금은 그의 멱살을 거칠게 놓으며 다시 바닥에 앉았다.

"말해 봐."

제5장
이루지 못할 사랑

만월교가 직접적으로 귀주무림을 도발하기 시작하면서부터 수많은 문파들이 그에 온 신경을 집중했다. 그리고 그 많은 문파들 속에 중영에 위치한, 문도 수 천오백을 보유한 철영문도 있었다. 처음 만월교가 세상에 모습을 드러냈을 때 그들은 크게 신경 쓰지 않았다. 귀주 여기저기에서 연합을 결성할 때도 중립을 지키며 자신들의 세력을 불리기에 급급했기 때문이다. 오히려 그 시기가 다른 때보다 세력을 키우기에 더욱 유리했다고 할 수 있었다.

하지만 그것도 한계에 부딪쳤다. 만월교가 직접적으로 귀주 문파들을 공격하기 시작하면서 철영문도 은근히 위협을 느끼기 시작했기 때문이다. 결국 이대로 방관하기엔 무리가 뒤따른다는 판단을 내린 문주는 중영에 자리를 잡고 있는 진성문과 돈독한 관계를 유지하기 위해 애쓰기 시작했다.

　진성문은 중영에 퍼져 있는 일곱 개의 문파 중 삼천이라는 고수들을 보유한 상당히 큰 세력. 그렇기에 그들과 좋은 관계만 유지할 수 있다면 이 난세를 극복할 수 있을 것 같았던 것이다.

　방법은 아주 단순한 것이었다. 그들과 자주 교류를 하며 이권을 나누어 상호 협조하는 반면, 그렇게 다져진 친분을 더욱 가깝게 하기 위해 철영문에서 비밀리에 내려오는 귀한 지도 한 부를 더 베껴 진성문주에게 넘기기로 한 것이다. 뿐만 아니라 좀 더 오래 밀접한 관계를 유지하기 위해 문주의 딸인 도원원(圖圓園)을 진성문주의 아들인 장심(壯心)에게 시집보내기로 약조를 해버렸다. 그런데 거기에서 문제가 발생했다. 생각지도 못했던 일이었지만, 결국 그 문제가 문파의 흥망(興亡)을 좌지우지하게 될 줄은 아무도 몰랐다. 그리고 그것을 알았을 때 철영문주 도지학(圖地學)은 땅을 치며 후회를 했었다고 한다.

　철영문에는 가양학(柯洋學)이라는 사내가 있었다. 그는 아주 어릴 때 철영문에 들어와 생활을 하기 시작했다. 거지촌에서 뒹굴었던 그였기에 문 내의 생활은 그 어떤 때보다 좋을 수밖에 없었다. 하지만 그것도 잠시. 욕심과 욕망, 그리고 야망은 사람의 눈을 달라지게 하는 모양이다. 무림의 문파에서의 생활은 그에게 무공이라는 멋진 기술이 하나의 기대감으로 어린아이였던 그의 마음을 빼앗아 버렸다.

　잡일이나 하며 문 내에서 생활하던 가양학은 결국 무공을 익힐 기회를 얻을 수 있게 되었다. 아홉 살이라는 비교적 어린 나이였기에 무공을 익히기 적당하다는 판단에서 제자로 받아들여진 것이다. 하지만 무공을 익힌다는 것이 뼈를 깎는 고통임을 알았을 때 그는 엄청난 실연을 맞이했다. 아이로서는 견디기 힘든 수련을 매일같이 받아야 했으니 그만한 나이 또래 친구들이 천진난만하게 놀고 있는 모습을 보며 점점 더 나태해져 갔다. 수련을 하면서도 집중을 하지 못한 채 건성으로 익히는 검법. 그러니 잘될 리가 있나. 매일 교관에게 꾸중과 벌을 받는 시간이 많아졌고, 십사 세로 접어든 사춘기 소년 가양학의 반항심만 자극할 뿐이었다.

그러던 어느 날이었다. 그날도 꾸중으로 시작한 수련을 받으며, 결국 마지막에 철영문이 자랑하는 검법인 정류화도검법(停留火到劍法)의 십이초식, 백마강타(白魔强打)를 오백 회 반복하라는 벌을 받음으로 일과가 끝이 났다. 그런데 동기들이 저녁을 먹으러 갈 시간 남아서 수련을 하게 된 그에게 인생을 바꿀 만한 만남이 이뤄지게 되었다.

도원원이라고 했던가!

설핏 들었던 문주의 딸. 자신보다 두 살이나 적어 아직은 아이라고 할 수 있었지만 시비와 함께 수련장을 돌아보는 그 초롱초롱한 눈빛이 사춘기 소년인 가양학의 가슴을 강렬히 후벼 팠다.

철영문은 타 문파와 달리 고수들이 꽤 많은 곳으로 일대에 유명했다. 특히 문주의 직속 부대인 철영대가 뛰어났는데, 철영대에 속하게 되는 순간부터는 대우가 달라진다. 일개 무사에서 철영문을 이끌게 되는 중심적인 인물로, 간부의 대우를 받게 되기 때문이다. 모든 무사들이 그 자리에 올라서기 위해 노력하는 것은 당연했다. 봉급도 일반 무사들의 다섯 배가 넘으니 부와 명예를 같이 거머쥐게 되는 자리니 말이다.

괜스레 무공을 익힌 것을 후회하고 있던 가양학은 도원원을 보는 순간 철영대에 들어가기로 마음먹었다. 어린 마음에 일개 무사가 되어 숨죽이고 사는 것보다는 자신의 가는 길에 최고가 되어 당당히 사랑하는―당시 가양학의 생각에는 분명히 사랑이었다―여인 앞에 서고 싶었기 때문이다.

그날부터 가양학은 달라지기 시작했다. 인생의 목표가 생긴 만큼, 그것을 쟁취하기 위해 처절하게 수련을 했던 것이다. 주위에서 그를 알고 있던 사람들이 경악할 정도로 무공에 정진했고, 학문도 틈틈이 배우기 시작했다.

나날이 발전하는 가양학일 수밖에 없었다. 지금까지 게으름 때문에 가려졌던 무공에 대한 재능도 그때서야 발견되어, 약관의 나이가 되었을 때는 이미 일 갑자의 내공을 넘어 동기들 중 최고라는 소리를 들을 수 있게 되었다.

"그게 너라는 말이냐?"

악마금의 말에 한창 설명하던 봉두난발의 사내, 가양학이 고개를 끄덕였다.

"그렇습니다."

"대단하군. 약관에 일 갑자의 내공을 넘어섰다니……. 그 정도는 명문의 적전제자들이나 가능할 텐데 말이야."

그때 당원영이 끼어들었다. 가양학의 이야기가 쏠쏠한 재미를 불러일으켰기에 내용이 다른 곳으로 새는 것을 막기 위해서였다.

"그래서요? 그래서 어떻게 됐죠?"

"아무튼……."

가양학은 그녀의 바람대로 계속 자신의 이야기를 읊어나가기 시작했다.

 그가 수련생들 중 최고의 고수가 되자 최연소의 나이로 동영대의 대원으로 뽑혀 들어갈 수 있었다. 하지만 그의 꿈은 철영대였고, 그렇기에 그 후로도 부단히 무공 수련을 열심히 할 수밖에 없었다. 하지만 무공만으로는 철영대에 들어갈 수 없다. 적절한 공도 세워야 했고, 간부들의 승인도 받아야 했다.
 그래서 가양학은 자신의 맡은 바 임무에 정말 최선을 다했다. 타 문파와의 격돌에서 언제나 앞장을 서 공을 세웠고, 그러길 오 년. 그 덕분에 그에게 남은 것은 전신에 붉게 드러난 상처뿐이었다. 하지만 결국 그 공을 인정받아 스물여섯의, 역시 최연소 나이에 철영대의 대원이 될 수 있었다.
 철영대에 들어갔을 때 그에게는 많은 것이 바뀌어 있었다. 가장 많은 변화를 보인 것은 무공이었다. 뛰어난 실력을 겸비한 장로들 중 영환 장로의 제자가 되어 철영문의 삼대무공 중 하나인 철우환신공(鐵雨渙神功)을 익힐 수 있게 되었고, 검법도 내원 비고에 보관되어 있는 수많은 것들을 익힐 수 있는 기회가 주어졌다.
 그리고 대우 면에서도 확실한 차이가 났다. 그간 달마다 받아왔던 액수의 다섯 배를 받게 된 것은 당연한 것이었고, 모든 철영문 무사들의 인사를 받으며 부러움의 시선을 한 몸에 받게 되었다. 하지만 그가 가장 기뻐한 것은 다른 것이었다. 바로 내원에서 생활하게 된다는 것이었는데, 그가 그렇게 꿈꿔오던 도원원을 볼 수 있으니 하늘을 나는 기분인 것은 당연했다.

준수한 외모에, 능력을 겸비한 가양학.

게다가 자주 얼굴을 마주하게 되자 그의 바람대로 문주의 딸 도원원도 자연 그에게 관심을 가지게 되었다. 다른 철영대원들이야 나이가 많은 고수들이었기에 당연하지 않겠는가!

그리고 시간은 모든 것을 해결해 주었다. 가양학의 나이 이십구 세가 됐을 때, 두 사람은 처음으로 달구경을 하게 되었다. 비록 도원원의 야밤산책(?)을 호위한다는 명목으로 따라붙은 것이지만 그날 밤, 도원원에게서 사랑한다는 말을 들을 수 있었다.

젊은이의 꿈은 그렇게 이루어지는가 싶었다. 그리고 가양학은 노력하면 안 되는 것이 없다는 진리를 깨닫게 되었다. 사건이 일어나기 전까지는…….

사건은 그날 이후 둘의 사랑이 자꾸 커져만 가는 일 년 후에 일어났다. 만월교의 심한 도발 행위와 중영과 멀지 않은 도균의 연합이 와해되면서 철영문주가 위기감을 느끼기 시작했기 때문이다. 전부터 진성문과 돈독한 우호 관계를 유지했던 문주는 결국 그들과 사돈지간을 맺기로 결정을 보았고, 비밀리에 그 일을 추진했다. 아무리 비밀이라지만 그 사실이 철영대의 귀를 벗어날 수는 없는 일.

소식을 들은 가양학은 절규할 수밖에 없었다. 철영문을 위해 얼마나 고생을 했던가. 도원원을 위해 뼈를 깎는 수련을 마다하지 않고 얼마나 참아왔던가.

그런데 이제 그녀가, 손만 뻗으면 잡을 수 있을 것 같은 그녀가 자신 앞에 보이는데 다른 사람에게 보내야 한다니……. 그 고통은 가양학에

게 참을 수 없는 배신감으로 다가왔다. 하지만 그런 생각은 그의 것만
이 아니었다. 역시 가양학을 절실히 사랑하게 된 도원원 또한 밤을 눈
물로 지새우며 마음의 고통에 시달려야 했던 것이다.

"우리 도망가요!"
며칠 후, 생각 끝에 어렵게 입을 뗀 그녀의 말을 들었을 때 가양학은
환희를 느꼈다. 그녀 또한 그만큼 자신을 사랑하게 됐다는 것을 뜻하
는 것이니 말이다. 하지만 마음 한편으로 밀려들어 오는 두려움도 어
쩔 수 없는 것이었다.
철영문에 바쳐 온 인생. 그것을 모두 벗어던지고 살아가야 한다는,
기약할 수 없는 인생의 두려움.
그보다 어떻게 철영문을 빠져나가야 하는지에 대한, 밀려드는 두려
움.
과연 도원원이 사라졌는데 철영문주가 가만히 넋 놓고 보내줄 것인
가?
아니라는 생각에 천만금을 걸라고 해도 걸었을 가양학이었다. 하지
만 사랑의 힘은 모든 두려움을 극복해 내는 것이었다.
"좋아! 도망가자!"
그 대답을 끝으로 그들은 사람들의 눈을 피해 만나며 철저한 계획을
세우기 시작했다. 우선 도주를 감행한 후를 기약하기 위해 문주에게
대대로 전해지는 보물, 바로 고대의 무공 중 사람들의 입에 오르내리는
절세신공인 자하신공(紫蝦神功)이 숨겨져 있는 지도를 훔치기로 작정
했다. 그 지도가 절반이 잘려 완전한 것은 아니었지만 그것만으로도

상당한 값어치가 있는 물건이었다. 만약 도주가 성공한다면, 그 비급을 찾기 위해 무림을 돌아다닐 생각을 하고 있었다.

그리고 만약 실패했을 시 지도를 빌미로 협박을 할 생각을 했다. 지도는 말 그대로 비밀로 지켜지며 지금까지 철영문에 이어졌기에 무엇보다 중요한 물건이었던 것이다.

지도를 몰래 훔쳐 내는 것은 도원원의 역할이었다. 그리고 의외로 손쉽게 그것을 빼낼 수가 있었다.

지도까지 빼낸 후, 다음날 밤으로 바로 약속을 잡았다. 지도가 없어진 사실이 알려지기 전에 도망쳐야 했기 때문이다. 사전에 모두 계획된 대로 움직인 그들. 다음날이 바로 가양학이 내원 보초를 서는 날이었고, 그때 도원원이 산책을 나갔다.

모두가 잠이 든 시각 아무도 없는 것을 확인한 가양학은 슬며시 보초지를 이탈하여 문외로 빠져나왔다. 거기까지는 계획대로 착착 진행되었다. 하지만 문제는 다음부터였다.

도원원은 문주의 딸이었으니 산책을 나간다 하더라도 호위가 따라붙는 것이 당연했고, 그 호위를 처리해야 하는 중요한 일이 남았던 것이다.

하필 그녀의 호위가 평소 가양학과 친하게 지내던 사형이라는 것에서부터 일은 어그러졌다. 사형만 아니었어도 목숨을 끊어 깨끗이 처리를 했겠지만, 가양학은 차마 그럴 수가 없었다.

결국 손속에 사정을 두어 기절을 시킨 채 도원원과 도주를 했고, 의외로 일찍 정신이 든 사형이 문 내로 사실을 고해 버렸다.

추격은 생각할 수 없을 정도로 재빨리 이루어졌다. 그리고 다음날,

즉 악마금과 당원영을 만나기 두 시진 전에 폭포에서 사랑하는 여인, 도원원이 잡혀 가양학의 기분을 쓸쓸하게 만들었다.

하지만 그는 포기할 수가 없었다. 지도가 자신에게 있었기에 도주만 성공한다면 훗날 그것과 도원원을 교환할 수 있을 거라는 생각을 했기 때문이다. 눈물을 머금고 그녀를 구하지 못한 채 도망친 그는 혼신의 힘을 다하여 경공술을 발휘했다. 철영문에서 다섯 손가락 안에 드는 고수가 된 그를 철영대가 잡기란 여간 어려운 일이 아니었다. 게다가 지도가 그의 품속에 있는지, 아니면 다른 곳에다 숨겨놓았는지 모르기에 죽일 수도 없는 일이 아닌가!

무조건 생포하라는 철영문주의 명에 철영대 전원은 고생고생을 하며 그를 추격만 할 수밖에 없었다.

"그렇게 된 것입니다."

가양학의 설명이 끝나자 당원영이 가는 한숨을 쉬었다. 그리고 측은한 표정으로 그를 바라보며 위로를 했다.

"너무 걱정 마세요. 다 잘될 거예요."

"말만이라도 고맙습니다. 하지만 앞으로 어떻게 해야 할지 모르겠군요."

그때 악마금이 하품을 크게 하더니 심드렁한 표정으로 물었다.

"그런데 그 지도란 것이 무엇이지? 뭐가 그려져 있기에 철영문에서 목을 매는 거냐?"

"그건 말씀드릴 수가 없습니다."

"훗, 그래도 철영문의 제자라는 말인가?"

"당연하죠. 죄를 짓기는 했지만 사문을 배신할 생각은 없습니다. 그것이 알려지면 정말 큰일나니까요."

"의리는 있는 것 같다만, 그런 생각이라면 뭐 하러 도망을 쳐. 처음부터 문파를 위해 열심히 몸이나 놀릴 일이지."

"말했지 않습니까? 저는 그녀를 정말 사랑합니다. 그러니 사문에 대한 의리와는 문제가 다르지요."

그러자 악마금이 비웃음 섞인 표정을 지으며 고개를 저었다.

"크크크, 웃기는군! 내가 보기에는 거기에서 거기야. 아무튼 미안하게 됐군."

"예? 미안하다니 무슨 말씀이십니까?"

"조금 지나보면 알게 될 테니, 기다려 봐."

악마금의 말에 가양학과 당원영 모두 의아함을 드러냈으나 당사자가 그 이후 입을 다물고 자리에 누워버려 더 이상 물어볼 수는 없었다. 하지만 악마금의 말에 담긴 의미는 잠시 후 모두가 알 수 있었다.

"역시 여기에 있었군!"

갑자기 모습을 드러낸 열 명의 고수를 보며 가양학은 경악을 하며 자리에서 벌떡 일어섰다. 그리고 이리저리 둘러보는데 마땅히 손에 쥘 만한 무기가 없었다. 자신의 애검이야 악마금 때문에 부러진 지 오래. 뿐만 아니라 삭신이 쑤셔 제대로 움직이기조차 힘들었다.

가양학은 순간 난감한 기색을 드러내더니 이내 나 몰라라 하며 누운 채로 자신을 재밌다는 듯 바라보고 있는 악마금을 향해 분개한 표정을 지었다.

"다, 당신이 불렀소?"

악마금은 어깨를 으쓱하며 능청스럽게 입을 열었다.

"내가 왜 저들을 부르나? 단지, 저들이 바보가 아니라면 다시 올 것이라는 것을 짐작하고 있었다는 것뿐이지."

"그런데 왜 말을 하지 않았소?"

"내가 그런 말을 왜 네놈에게 해줘야 하지? 아무튼 잘해봐."

악마금은 말과 함께 미소를 지으며 상황을 지켜보기 시작했다. 그때 무사들이 가양학을 둘러싸며 검을 뽑아 들었다.

"저항하지 마라. 너를 다치게 하기는 싫다."

하지만 가양학은 방어적인 자세를 잡으며 주위를 견제하기 시작했다. 그것으로 그의 결심을 보인 셈이었다. 그러자 중년 사내가 손을 저었다.

"제압해라!"

슈슈슉!

이미 곤죽이 되어 있던 가양학을 보며 두 명이 급히 몸을 날렸다. 한 무사는 앞으로, 다른 무사는 뒤쪽으로 공격해 들어갔다. 죽일 생각이 전혀 없는 그들이었기에 정면을 맡았던 무사가 검으로 가양학을 현혹한 후, 그사이 뒤쪽으로 공격한 무사가 그의 어깨를 잡았다. 그러자 가양학이 팔을 돌려 뿌리치며 검지로 무사의 목선을 노렸다.

쉬이익!

약간의 경기가 스치며 빠르게 다가드는 검지. 하지만 무사도 그리 녹록한 자는 아니었다. 재빠른 가양학의 반격을 쉽게 흘려 넘기며 두 손으로 상대의 허리를 잡아 제압해 버렸던 것이다.

평소의 가양학이었다면 이 정도는 누워서 떡 먹기보다 쉽게 빠져나

이루지 못할 사랑 77

올 수 있었겠지만 지금 상황은 완전히 달랐다. 바둥거리며 뿌리치려고 노력만 해댈 뿐, 전혀 움직일 수가 없었던 것이다. 그리고 이어지는 뒷목의 통증은 그를 바닥으로 무너지게 했다. 앞으로 접근했던 무사가 그의 목을 수도의 기법으로 내려쳤기 때문이다.

"크윽!"

고통의 신음을 흘리며 넘어진 그를 향해 중년 사내가 안됐다는 듯 혀를 찼다.

"쯧쯧, 미련한 놈. 왜 이렇게 바보 같은 행동을 했나? 지금까지처럼만 했다면 너의 미래는 보장되었는데 말이야."

"크윽, 상관하지 마시오. 당신들에게는 아무리 말해도 알아듣지 못할 테니까."

포박을 당하는 그를 향해 중년 사내가 고개를 설레설레 저었다.

"너 때문에 아가씨까지 고생한다는 생각은 못해봤나?"

순간 가양학의 얼굴이 붉어졌다.

"원아는 어떻게 됐소?"

"닥쳐랏! 감히 그 더러운 입으로 누구의 이름을 함부로 거론하는 것이냐!"

하지만 가양학도 지지 않고 대꾸했다.

"말해 주시오, 어떻게 됐소?"

"지금쯤 창고에 갇혀 계시겠지. 모두 너 때문인 것을 알거라. 그렇게 고생할 분이 아니신데……. 아무튼 너는 이번 일의 모든 책임을 져야 할 것이다. 그리고 너 때문에 벌어진 일에 대한 처벌은 진성문주님께서 직접 하실 것이다. 훗날 며느리가 될 아가씨를 납치했으니 말이다."

"차라리 날 죽여라!"

"죽는 것은 그분이 결정할 일이다. 훔쳐 간 물건이나 내놓는다면 정상 참작이라는 것을 해주도록 하지."

"……."

대답없는 그를 향해 매서운 눈길을 쏟아낸 중년 사내는 고개를 까딱거렸다. 그러자 무사들이 포박된 그를 일으켜 철영문 쪽으로 향하기 시작했다. 마지막으로 공터를 벗어나려던 중년 사내가 잠시 걸음을 멈춰 악마금과 당원영을 바라보았다.

"이번 일은 조용히 입을 다물고 함구해 주시오. 마음 같아서는 책임을 함께 물어주고 싶지만 상관도 없는 사람에게 피해를 주기는 싫소. 게다가 당신이 저 녀석을 잡을 수 있게 도와준 거나 진배없으니 고맙다는 말을 오히려 해야 할 것 같군. 아무튼 절대 이 일에 대해서 발설하지 마시오, 알겠소?"

악마금은 대답없이 가만히 눈을 감아버렸다. 괜스레 찔린 당원영이 고개를 끄덕였다.

"알겠어요."

"그렇다면 하시던 여행 잘하시오. 그럼 이만!"

중년 사내까지 사라지고 난 뒤 한참 후에 당원영이 악마금을 향해 너무하다는 듯 말했다.

"정말 이렇게까지 해야 했어요?"

"뭐가?"

"돌아올지도 모른다고 귀뜸이라도 해주었으면 좋잖아요. 불쌍한 사람인데."

"내가 왜 그따위 일에 신경을 써야 하나? 잔말 말고 새벽에 떠날 테니 잠이나 자둬."

자리를 바꿔 돌아눕는 그를 향해 당원영이 은근한 어조로 입을 열었다.

"그러지 말고 도와주는 것은 어때요?"

"넌 남의 일에 참견하기를 좋아하는 것 같군. 뭐, 약간의 호기심은 살아가는 데 활력소가 되기는 하지만, 그 경우가 심하면 목숨 날리기 십상이지. 특히 언제 어떻게 될지 모르는 강호라는 세상은 더욱 그러니, 괜스레 나서서 피해 보는 일 없도록 하는 것이 좋을 거다."

"하지만 저대로 놔두면 분명히 죽을 거예요. 착한 사람인 것 같은데 도와주는 것이 잘못된 것은 아니라고 봐요. 게다가 당신의 실력은 엄청나잖아요. 그리 힘든 일 같지도 않은데."

순간 악마금이 몸을 벌떡 일으켰다. 그리고는 얼굴에 드러난 음침한 미소.

"흐흐흐, 지금 생각해 보니 웃기는군."

비웃는 듯한 그의 말에 당원영이 아미를 찡그렸다.

"뭐가요?"

"생각해 봐. 그 도원원이던가? 그녀의 사정이 너와 비슷하잖아?"

"그래서요?"

"혹시, 동병상련(同病相憐)의 정이라도 든 것 아닌가?"

당원영은 할 말을 잊은 채 망연히 악마금을 쏘아보았다. 하지만 악마금은 신경도 쓰기 싫다는 듯 다시 자리에 누워 눈을 감았고, 그녀 또한 자리를 잡고 누웠다.

'정말 인정이라고는 눈에 낀 눈곱만큼도 없는 자야.'

내심 그런 생각과 함께 한 시진 후 조심스럽게 몸을 일으키는 당원영이었다. 그와 동시에 그녀는 자신의 짐만을 챙겨 몰래 가양학이 잡혀간 방향으로 걸음을 옮겼다. 악마금의 말대로 가양학과 도원원이라는 여인에게 측은지심과 동정심을 느낀 것이 사실이었기 때문이다.

이미 도균에서는 조금 멀어져 있었고, 혈루혈천대가 자신을 찾으려면 꽤나 오랜 시간이 걸릴 것이 분명했다. 약간의 여유가 생긴 만큼 그녀는 그들을 도와주기로 마음먹었다.

그녀가 사라진 후 악마금도 눈을 뜨고 몸을 일으켰다. 그는 이제 꺼져 가는 불 위로 미리 준비해 둔 나뭇가지 몇 개를 집어 던진 후 조용히 짐을 챙겼다.

"멍청한 계집. 하기야 귀찮은 떨거지를 떨어뜨리기 위해 일부러 그런 것이니 다행이지만. 흐흐흐, 나와 상관은 없는 녀석이었지만 아무튼 고생 좀 해봐라. 네 실력으로는 어림도 없을 테니까."

말과 함께 그는 빠른 걸음으로 그곳을 벗어났다. 혹시 마음이 바뀌어 다시 돌아올 가능성도 있을 테니까. 어쨌든 그동안 악마금은 편안한 여행을 한 셈이었으니 이득이라 할 수 있었다.

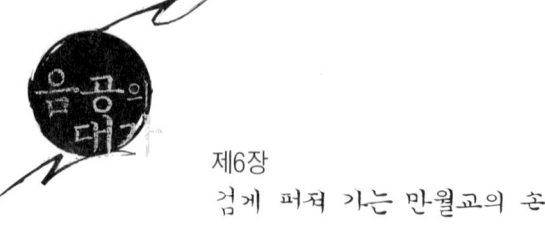

제6장
검게 퍼져 가는 만월교의 손

준의(遵義)에 위치한 혈방(血幫)은 나름대로 일대에서 상당한 세력을 자랑하는 문파였다. 그렇기에 준의대연동맹이라는 연합을 결성한 후에도 그중 중심적인 역할을 하고 있었다.

고수의 수도 가장 많은 삼천.

혈방의 방주 괴영탁은 그래서 자부심이 대단했다. 하지만 그런 혈방에도 마른하늘에 날벼락이 떨어졌다.

어느 날 밤이었다.

혈방주 괴영탁은 오후 일 처리를 끝내고 밤늦은 시간까지 수련을 했다. 피로한 몸을 이끌고 자신의 방에 들어온 그는 엉겨붙는 아내까지 떼어놓고 몸을 누였다. 그런데 몸이 피로하면 오히려 잠이 안 온다는 말이 맞는 모양이다. 그 역시 눈이 감기지를 않았다.

이리저리 뒤척이는 몸부림 속에 벌써 시간은 사경초(四更初)가 되었다.

탁자 위에 있는 물 한 잔을 마시고 돌아온 그는 안 그래도 요즘 귀주무림이 뒤숭숭해 걱정거리가 많은데 잠까지 오질 않으니 내일 하루가 걱정되기 시작했다. 하지만 언제부턴가 그의 마음을 달래는 소리가 있었다.

피리리릴—! 피리릴—!

미세한 소리였다. 신경을 쓰지 않으면 모르고 지나쳤을 그런 소리인 것이다. 하지만 무공을 익혀 평소의 청력이 남들보다 뛰어난 그의 귀를 벗어날 수는 없었다.

괴영탁은 어두운 천장을 바라보며 그 소리에 귀를 기울였다. 가만히 들어보자 피리로 연주를 하는 소리 같은데, 잠도 자지 않고 피리를 부는 자가 있다는 것이 의아했다. 하지만 그는 곧 그에 대한 신경을 꺼버렸다. 무슨 상관인가! 삼천이나 되는 고수와 그에 딸린 식솔, 그리고 하인과 하녀 등 수많은 사람들이 공동생활을 하는 곳이니 야밤에 피리 한번 부는 사람이 있을 수도 있지 않은가. 크게 이상하다고는 할 수 없었다.

게다가 정작 괴영탁을 가만 있게 한 것은 연주 실력이었다. 작지만 귀를 기울이다 보면 어느새 온몸이 나른해지며 기분이 좋아졌기 때문이다. 그런데 그렇게 이각이 지날 때였다.

"어!"

괴영탁은 갑자기 몸에서 뜨거운 무언가가 올라오는 기분을 느꼈다. 그리고 이어지는 통증에 그는 자리에서 벌떡 몸을 일으켰다.

"크읙!"

점점 더 심해지는 고통을 느끼며 그는 혼란스런 기분이 들 수밖에 없었다. 무공을 익혀온 지 수십 년. 아직까지 이런 증상이 한 번도 없었기 때문이다. 언젠가부터 하지 않은 저녁 수련을 너무 많이 해서 이렇게 된거라고는 생각지 않았다.

아무튼 이대로 있다가는 사단이 날 것 같았기에 급히 가부좌를 틀고 앉아 운기조식에 들어갔다. 기혈이 뒤틀릴 것만 같던 통증이 약간씩 줄어들고, 서서히 몸에서 땀이 나기 시작했을 때 피리 소리는 들리지 않았다. 대신 비명성이 울렸다.

"크아!"

"헉!"

은근히 기분을 묘하게 하는 답답한 신음은 분명 사람이 죽을 때 내는 것이었다. 그걸 모를 리 없는 괴영탁이 놀라 자리에서 몸을 일으켜 자신의 봉을 잡았다. 적이 침입했다는 소리도 없는 것이 이상하기는 했지만 분명 피부로 느껴지는 기운은 방 내에 방도가 아닌 자들이 난입했다는 것이었다.

파직!

"무슨 일이냐!"

문을 박차고 소리쳤지만 대답이 없었다. 그의 아내 또한 쥐 죽은 듯 조용히 자고 있을 뿐이었다. 실제 자고 있다기보다 이미 죽어 있는 상태였지만 말이다.

괴영탁은 알 수 없는 불안감에 밖으로 뛰쳐나갔다. 그리고 그가 가장 처음 본 것은 온통 붉은색인 복면인이었다. 괴영탁은 담을 넘어 들어오는 상대를 향해 외쳤다.

"누, 누구냐?"

"알 필요 없어."

나직한 목소리가 울리고, 검이 뽑혔다.

스팟!

"크윽!"

괴영탁은 믿을 수 없다는 불신의 눈으로 자신을 단칼에 베어버린 복면인을 바라보았다. 크게 빠르지는 않았지만 자신이 막을 수가 없었기 때문이다. 그의 불신이 담긴 눈빛을 보며 복면인의 비릿한 목소리가 흘러나왔다.

"믿을 수 없겠지만 음공에 당했다는 것만 알아라."

"설마, 피리 소리?"

검상(劍像)을 부여잡고 있는 그가 억지로 재차 물었다.

"어, 어디의 누구냐?"

"만월교!"

순간 괴영탁은 낮에 만월교에서 왔다는 서신을 기억해 냈다. 그리고 거기에 만월교의 귀주 통합에 동참하라는 내용과 거절했을 경우 멸문시키겠다는 내용도······.

그때 그는 콧방귀를 뀌며 웃었지만 이렇게 이루어질 줄은 몰랐다.

"이럴 수가!"

그 말을 남기고 바닥에 무너진 괴영탁을 마지막으로 혈방에서 살아남아 있는 것은 없었다. 그를 보며 안됐다는 듯한 조소를 띤 복면인이 고개를 설레설레 저었다.

사방으로 흩어져 살육을 펼친 복면인들이 혈방의 대연무장에 집결해 대장을 향해 보고를 했다.
"내원, 이상무!"
"동쪽 천룡각과 방영장, 이상무!"
"장영원 이상무!"
사십여 명의 복면인들이 자신들이 맡은 건물의 이상 유무를 보고하자 적룡사 부대주가 고개를 끄덕였다.
"좋아! 내일은 천태문이다. 지금 즉시 영영산으로 가서 휴식을 취할 것이니 악마대에게도 알리도록!"
"존명!"
적룡사 부대주 진성(眞性)은 무표정한 듯했지만 내심 어두운 밤하늘을 바라보며 놀라고 있었다.
'악마대라······.'
"놀랍군! 단 스무 명으로 삼천의 문파를 한 시진 만에 몰살시키다니! 이 상태라면 귀주 통합이 아니라 지배도 가능하겠어."

* * *

"뭐?"
혈루혈천대의 대주인 상정군(上正軍)은 자신의 귀를 의심하며 재차 물음을 던졌다. 그러자 그 앞에 기립해 있던 적의사내가 했던 말을 반복했다.
"알아본 결과, 자취를 감추었던 두 명의 대원이 부상을 당해 도균의 의원에 누워 있었습니다."

귀가 잘못되지 않았음을 확인한 상정군의 인상은 험악하게 구겨질 수밖에 없었다. 혈루혈천대의 실력이야 자신이 가장 잘 알고 있지 않은가. 그런데 두 명이나 의원에 병자로 신세를 지고 있다는 사실이 용납되지 않았다.

"한심하군. 시비라도 붙었다던가?"

"아닙니다. 그들의 말로는 아가씨를 찾았답니다."

다시 자신의 귀를 의심하는 상정군이었다. 그리고 이어지는 황당한 표정!

"뭣이? 그렇다면 원영이에게 당했다는 말이냐?"

"아닙니다."

"그럼?"

"아가씨와 같이 있던 어떤 사내놈에게 당했답니다."

"놈? 놈들이 아니고?"

"그렇습니다. 듣기로는 상당히 젊은 자였다고 했는데……."

"믿을 수가 없군! 대혈루혈천대 대원 두 명이서 고작 젊은 사내놈 하나를 감당하지 못하고 의원 신세를 졌다는 말인가?"

"그것이 조금 이상합니다."

"이상하다니?"

대주가 약간의 궁금증을 드러내자 수하는 적이 안심을 하며 아는 바를 설명하기 시작했다.

"무공을 익힌 것 같지 않아 방심하고 다가갔는데 술잔을 휘둘러 뿌렸답니다. 그런데 거기에 엄청난 내력이 실려 있어 맞는 순간 기절을 해버렸답니다."

"그럴 수가! 하지만 젊은 자라고 하지 않았나?"

"그렇습니다. 생각지도 못한 고수일 수도 있고, 아니면 우리가 모르는 다른 방법을 썼을 수도 있습니다."

"흠… 두 번째가 신빙성이 있군. 하지만 첫 번째라면 엄청난 고수라는 말인데……."

잠시 생각에 잠겼던 대주 상정군이 의아함을 드러내며 물었다.

"그런데 그런 자가 어떻게 원영이와 같이 있었다던가?"

"그것은 잘 모르겠답니다. 아가씨를 찾기 위해 회화루라는 술집의 방으로 들어섰는데, 그자와 함께 있었답니다. 그 후 기습으로 바로 기절을 했고요."

"허허, 듣고도 믿지를 못하겠군. 그런데 보표라도 구한 건가?"

"소인은 잘……."

"됐다. 아무튼 쉰 명을 더 지원해 줄 테니 도균 주위를 샅샅이 수색해라. 그리고 추적에 뛰어난 자를 골라 원영이가 갔을 만한 곳으로 찾아봐."

"존명!"

"혹시 그자와 같이 있다면, 그 또한 잡아들여라."

"알겠습니다. 그렇게 지시해 놓겠습니다."

사내는 대답과 함께 재빨리 사라져 버렸다.

상정군이 투덜거렸다.

"젠장, 정말 골치 아프게 하는군. 도망친 지가 벌써 이틀이 지났다면 더욱 멀리 갔을 것이 아닌가. 이러다가 시간만 보내는 건 아닌지 모르겠군."

제7장
시간을 때우기 위한 일

　독을 전문적으로 다루는 자들은 어쩔 수 없이 깊은 산속, 오지에 자리잡고 있을 수밖에 없다. 그런 곳이라야만 독을 구하기 쉽고, 연구하기에도 좋기 때문이다. 독을 다룬다는 것은 해독제도 다룬다는 것이니, 산속에 따리를 틀어야 약초를 재배하고 구하기에도 수월하다. 그래서 만독부는 사람의 발길이 닿지 않은 깊은 산 정상에 자리를 잡고 있었다.

　악마금은 끝이 보이지 않는 산을 느긋하게 올라 만독부에 도착했다. 여전히 급한 것이 없는 그였기에 여유를 부렸고, 그 결과는 아침에 찾아올라, 장장 세 시진 만에서야 거대한 건물이 늘어서 있는 장원을 발견할 수 있었다.

　장원 정문의 현판에는 '만독부'라고 적혀 있었다. 그리고 그 밑에 기골이 장대한 두 명의 사내가 팔짱을 낀 채 다가오는 악마금을 향해 물었다.

"어떻게 오셨습니까?"

"만월교."

그 말 한마디가 던지는 의미는 장한에게 크게 다가왔다. 급히 한 사내가 장원 안으로 들어갔고 남은 사내는 고개를 숙였다.

"잠시만 기다리십시오. 부주님께 아뢰겠습니다."

잠시 후 악마금은 만독부의 조용한 방으로 안내되었다. 가을의 대명사인 단풍이 창밖으로 휘날리는 것을 보며 차를 마시고 있을 때, 늙수그레한 노인이 안으로 들어섰다. 특이한 점은 다리를 절뚝거린다는 것. 바로 만독부주 예상이었다. 그의 옆으로 예원도 함께 부축을 하고 들어서는데 악마금을 보자 인상을 굳혔다.

"오래 기다리게 했군."

"아닙니다. 오히려 제가 늦은 거지요."

각자 자리를 잡기 무섭게 예상이 물었다.

"그래, 소식은 이미 들었네. 다른 문파도 찾아갔었다고?"

"그렇습니다. 만독부야 이런 깊은 산속에 자리를 잡고 있으니 크게 문제될 것은 없겠지만, 달단방과 흑문 등은 상당히 위협을 느끼는 것 같더군요."

"그렇겠지. 혈천문에서 오백 명이나 되는 고수들을 투입했으니까. 그런데 그들의 의도는 무엇인 것 같나?"

"이제 그곳으로 가볼 생각입니다."

그러자 예상이 놀란 표정을 지었다.

"자네 혼자 말인가?"

"못 갈 이유가 없지 않습니까? 싸우러 가는 것도 아니고……."

예상은 실소를 머금었다. 하지만 이내 고개를 저으며 말했다.

"처음 자네를 봤을 때 느낀 거지만 언제나 자신감이 충만하군. 하지만 그 자신감이 항상 통하는 것이 아니네. 자신감만으로 이루어지는 인생이라면 누가 천하를 거머쥐지 못하겠나?"

"저는 천하를 거머쥘 생각 따위는 없습니다. 상부에서 시키면 제 능력 안에서 이행할 뿐이죠."

"그런 생각이라면 왜 만월교에 있나? 내가 자네를 만나면서 느끼는 바로는 만월교에 크게 뜻을 두지 않은 것 같은데 말이야."

"말씀대로 저는 교리를 따지는 위인이 못됩니다. 하지만 그곳에서 어릴 때부터 자랐고, 이제는 익숙해져 버렸죠. 특별히 다른 곳으로 가는 것이 오히려 귀찮습니다. 그리고 좀 더 강한 쪽에 붙는 것이 편하니까요."

"강한 쪽이라……."

"그렇습니다. 누가 뭐라고 해도 지금의 만월교는 귀주 최강의 집단이 아닙니까?"

"그렇기는 하지. 하지만 무림 전체를 놓고 대적한다면 조금 달라질 수도 있네."

"상관없습니다. 만약 만월교가 패한다면 떠나면 그뿐이니까요."

"흠."

잠시 침음을 흘린 예상은 은근한 눈빛이 되어 나직이 입을 열었다.

"자네 말을 만월교에서 듣는다면 상당한 문제의 소지가 될 걸세. 겁나지 않나?"

"무엇이 말입니까?"

"내가 지금 자네가 한 말을 만월교에 알리면 곤란해질 텐데?"

"훗!"

악마금은 피식 웃으며 예상을 뚫어져라 바라보았다.

"전 그런 것도 상관하지 않습니다. 그들은 제가 필요하고, 저도 보금자리가 필요하니 서로 원하는 것이 맞아떨어지는 셈이죠."

"그렇다면 굳이 만월교에 있을 필요가 없지 않나? 어떤 세력에 들어갈 생각이 없다면 은거하는 것도 괜찮지."

"하하하, 세상에 미련이 있는 것은 아니지만, 노인네들처럼 세상을 등지고 살고 싶은 생각도 없습니다. 떠나려고 마음먹었다면 예전에 떠났을 겁니다. 솔직히 다 버리고 떠나고 싶은 마음이 들 때가 있기도 하지만 그것도 문제가 많더군요. 금전적인 문제도 있고, 살아가야 하는 보금자리를 구하는 문제 등등. 하나에서부터 열까지 귀찮은 일이 상당히 많이 벌어집니다. 만월교에서도 귀찮게 할 게 뻔하고요."

그 말에 예상은 실소를 머금었다. 더 이상 이런 식의 대화가 싫었기에 슬며시 화제를 돌렸다.

"아무튼 이곳까지 걸음할 필요는 없었는데, 왔으니 술이나 한잔하고 가게."

"뭐, 어차피 분타에 있으면 머리 아픈 일만 생기는지라 제가 자처해서 왔을 뿐이니 신경 쓸 필요는 없습니다."

"알겠네. 예원아!"

"네, 할아버지."

"술상을 준비하거라."

예원은 악마금을 힐끔 보더니 이내 방을 나갔다. 그 후 저녁이 되자 예상과 단둘이 술을 마시며 이런 저런 이야기로 시간을 보냈다.

예상은 악마금에게 상당한 관심을 보였다. 여느 무인들이 그랬던 것처럼. 특히, 악마금의 무공에 대한 관심이 남달랐다. 하지만 악마금이 그것을 곧이곧대로 가르쳐 줄 리 만무. 대충 만월교의 계획과 분타를 세운 의도로 화제를 끌고 간 후 밤이 깊어지자 술자리를 파해 버렸다.

다음날 악마금은 계획대로 정화문으로 향했다. 산을 내려와 말 한 필을 구해 느긋하게 가을 풍경을 구경하면서였다. 그가 정화문에 도착했을 때 정화문에서는 약간의 혼란이 일어났다.

"지, 지금 만월교에서 찾아왔다고 했나?"

혈루혈천대의 대주 상정군과 함께 차를 마시고 있던 정화문주가 놀라움을 드러냈다. 그러자 수하가 고개를 끄덕였다.

"그렇습니다."

그러자 옆에 있던 상정군이 물었다.

"몇 명이 왔소?"

"한 명입니다. 상당히 젊은 자인데 만월교에서 왔다고 합니다. 무기를 소지하지 않은 것으로 보아 무공을 익힌 무사는 아닌 듯했습니다."

그 말에 정화문주가 대주, 상정군을 바라보았다.

"이상하군요. 무슨 뜻일까요?"

"글쎄요. 몇 가지 추측이 가능하겠지만, 우리 혈천문의 파견 때문인 것 같군요."

그러면서 상정군이 무사에게 입을 열었다.

"정화문의 손님이니 우리가 상관할 바는 아니지만, 만약 혈천문 때문에 온 것이라면 내 집무실로 안내해 주시오."

"알겠습니다."

무사는 대답과 함께 급히 달려나가 정문에서 대기하고 있던 악마금에게 다가갔다.

"무슨 용무로 오셨습니까? 정화문에 볼일이 있으십니까, 아니면 혈천문에 볼일이 있으십니까?"

"당연히 혈천문이지. 정화문 따위는 안중에도 없어."

그 말에 무사는 자존심이 상해 인상을 구겼으나 어쩔 수 없이 상정군의 임시 집무실로 악마금을 안내했다.

집무실로 안내된 악마금은 탁자에 앉아 있는 오십대 정도의 사내를 볼 수 있었다. 그가 들어서자 사내가 자리에서 일어서며 게슴츠레한 눈으로 악마금을 마주 바라보았다.

"만월교에서 여기까지 무슨 일로 오셨소?"

상정군은 듣기보다 더욱 젊어 보이는 악마금을 보며 그가 무인이 아니라고 생각했다. 만월교와 혈천문은 직접적으로 대립을 한 적이 없었지만 서로 견제하고 있는 것이 사실, 자연 그의 목소리는 퉁명스러울 수밖에 없다.

상정군의 딱딱한 말투에 악마금은 대답없이 맞은편 탁자에 앉으며 그를 바라보았다. 권하지도 않았는데 자신의 집무실인 양 행동하는 악마금을 보고 은근히 부아가 치미는 상정군이었다. 하지만 젊은 놈과 그런 식의 신경전은 벌여봐야 손해가 아닌가. 말없이 바라만 보고 있는데 드디어 악마금이 입을 열었다.

"볼일이 있으니까 온 것이 아니겠소."

"볼일? 만월교가 혈천문에 무슨 볼일이오?"

상정군은 은근히 심사가 뒤틀리는 것을 느꼈다. 자신 정도의 고수는 대부분 내력을 몸속으로 잘 갈무리하여 겉으로 드러나지 않는다. 하지만 지금은 젊은 놈에게 겁을 줄 요량으로 은근히 내력을 뿜어내고 있었다. 보통 사람들이라면 그 기운만으로 오금이 저렸겠지만 앞의 이 예의없는 놈은 태연하기만 하니……. 자존심까지 상할 지경이었다.

"볼일이야 뻔한 것 아니겠소? 정화문에 혈천문의 고수들을 투입한 이유를 알고 싶소."

"그것을 군이 만월교에 말해야 할 이유가 없을 텐데?"

"맞는 말이긴 하지만 상황이 상황인만큼 난 알아야겠습니다."

뭘 믿고 이런 식으로 행동하는지는 모르겠지만 기고만장한 악마금을 바라보며 상정군은 내심 혀를 찼다.

'이 녀석 도대체 자신이 지금 어떤 처진 줄 알고는 있는 건가? 적진 한가운데 홀로 들어와 놓고 너무 당당하군. 무공도 익힌 것 같지 않은데.'

"말을 들어보니 흡사, 우리 대혈천문이 만월교의 하수인이라도 되는 듯한 말이군. 그렇게 받아들여도 되겠소?"

"그런 식의 의미는 아니었으니 오해 마십시오. 하지만 정화문은 도균에서 가까운 거리. 그런 만큼 우리와 연합하고 있는 도균의 문파들이 상당히 신경을 곤두세우고 있는 것이 사실이오. 그러니 이유 정도는 알 권리가 있다고 생각하는데……. 아니오?"

"그렇다면 굳이 물어볼 필요가 없지. 그쪽에서 생각하는 그런 이유 때문에 파견을 나온 것은 아니니까."

순간 악마금과 상정군 간에 시선이 강렬히 교차했다. 이때 상정군은 더욱 악마금에게 황당함을 느끼고 있었다.

'정말 믿는 구석이 있는 것인가? 이 정도로 자신감을 드러내는 것을 보면……. 어쩌면 고수들을?'

그럴 수도 있다는 생각이 들었다. 정화문 주위에 분명 만월교의 고수들을 숨겨놓고 오지 않고서야 이런 비리비리한 녀석이 오만불손하게 나올 수는 없을 테니까. 그런 생각이 확신으로 다가오자 잠시 당황할 수밖에 없었다. 당원영을 찾기 위해 대부분의 혈루혈천대의 대원들은 빠져나간 상태. 진짜로 만월교에서 고수들이 공격이라도 해온다면, 물론 자신이 있으니 패하지는 않겠지만 엄청난 피해를 볼 수가 있었다.

서로 말없이 바라만 보고 있자 어색한 침묵이 감돌았다. 하지만 그 침묵을 깨고 문이 열리며 적의를 입은 혈루혈천대 대원 하나가 급히 들어섰다. 그는 지금 막 도착했는지 손님이 있는 것을 보고 잠시 당황한 기색을 보였다. 그 후 상정군의 귓가에 무언가를 속삭였다.

그의 행동에 상정군과 악마금이 놀랍다는 비슷한 반응을 보였다. 상정군은 수하의 말 때문에, 악마금은 그의 복장 때문이었다.

순간 악마금이 피식 미소를 지었다. 지금 들어온 적의인의 복장은 분명 며칠 전 회화루에서 보았던 자들과 같았기 때문이다. 그것을 기억해 내자, 나름대로의 추측이기는 하지만 무엇 때문에 혈천문이 이곳에 고수들을 파견한 것인지 알 수 있었다. 반면 괘씸한 생각도 들었다. 자원문주의 딸이라고 했던 당원영의 말이 모두 거짓이라는 것을 알았기 때문이다.

수하의 말 때문에 잠시 놀란 상정군은 악마금의 비릿한 미소를 보고 기분 나쁜 투로 입을 열었다.

"왜 그러시오?"

"그대들이 왜 이곳에 와 있는지 알 것 같아서 그랬소."

잠시 당황한 표정을 지은 상정군. 하지만 그럴 리가 없다고 생각했는지 이내 표정을 고치며 거드름을 피웠다.

"우리의 의도를 알았다면 더 이상 대화할 필요는 없겠지. 그럼 이만 돌아가시오."

"아니, 그대들이 이곳에 자리를 잡고 있는 동안은 서로 간에 충돌을 피할 수 없을 것이오. 그러니 이만 고수들을 도균에서 빼주는 것이 어떻소?"

"뭐?"

하늘 높은 줄 모르고 입을 놀리는 말에 상정군은 순간적으로 살기를 내비쳤다. 그래도 문파를 대표해서 온 녀석이었기에 대우를 해주었건만……. 그는 이제 말투조차 완전히 바꾸며 위협적인 어조로 말을 이었다.

"네가 지금 그런 말을 할 처지라고 보나?"

악마금 역시 말투를 싹 바꾸었다.

"못할 것도 없지. 어차피 여자 하나만 찾으면 돌아갈 생각 아니었나? 혈천문도 별거 아니었군. 여자아이 하나 찾기 위해 오백 명이나 되는 고수들을 투입하다니……."

"어, 어떻게 알았지?"

시간을 때우기 위한 일

"아까 말하지 않았나?"

"혹시, 그녀를 본 적 있나?"

정말 알고 있는 것인지 확인해 보기 위해 물어본 것이었지만 악마금이 정확히 대답했다.

"혈천문주의 손녀가 정략결혼을 반대하여 도망쳤다고 알고 있는데, 아닌가?"

그 말에 상정군은 경악한 표정이 되었다. 사실 악마금 또한 확신하고 있지는 않았지만 대충 자신이 짐작한 바대로 말한 것이었는데 정확히 맞아떨어진 것이다. 아무튼 상정군은 악마금이 모든 것을 알고 있는 것 같자 이대로 있을 수는 없다는 판단을 내렸다. 만약 그 사실이 외부에 알려지기라도 한다면 문파의 망신이었기 때문이다. 게다가 단목문과 비밀리에 지키기 위한 약속이 알려진다는 것도 상당한 타격이 될 수도 있었다.

완전한 판단이 서자 상정군이 슬며시 물었다. 확인해야 할 것이 있었기 때문이다.

"그 사실을 너 말고 누가 알고 있나?"

"흐흐흐, 나만 알고 있지."

"대담하군. 그런 대답으로 너에게 어떤 대가가 치러질지 모르지는 않을 텐데?"

"자신이 있으니까."

상정군은 악마금의 말에 비웃음을 흘렸다. 동시에 빠르게 내력을 끌어올리기 시작했다. 하지만 놀라운 일이 벌어졌다. 계집아이처럼만 보이던 악마금의 몸에서 극강의 한기가 쏟아져 나왔기 때문이다. 그 강력한 한기에 경악한 상정군이 탄성을 질렀다.

"너, 넌 누구냐?"

"그건 알 필요 없고, 손을 쓰려면 해봐."

"허!"

상정군은 상대의 저 끝 모를 자신감에 실소를 머금을 수밖에 없었다. 하지만 왠지 찜찜한 점이 있었기에 내력을 거두며 물었다.

"혹시 적룡문에 간 적이 있나?"

"적룡문이야 당연히 가보았지."

"그럼 설마 네가?"

"흐흐흐, 마음대로 생각해."

그 말이 오히려 확신으로 다가오자 상정군은 할 말을 잃어버렸다. 출가경이라는 소문은 분명히 들었고, 적룡문의 축제에 참가했던 수하들의 말이 거짓이라고도 생각하지 않았다.

"아무튼 며칠 안으로 혈천문의 고수들을 빼줘야겠어."

"그럴 수 없다."

"훗, 그럼 내 방식대로 해도 되겠나?"

"네 방식?"

"그래."

상정군과 옆에 있던 혈루혈천대의 대원이 순간 긴장감을 드러냈다. 악마금의 눈빛이 번뜩이며 공격할 의도를 내비쳤기 때문이다. 그 때문에 두 사내는 다시 내력을 끌어올리며 악마금의 공격에 대비까지 했다. 하지만 이내 상정군이 손을 들어 보였다. 정말 출가경의 고수라면 자신이 나서도 엄청난 피해를 봐야 했기 때문이다. 지금은 그럴 상황이 아니었기에 순간적으로 계책이 떠오른 것이다.

"한 가지 제안을 하지."

악마금이 내력을 거두며 고개를 갸웃거렸다.

"뭐지?"

"자네 말대로 내일 당장 이곳에서 고수들을 빼주지. 하지만 조건이 전혀 없을 수는 없겠지."

"……?"

"자네 말대로 문주님의 손녀가 사라졌고, 그녀를 찾아야 하니까."

악마금이 슬며시 미소를 지었다.

"그래서 만월교에서 찾아달라는 말인가?"

"그렇네. 그렇게 된다면 우리는 힘을 들이지 않는 것이고, 만월교에서는 우리가 사라지니 연합 문파에 체면도 설 것이니 서로 상부상조할 수 있는 것 아닌가?"

잠시 생각하던 악마금이 고개를 끄덕였다. 사실, 그녀를 전혀 몰랐다면 이곳에서 끝장을 봤겠지만, 당원영이 어디에 있는지 정확히 짐작을 하고 있었기에 그리 어려운 일이 아니었다. 만월교로 돌아가는 길에 그녀를 잡아 혈천문으로 보내면 그만이었으니까. 크게 곤란할 점이 없었다.

안 그래도 분타로 돌아가기 싫었는데 쉬운 일거리로 시간 때울 기회를 차버릴 수는 없지 않은가. 다분히 이기적인 생각으로 악마금이 자리에서 일어서며 허락했다.

"그럼 조만간 그녀를 혈천문으로 인도하도록 하지. 더 할 말은?"

"이번 일은 자네만 알고 있어야 한다는 것. 절대 다른 사람들의 귀에 흘러들어 가는 것은 막아야 하네."

"그건 염려하지 말고, 그럼 이곳 정화문에 있는 혈천문의 고수들은 내일까지 빼도록! 그리고 도균과 그 주위에 흩어져 있는 자들은 삼 일 안으로 돌아가게 해."

"그렇게 하지. 그런데 혹시 회화루에서 우리 대원을 만난 적 있나?"

"두 명을 봤지. 술자리를 방해하기에 약간 손을 봐줬는데, 그건 분명 그들의 잘못이었으니 문제를 삼지 않는 것이 좋을 거야."

그러면서 악마금은 더 이상 볼일없다는 듯 집무실을 빠져나갔다. 그가 사라지자 상정군은 깊은 한숨을 쉬었다. 신화경에 올라선 후 상대에게 두려움을 느낀 적이 없었던 그였는데 어색한 감정이 몰려왔기 때문이다. 그것이 극구 두려움이라는 것을 인정하지 않으며 그는 고개를 저었다.

"대단한 놈이군!"

감탄이 섞인 그의 말에 수하가 고개를 갸웃거렸다.

"무슨 말씀이신지……."

"저자 말이다. 출가경인지 아닌지는 모르겠지만 분명 신화경은 넘어섰어. 그리고 보기에 약관도 안 돼 보이던데, 그건 나이가 아직 이십대라는 증거지."

"설마요. 그 나이에 어떻게 신화경의 경지를 넘을 수 있겠습니까!"

"믿어지지 않지만 사실인 것 같군. 아무튼 다행이야. 어차피 내일 모든 대원들을 빼야 했는데……. 만월교에 일을 떠넘기게 됐군. 그런데 문주께서는 왜 급히 돌아오라고 한 건가?"

"귀주에 의문의 혈겁이 계속 일어나고 있는 모양입니다."

"의문의 혈겁?"

"그렇습니다. 며칠 전 혈방이 전멸했고, 그 후로도 각 지역에 퍼져 연합을 결성했던 몇 개의 문파들에 같은 일이 벌어졌습니다."

그 말에 상정군이 경악한 표정을 지었다.

"자세히 말해 보게."

"혹시 천부당 사건을 기억하고 계십니까?"

"천부당이라면 귀주 서쪽 육반수에 자리잡고 있는 곳이 아닌가?"

"맞습니다. 얼마 전 하룻밤 사이에 전멸을 했고, 팔 할에 가까운 시신에서 상흔조차 없는 이상한 현상이 발생한 곳이지요."

"그럼 이번 일도?"

"그렇습니다. 이번에 일어난 사건도 모두 같은 것입니다. 오 일 사이에 벌써 여덟 개의 문파가 같은 방법으로 전멸했다는 보고를 받았습니다. 그 때문에 문 내에 비상이 걸렸다는 소식이 전달되었습니다."

"흠. 도대체 어떤 단체가 그 정도 힘을 발휘한 거지? 만월교인가?"

"글쎄요……. 아직 완전히 단정짓기는 어렵지만 가능성이 농후한 놈들이기는 하지요."

"아무튼 돌아갈 준비를 하게. 지금 원영이에게 신경 쓸 때가 아니야."

"알겠습니다. 그런데 정말 괜찮을까요?"

"뭐가 말인가?"

"만월교에 아가씨를 맡긴 것 말입니다. 혹시 잘못되기라도 한다면 곤란하지 않습니까?"

"그럴 일은 없을 거네. 아무리 만월교라 해도 우리 혈천문의 원수가 될 일을 벌일 정도로 멍청하지는 않아. 게다가 좀 전에 왔던 그자가 회화루에 있던 고수가 분명하다면, 원영이가 어디에 있는지 알고 있을 게야. 분명히 같이 있었다고 하지 않았나?"

"그렇습니다."

"그럼 우리가 찾는 것보다 훨씬 시간을 절약할 것이다. 오히려 우리에게는 이득이지."

제8장
어설픈 구원의 손길

　악마금이 정화문을 나와 중영으로 향할 그때, 당원영은 어떤 모진 놈이 자신을 잡으러 오는지도 모르고 철영문이 내려다보이는 언덕에 몸을 숨기고 있었다. 그녀는 그동안 부단히 가양학을 구출하려고 애를 썼지만 기회가 나지 않았기에 매일 허탕만 치고 있는 실정이었다. 하기야 그 밖에 달리 할 일도 없는 그녀였기에 상관은 없었지만 말이다.
　그래도 약간의 수확은 있었다. 오늘 밤 가양학을 진성문에 인도한다는 정보를 입수한 것이다. 아직 저녁이 되려면 이른 시간이었지만 그녀는 혹시 빨리 이동할 수 있다고 판단했기에 가양학이 나오기만을 기다리고 있었다. 그리고 저녁이 되었을 때 역시 들었던 대로 철영문의 뒷문으로 열 명의 무리가 철영문을 빠져나가는 것을 관찰할 수 있었다.
　안력을 끌어올려 자세히 살피자 중앙에 몸을 포박당해 끌려가는 자는 가양학이 확실했다. 남은 아홉 명의 무사가 그 주위를 둘러싸고 있었는데, 크게 주위를 경계하는 것 같지는 않았다.

그녀는 그들을 보고 급히 몸을 날려 진성문 가는 길목으로 달려갔다. 아무리 혈천문주의 손녀로, 무공을 열심히 익혔다지만 아직 어린 나이이기에 얼마인지 모를 무사들을 다 상대할 수 없다는 판단을 했던 것이다. 철영문에서 사 리 정도 떨어진 숲길에 당도한 그녀는 미리 준비해 둔 함정을 다시 한 번 꼼꼼히 살폈다. 함정이라고 해봐야 별거없는 단순한 것이었지만 나름대로 치밀하게 일차와 이차까지 준비했기에 점검할 점은 많았다.

예상외로 아홉 명의 호위밖에 붙지 않았으므로 성공할 확률이 더욱 높아진 셈이었다. 그러니 당원영의 기분이 좋을 수밖에. 약간 찜찜한 점이라면 철영문주의 딸인 도원원도 빼내야 한다는 것. 사랑하는 사람들을 같이 구해야 의미가 있지 않은가!

하지만 그것까지는 자신이 없었기에 그 일은 가양학을 구출한 후에 그와 함께 다시 계획을 짤 생각이다.

아무튼 점검이 끝나고 난 후 이각 정도가 지나자 저 멀리서 인기척이 느껴지기 시작했다. 그녀는 재빨리 숲으로 몸을 숨겨 함정이 발동될 줄을 잡았다. 그리고 복면을 쓰고 빠끔히 내민 눈동자에 아홉 명의 철영문 무사와 가양학의 모습이 보이기 시작했다.

'하나, 둘, 셋, 넷, 다섯……'

마음속으로 숫자를 세며 초조함을 달래기 시작한 그녀는 상대들이 함정의 위치에 도달하자 일갈을 외치며 줄을 잡아당겼다.

"받아랏!"

슈슈슈슛─

 순식간에 길 양 옆 나무에 숨겨져 있던 기관이 발동되고, 그 속에서 수백 개의 침이 장내를 휘감아 버렸다. 설마 매복자가 있으리라고 생각지 못했던 철영문의 무사들은 갑작스러운 기습에 속수무책일 수밖에 없었다.
 따끔한 통증을 피부로 느끼며 무사들은 비명과 함께 바닥으로 쓰러져 버렸다. 문제가 있다면 쓰러진 자들 중 가양학도 있다는 점이지만 상관없었다. 어차피 침으로 사람을 죽일 수는 없는 일, 그래서 침마다 강력한 최음제를 발라놓았다. 구출을 해야 하는 가양학이 쓰러진다 한들 해독제를 먹이면 금방 깨어날 것이었다.
 "누구냐!"
 다행히 뒤처져 있었기에 침을 맞지 않았던 두 명의 무사가 검을 뽑아 들며 주위를 경계했다. 그녀는 한번의 함정으로 모두 쓰러뜨리지 못한 것이 내심 아쉬웠지만, 그것을 생각하여 이차 함정을 만들어놓았으니 지체하지 않고 모습을 드러내 또 다른 함정을 준비한 곳으로 달려가기 시작했다. 그런데 거기에서 문제가 발생했다. 따라 쫓아올 줄 알았던 두 명의 무사가 그녀가 도망가는 모습을 지켜만 보았던 것이다.
 무사들의 생각으로는 가양학이 중요했던 것이지만, 그녀로서는 생각지도 못한 복병인 셈이었다.
 '어떡하지?'
 줄기차게 도망치는 중에도 난감한 기색을 역력히 드러낸 그녀는 어쩔 수 없이 몸을 돌렸다. 무공에 꽤나 자신이 있었던 데다, 호위 무사들의 실력이 그리 좋아 보이지 않았기에 직접 처리할 생각이었던 것이다. 그렇게 되면 이차 함정을 따로 준비한 노력이 허사가 되는 것이었지만 상관없었다.

도망치던 그녀가 다시 돌아오자 두 명의 무사는 일순 긴장감을 드러냈다. 그리고 재빨리 눈짓을 교환하더니 한 명은 방어적인 자세를 취하고, 다른 한 명은 몸을 돌려 달아나기 시작했다. 아마 철영문에 가서 알릴 생각인 듯했다.

두 명에서 한 명으로 줄어드는 것임으로 그녀는 개의치 않고 무사에게 공격을 퍼부었다.

"이얍!"

우렁찬 기합성과 함께 자신이 익힌 무공을 전부 쏟아낸 그녀는 의외로 쉽게 상대를 제압할 수 있었다. 아직까지 사람을 죽여보지 못했던 그녀는 무사의 목을 쳐 기절을 시킨 후 가양학에게 다가가 몸을 살폈다.

가양학의 몸에는 여덟 개의 침이 박혀 있었다. 다른 무사들과는 달리 포박당한 몸이 부자연스러웠기에 모든 침을 그대로 받아버렸던 결과였다. 그녀는 급히 침을 빼낸 후 품속에서 해독제를 꺼내 그의 입 속으로 집어넣었다. 그 후 가양학을 들쳐 업고 최대한 그곳에서 멀리 벗어나 버렸다.

그녀가 가양학을 데리고 숨은 곳은 이틀 전 우연히 발견하게 된 토굴이었다. 주위에 나무들이 빽빽이 들어차 있어 삼십 장 떨어진 길로 지난다 해도 발견하지 못할 그런 안전지대였다. 철영문에서 추적할지 몰라 이곳에 올 때 몇 번이나 방향을 바꾸고, 특히 냇가를 거슬러 올라

가길 반복해서 왔기에 그 또한 안전하다고 할 수 있었다. 이제 남은 일은 가양학이 깨어나길 기다리는 것뿐인데……. 침을 너무 많이 맞은 모양이었다. 해독제를 먹였음에도 쉬이 깨어날 줄을 몰랐다.

이제나저제나 기다린 그녀는 날이 밝아올 때쯤에야 가양학의 눈이 떠지는 것을 볼 수 있었다. 그가 눈을 뜨기를 기다려 당원영이 급히 물었다.

"괜찮아요?"

"여, 여기는……. 어! 당신은?"

멍한 상태에서 당원영을 알아본 그는 자리에서 몸을 일키다 말고 다시 누웠다. 아직도 최음제의 기운이 몸에 남아 있었기 때문이다. 그래도 궁금함이 컸기에 누운 상태에서 물었다.

"당신이 여기에는 어쩐 일이오? 그리고 무슨 일이 있었던 거요? 난 분명히 진성문으로 가고 있는 중이었는데……."

"걱정 마세요. 제가 구했어요."

"당신이? 어떻게? 그리고 왜?"

쏟아지는 질문에 당원영은 숨기지 않고 왜 그를 구했는지, 어떤 방법을 썼는지 하나하나 빠짐없이 이야기하기 시작했다. 모든 설명을 들은 가양학이 한숨을 쉬었다.

"갚을 수 없는 신세를 졌군요."

"그런 생각 말고 빨리 몸부터 추스르세요. 그래야 당신이 사랑하는 사람도 빨리 구할 수 있지 않겠어요?"

"그럼 그녀는 아직도 철영문에 있단 말이오?"

"제 능력은 당신을 구하는 것 이상은 안 돼요. 당신을 이곳으로 데

려올 수 있었던 것도 운이 좋았던 거죠. 철영문에서 방심을 했거든요."

"흠. 그렇군요. 아무튼 고맙습니다. 이 은혜는 절대 잊지 않겠소."

"그보다, 그 도원원이라는 아가씨는 어디에 갇혀 있죠?"

"저야 창고에 쭉 갇혀 있었으니 잘 모릅니다. 하지만 철영문 어딘가에는 분명 있을 거요."

그 말에 당원영은 팔짱을 끼며 생각에 잠겼다. 그리고 잠시 후 웃으며 출처를 알 수 없는, 큰 바가지에 담긴 죽을 내밀었다.

"아무튼 이것 좀 드세요. 오늘 저녁쯤에는 최음제의 기운이 말끔히 사라질 거예요. 그 후에 그녀를 어떻게 구할지 다시 생각해 보죠."

"뭣이라?"

철영문의 문주, 도지학의 화산처럼 들끓는 물음이 떨어졌다. 그러자 그 앞에 선 사내의 얼굴에는 진땀이 흘러나왔다.

"도대체 어떤 자가 그를 구해갔다는 말이냐?"

"해독제를 먹이기는 했습니다만……. 워낙 많은 양에 중독이 되었는지라 아직 파악이 불가능합니다. 그곳을 빠져나왔던 무사의 말로는 체격과 목소리가 여자 같다는 증언을 했사온데, 당최 누구의 짓인지 알아내기란 힘이 든 실정입니다."

"빌어먹을! 뭐 볼 게 있다고 그를 구해간다는 말이냐?"

문주의 말에 사내가 조심스럽게 자신의 추측을 말했다.

"혹시, 지도 때문이 아닐까요?"

순간 도지학의 얼굴이 경악으로 물들었다. 가양학을 잡은 후 지도의 행방을 추궁했으나 알아낼 수가 없었다. 그래서 진성문에 부탁을 해

최면술사를 준비해 놓고 있었는데, 도중에 그가 사라졌으니 충분히 가능성이 있는 말인 것이다.

아무에게도 알려지지 않은 자하신공이 숨겨져 있는 지도. 비록, 반쪽자리이기는 하지만 그 가치는 엄청난 것이었다. 그 때문에 지도를 하나 더 베껴 진성문에 주려고 했던 것이 아닌가.

문주가 벌컥 성을 내며 외쳤다.

"무슨 일이 있어도 가양학과 그를 구한 놈을 찾아내라. 무사들은 얼마든지 투입해도 좋다. 알겠나?"

"알겠습니다."

사내가 급히 밖으로 달려나가자 도지학 문주는 쓰러지듯 의자에 앉았다.

"진성문에는 뭐라고 해야 할까? 이리저리 나만 난감하게 됐군."

제9장
사랑하는 그녀, 구출 실패의 결과

검은 야행복을 입은 두 인영이 조용히 담장을 넘었다. 한쪽은 건장한 체격에 제법 날렵한 몸짓이었고, 다른 한쪽은 왜소한 체격에 부드러운 신법을 구사하고 있었다.

둘은 약속이나 한 듯 눈빛을 주고받더니 주위를 두리번거리며 내원으로 향했다. 역시 그들의 예상대로 경계를 서는 무사들은 극히 드물었다. 아마도 자신들을 잡기 위해 철야를 하며 주위 야산을 이 잡듯이 뒤지고 있으리라.

내원 담장 또한 가볍게 넘은 그들은 다시 시선을 마주 바라보았다. 내원에서부터는 상당히 조심해야 했기에 경신술까지 쓰며 몸을 최대한 가볍게 하며 움직였다. 그중 체격이 건장한 야행복의 사내, 가양학이 은밀한 목소리로 입을 열었다.

"분명, 내원에 갇혀 있을 겁니다. 찾는 즉시 이곳으로 와서 기다리도록 합시다."

그 말에 당원영은 고개를 끄덕인 후 오른쪽으로 몸을 날렸다. 동시에 가양학은 왼쪽으로 몸을 날렸다.

그리 큰 문파는 아니었지만 이천여 명의 무사와 하인, 하녀들이 기거하고 있는 곳이기에 찾아야 할 건물들은 많고 많았다. 다행히 내원은 그리 크지 않았으므로 시간이 절약되기는 하겠지만, 만약이라는 것도 있는 법. 만약 내원에 도원원이 없다면 오늘 밤 전체를 할애해 철영문을 전부 뒤져야 하는 재수없는 사태가 벌어질 수도 있었다.

당원영은 제발 그런 일이 벌어지지 않기를 바라면서 조심스럽게 세 번째 건물로 들어섰다. 건물 정문에 두 명의 보초가 있기는 했지만 뒤쪽은 아무도 없었다. 간간이 돌아다니는 보초들이 있었지만, 그들은 외등을 들고 다녔기에 미리 피할 수가 있었다.

스르륵!

사람이 없을 것 같은 방 창문을 열고 안으로 들어서자 서재인 듯한 곳임을 알 수 있었다. 그곳에는 볼일이 없었기에 그녀는 방문을 약간 열어 복도를 바라보았다. 일층 복도에는 아무도 없었다. 그렇다고 방심할 수는 없는 일. 그녀는 최대한 숨죽여 복도를 나와 건물 안에 있는 모든 방을 뒤지기 시작했다.

'정말 어디에 있는 거야?'

괜스레 역정이 났던 그녀는 한숨을 쉬며 이층으로 올라가기 시작했다. 계단을 밟고 이층 난간에서 복도를 살핀 그녀는 급히 고개를 숙였다. 재수없게도 이층에는 네 명이나 되는 무사들이 경계를 서고 있었던 것이다.

 하지만 지금까지 살펴본 건물의 상황과 다르다는 것이 그녀의 예리한 직감을 높여주었다. 작은 건물에, 그것도 한 층에 네 명이나 보초를 선다는 것은 아주 중요한 물건이나 그에 준할 정도의 사람을 지킨다는 뜻이 분명했기 때문이다.

 그녀는 보지도 않고 확신할 수 있었다. 저들이 지키는 것이 문주의 딸인 도원원이라는 것을 말이다.

 굳이 살펴볼 생각이 없었던 그녀는 조심스럽게 계단을 내려와 자신이 왔던 길을 되밟았다. 약속 장소에 간 후 몸을 숨기고 이각을 기다리자 같은 복장의 사내, 가양학이 눈앞에 보이는 건물을 돌아 조심스럽게 접근하는 것이 보였다.

 그가 바짝 다가와 물었다.

 "어떻소? 찾았소?"

 "정확하지는 않지만 도 소저가 있는 것 같은 곳이 있어요."

 순간 복면 밖으로 비치는 가양학의 두 눈이 번뜩였다.

 "확인은 했습니까?"

 "아니요. 보초가 네 명이나 있어서 직접 보지는 못했어요. 하지만 느낌으로는 그곳에 감금되어 있는 것이 분명해요."

 그녀가 그렇게까지 말하자 여태껏 자신의 사랑, 도원원을 찾을 수 없었던 가양학이 고개를 끄덕였다.

 "그럼 그곳에 있는 것이 맞는 모양입니다. 제가 둘러본 곳에는 없었으니까요."

 "그런데 보초는 어떻게 하지요? 네 명을 제압하는 것은 어려울 것이 없지만, 소란이 일어날 것은 뻔한데……. 모두가 달려올 거예요."

"창문은 어떻습니까?"

"아니요. 올 때 살펴봤는데 그 방의 창문에는 쇠창이 달려 있었어요. 그걸 뜯는 건 어렵지 않지만 소리가 꽤 클 거예요."

심각한 문제가 그들 앞에 놓여 버렸다. 하지만 어떤 문제에도 정답이 있기 마련이고, 어떤 일에도 방법이 있기 마련이었다. 곰곰이 생각에 잠기기를 일각! 그동안 신중하게 생각하던 가양학이 한 가지 방법을 제시했다.

"어쩔 수 없군요. 유인 작전을 쓰지요."

"유인 작전?"

"네. 우선 당 소저는 경공술이 저보다 빠르지 않으니 제가 저들을 유인하지요. 그사이 원아를 구해 토굴로 가십시오."

"하지만 당신이 잘못되기라도 한다면 어떻게 해요?"

"걱정 마시오. 이래 봬도 경공술에는 자신이 있는 몸이니까. 그리고 최대한 위험하지 않게 유인할 생각입니다. 지금 철영문에는 대부분의 고수들이 빠져나가 있는 상태니 괜찮을 겁니다."

"음… 좋아요. 나보다는 당신이 유인하는 것이 가능성이 높겠군요. 그럼 그녀를 구한 후 토굴로 가 있을게요."

"알겠습니다. 혹시 무슨 일이 생긴다면 전에 우리가 처음 만났던 그곳에 숨어 있으십시오. 저 또한 그렇게 하도록 하겠습니다."

"알겠어요."

결론이 나자 행동은 빨랐다. 그들은 은밀히 몸을 움직여 당원영이 봐두었던 건물로 접근했다. 그녀의 말대로 이층 중앙 방 창문에는 철로 된 긴 봉들이 겹겹으로 처져 있어 들어가는 것을 막고 있었다. 그곳을 가리키며 당원영이 말했다.

"저곳이에요."

"알겠습니다. 지금 제가 소란을 피워 유인을 할 테니, 계획대로 하십시오."

"알겠어요."

그녀의 말을 마지막으로 가양학은 조심스럽게 건물로 들어섰다. 그녀와 같이 창문을 통해 내부로 진입한 그는 복도로 나와 이층으로 향했다. 역시 그녀의 말대로 네 명의 보초들이 검을 차고 복도를 거닐고 있는 것이 보였다.

그는 생각할 필요도 없다는 듯이 복면을 벗어 젖히고 빠르게 계단을 밟았다. 그리고 가장 가까운 무사에게 득달같이 달려들었다.

이길 필요는 없었다. 모두 쓰러뜨려 봐야 소란으로 모여들 철영문의 무사들에게 결국은 잡힐 뿐이었으니까. 그렇기에 최대한 소란스럽게 행동을 했다. 좁은 복도에서 검을 뽑아 이리저리 부딪치며 와자지껄하게 한바탕한 후 급히 몸을 뺐던 것이다.

철영문의 보초들은 갑자기 나타난 가양학 때문에 놀라기는 했지만 도망가는 그를 놔줄 수는 없었다. 문 내에서는 그를 잡기 위해 혈안이 되어 있기에 이 기회에 포상을 듬뿍 받을 수도 있었기 때문이다. 네 명이나 되는 무사들은 급히 도망치는 가양학을 뒤쫓았다. 그리고 밖으로 나와 크게 외쳤다.

"침입자닷!"

철영문에 있던 무사들은 금세 내원으로 몰려들기 시작했다. 그리고 모두 가양학이 도망친 곳으로 달려갔다. 그 모습을 보고 승리의 미소를 짓는 당원영. 그녀는 한적해진 내원을 즐기듯 바라보며 건물로 들어섰다.

이층으로 올라서 방문을 열자 어두운 방 안 탁자에 도원원이라 짐작되는 여인이 앉아 있는 것을 발견할 수 있었다.

"도원원?"

그녀는 당원영이 방문을 열고 들어오자 잠시 놀라는 듯하더니 고개를 끄덕였다. 그리고 목소리가 여인이라는 것에 의아함을 드러냈다.

"무슨 일이죠? 그리고 누구시죠?"

"지금 그런 걸 물을 때가 아니에요. 가 소협 때문에 왔으니 우선 저를 따라오세요."

"가 소협은요?"

"지금 문 내의 고수들을 유인하고 있어요. 시간이 없으니 빨리 따라오세요."

그러면서 그녀는 도원원의 팔을 잡아끌었다.

예상 밖으로 일은 쉽게 해결되었다. 철영문 문주의 딸이라지만 나이에 비해 상당한 무공을 겸비하고 있는 것이 오히려 얼떨떨할 지경이었지만 그 때문에 거침없이 철영문을 빠져나올 수 있었기 때문이다. 철영문을 빠져나오자 다음부터는 눈치를 봐야 할 상대도, 몸을 은밀히 움직여야 할 상황도 아니었기에 최대한 빠른 속도로 본거지인 토굴로 달리는 일 뿐이었다.

꽤나 먼 거리였고 숲길이었기에 중간에 도원원이 숨을 헐떡이며 걸음을 늦췄다.

"조금만 쉬었다 가요."

"조금만 더 가면 되는데……."

"전, 더 이상 안 되겠어요."

어쩔 수 없이 당원영은 고개를 끄덕였다. 이미 철영문에서 상당히 멀리 왔기에 조금 쉰다고 크게 문제될 것이 없어 보였기 때문이다. 하지만 쉬는 시간도 길 수는 없었다. 조급한 마음이 들었던 당원영은 도원원의 호흡이 안정을 찾은 것 같자 자리에서 일어서며 재촉했다.

"이제 그만 가죠. 이각 정도만 더 달리면 숨을 수 있는 장소가 있어요. 그곳에 가면 안전할 거예요."

눈 깜짝할 정도의 휴식이었지만 약간의 안정을 되찾은 도원원이 움직이기 전에 궁금증을 참지 못하고 다시 물었다.

"그런데 정말 누구시죠? 왜 가 소협과 저를 돕는 거죠?"

약간 불신이 섞인 말에 당원영은 피식 웃었다.

"그쪽이 저와 비슷한 처지인 것 같아 도움을 주는 것뿐이에요. 특별히 할 일도 없었고요. 그럼 이만 가요."

당원영은 말과 함께 몸을 돌렸다. 그런데 갑자기 등에서 따끔한 통증이 밀려들었다.

"으윽!"

부지불식간 밀려드는 아픔에 제대로 신음조차 하지 못했던 그녀의 몸이 한순간 굳어졌다. 그리고 경악한 목소리로 떠듬거렸다.

"왜, 왜 이래요?"

하지만 상황과 달리 들려오는 통쾌한 목소리.

"호호호, 내가 아가씨인 줄 알고 있었겠지?"

"그, 그럼……?"

"호호, 착각은 자유니까 상관하지는 않겠어. 가양학 사형이 올 줄 알았는데 네가 와서 잠시 놀라기는 했지만 뭐, 상관은 없지. 너도 어차피 잡아야 할 대상이었으니까. 아무튼 고마워."

"……?"

"가 사형은 신법이 대단해서 잡기가 상당히 힘들 것 같았는데. 너를 미끼로 협박하면 신경 쓸 필요가 없어질 것 같거든."

순간 당원영이 난감한 표정을 지었다.

"이미 알고 있었구나?"

"당연하지. 문 내에 고수들을 뺀 것도 다 그 때문이야. 오기를 기다리고 있었지."

그러면서 그녀는 당원영의 혈도를 풀어주었다. 물론 걸을 수 있게만 풀어준 후, 그녀의 검을 빼앗아 등 뒤로 겨누어 철영문으로 데리고 돌아갔다.

"고얀 놈!"

철영문주의 노성에 앞에 무릎 꿇고 있던 가양학이 얼굴을 들었다. 그 모습에 더욱 역정이 났던 도지학이 다시 외쳤다.

"어릴 때 데려와 먹여주고, 재워주고, 무공까지 가르쳐 주는 은혜를 베풀었건만 고작 한다는 것이 사문을 배신하는 이런 배은망덕한 짓이었단 말이냐?"

"……."

가양학은 아무런 말 없이 입을 다물었다. 사실 그는 계획대로 도주에 성공을 했었다. 어렵게 도주하고도 지금 철영문에 포박을 당해 있는 이유는 바로 당원영 때문이었다. 토굴에서 기다리며 그의 영원한 사랑(?) 도원원이 오기만을 바랐건만 다음날 아침이 되어도 소식이 없었던 것이다.

무슨 일이 있을 시 당원영과 처음 만났던 곳에서 기다리기로 했었기에 그곳에도 가보았지만 역시 아무도 볼 수가 없었다. 그래서 변장을 하고 조심스럽게 마을로 내려왔는데, 입구에 방이 붙어 있는 것을 볼 수 있었다. 내용은 밤에 철영문에 도둑이 들었고, 그중 하나가 잡혔다는 것이었다. 그와 함께 방에 잡힌 자의 얼굴이 그려져 있는데, 그것이 당원영임을 단박에 알아볼 수 있었다. 결정적으로 그가 자수를 하게 된 이유는 그림 밑으로 적혀 있는 글씨였다. 또 다른 도망자, 즉 자신이 자수를 하지 않으면 동료를 처형하겠다는 내용 때문이다.

자신을 도와주기 위해 위험도 무릅쓴 그녀를 도저히 놔둘 수가 없었기에 자수를 할 수밖에 없었다.

"저 녀석을 창고에 가두고, 내일 두 놈 다 처형하도록 해라."

문주의 명에 처음으로 가양학이 인상을 쓰며 입을 열었다.

"자수를 하면 그녀는 놔준다고 하지 않으셨습니까?"

"그건 너를 잡기 위한 방편일 뿐, 너 같은 극악무도한 자에게 약속을 지킬 필요는 없다고 본다."

약속과 완전히 다른 말에 가양학은 무섭게 뜬 눈으로 살기를 드러냈다. 하지만 그것을 가만히 지켜볼 문주가 아니었다. 문중의 보물까지 숨겨 버린 찢어 죽일 놈이 아니던가!

문주가 턱을 약간 움직이자 옆에 있던 무사가 즉시 몽둥이로 가양학의 어깨를 몇 대 주물러 주었고, 가양학은 힘없이 바닥에 무너져 내릴 수밖에 없었다. 그 모양새를 가늘게 뜬 눈으로 지켜보던 문주가 더 이상 꼴 보기 싫다는 듯 손을 저었다.

"보기 싫으니 빨리 가두거라."

"알겠습니다."

가양학이 끌려가고 이번에는 당원영이 끌려왔다. 문주는 그녀를 무섭게 내려다본 후 말했다.

"가양학과 어떤 관계인지는 모르겠으나 네가 한 짓은 우리 철영문 전체를 위기에 빠뜨린 것과 같다. 그것은 부정할 수 없는 사실이니 후회해도 소용없다. 그에 따르는 책임을 져야 할 것이니 그리 알거라. 알겠느냐?"

"책임이라면 어떤 책임을 말하는 거죠?"

"목숨으로!"

매몰찬 문주의 말에 당원영이 황당한 표정을 지었다.

"당신이 뭔데 사람의 목숨을 마음대로 한다는 거예요? 추관이라도 되는 건가요?"

"그런 너는 무엇인데 우리 철영문 전체를 위기에 빠뜨릴 일을 저질렀단 말이냐? 너와 가양학을 잡았기에 망정이지 그렇지 못했다면 얼마나 많은 사람들이 고통받을지 생각이나 해보았느냐? 보아하니 아직 어린 나이인 것 같은데 그렇게 철이 없어서야 어찌하겠나?"

문주의 말에 틀린 것이 없었으므로 당원영은 특별히 반박할 말이 떠오르지 않았다. 하지만 일이 이렇게까지 될 줄은 몰랐기에 결국 자신의 신분을 걸고넘어질 수밖에 없었다. 죽는 것보다야 혼인을 하는 것이 더 나은 것이니까!

"난 혈천문의 당원영이에요."

혈천문이라는 단어는 그냥 흘려들을 것이 아니었다. 그렇기에 그녀의 말과 동시에 장내가 잠시 조용해졌다. 혹시 잘못 들었나 싶었던지 도지학 문주가 확인하듯 물었다.

"혈천문이라고 했느냐?"

"네."

"혈천문의 누구이냐?"

"문주님의 손녀예요."

"……."

다시 침묵이 흘렀다. 이번 침묵은 좀 더 길 수밖에 없었다. 하지만 그 침묵 뒤로 흘러나온 것은 웃음이었다. 그것도 말도 안 된다는 듯한 비웃음이었다.

"크하하하하!"

"하하하!"

여기저기에서 대소를 터뜨리자 당원영이 오히려 무안해하며 얼굴을 붉혔다.

"왜 그러죠?"

그때 도지학 문주가 껄껄거리며 그녀의 말을 받았다.

"목숨이 왔다 갔다 하니까 뵈는 것이 없나 보구나?"

"……?"

"혈천문주님의 손녀께서 어인 일로 호위도 없이 이런 조그마한 도시에 와 있단 말이냐? 너 같으면 믿을 수 있겠느냐? 게다가 혈천문에서 문주님의 손녀가 강호에 나왔다는 이야기는 들어보지도 못했다. 쓸데없는 말로 힘 빼지 말고, 네가 저지른 일을 반성이나 하거라."

그녀가 답답하다는 듯 인상을 쓰며 외쳤다.

"정말이라니까요. 믿지 못하겠으면 혈천문에 확인을 하면 될 것 아니에요?"

순간 웃음을 멈춘 도지학 문주가 벌컥 성을 냈다.

"닥쳐라! 거기가 어디라고 확인하는 귀찮은 절차까지 밟아야 한다는 말이냐? 그런 식으로 시간을 벌려 해도 소용없다. 아직도 정신을 차리지 못하다니, 정말 몹쓸 아이구나!"

"사실을 사실대로 말하는 것이 잘못된 건가요? 지금 절 놔주지 않는다면 후회하게 되실 거예요."

"고얀 놈! 어디에서 큰소리냐? 여봐라!"

"예, 문주님!"

"저 녀석도 당장 창고에 가두고 내일 아침까지 굶겨라."

"알겠습니다."

청천벽력 같은 그의 말에 당원영은 끌려가면서도 자신이 혈천문주의 손녀라고 주장을 했다. 하지만 씨알도 먹히지 않았다. 결국 창고에 갇힌 그녀는 배고픔에 시달리며 처음으로 도망친 것을 후회해야 했다.

악마금은 중영에 도착한 후 마을 식당으로 향했다. 아침을 거르고 계속 길을 걸었기 때문이다. 게다가 당원영을 찾는 일이 그리 급한 것이 아니었기에 내일쯤에나 수소문을 해볼 생각이었다. 그도 아니면 철영문에 직접 찾아가 물어볼 수도 있는 것이었고. 당원영은 분명 철영문에 잡힌 가양학을 구하러 갔을 것이고, 그것이 성공했든 그렇지 못했든 철영문에서는 그녀의 행방을 알고 있을 것이라 판단했기 때문이다.

악마금이 자리를 잡자 점소이가 다가와 굽신거렸다.

"무엇을 주문하시겠습니까?"

"오리탕 일 인분과 야채 볶음 한 접시 내와라."

"잠시만 기다리십시오."

점소이가 사라지고 난 후 악마금은 주위를 둘러보았다. 하지만 특이한 사항이 없었기에 바로 창가 쪽으로 시선을 돌렸는데, 옆 탁자 쪽에서 오고 가는 대화가 그의 관심을 끌었다.

촌부인 듯한 중년인의 말이 먼저 들렸다.

"소식 들었나?"

그러자 또 다른 사내의 의문에 싸인 목소리.

"무슨 소식 말인가?"

"이틀 전에 철영문에 도둑이 들었다는 소식 말일세."

"아! 그거라면 들었지."

"그럼 그 도둑이 잡혔다는 것도 알고 있겠군."

상대방은 거기까지는 모르는 모양이었다.

"그랬나? 하기야 철영문이 어디인가? 무림고수들이 몰려 있는 그런 문파에서 도둑을 못 잡을 리가 없지."

그러면서 한심한 듯한 목소리로 말을 이었다.

"참내! 그 도둑들도 정말 멍청하군. 털 데가 없어 철영문을 털다니 말이야."

"그러게 말이야. 도대체 뭘 훔치러 들어간 걸까?"

"돈이라면 다른 곳을 털었겠지. 혹시 무공 비급 같은 것은 아닐까?"

"무공 비급?"

"그래. 왜 있지 않나? 무슨 신공이니 하는 것들 말이야."

"흠, 그럴 수도 있겠군. 아무튼 오늘 저녁에 처형을 한다는 소문이 떠돌던데……. 진성문주가 참여를 한다더군."

"진성문은 또 왜 끼어든 겐가?"

"나야 모르지. 무슨 연관이 있을 법하지만, 우리 같은 농부들이 알 게 뭔가? 농사나 잘 지으면 됐지. 자자, 그런 소리 말고 술이나 드세. 조금 있으면 추수인데 걱정이군. 일손이 왜 이렇게 달리는지……."

"자네, 배부른 소리 하지 말게. 그런 걱정은 복받은 게야. 쯧쯧, 복에 겨워 터져 죽을 걱정인 거지."

"하하하!"

그들의 대화가 끝나자 악마금은 피식 미소를 지었다.

'잡힌 모양이군!'

생각보다 일이 쉽게 돌아가자 조금은 아쉬운 감이 있었지만 그래도 크게 상관은 없었다. 곧이어 음식이 나오자 배를 불린 그는 술까지 마시며 시간을 때운 후, 신시초(申時初:오후3시)가 넘어서야 철영문으로 어기적어기적 걸어갔다. 그래도 시간이 꽤 남을 듯했기에 여전히 느긋이 중영 거리를 구경하면서였다.

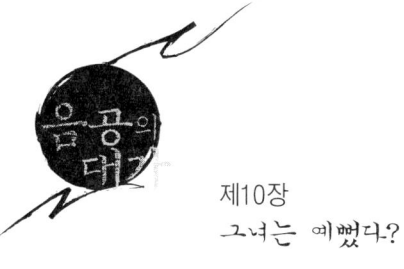

제10장
그녀는 예뻤다?

당원영과 가양학은 저녁이 되자 밖으로 끌려 나와 연무장으로 향했다. 문파 내에서 자체적으로 제자에게 처형을 가하는 일은 극히 드문 것이었지만 충분히 그럴 만하다고 판단되었기에 아무도 왈가왈부하지 않았다.

원래는 진성문에 가서 진성문주에게 처형을 맡겨야 했지만, 또 전과 같은 일이 벌어질 수도 있었기에 진성문주의 허락을 얻어 그를 초대한 후 철영문에서 처형을 하기로 했다.

끌려 나온 당원영과 가양학은 전신에 포박을 당한 채 등 뒤로 내공 운용을 못하게 침이 몇 군데 박혀 있는 상태였다. 그 상태에서 당원영이 고래고래 소리를 쳤지만 내공을 끌어올리지 못하는 그녀는 양팔을 잡아끄는 무사들의 힘을 당할 수는 없었다. 결국 연무장의 중앙에 무릎을 꿇게 된 후, 억울함의 눈물을 흘릴 수밖에 없었다.

혈천문을 나올 때만 해도 이런 일이 자신에게 벌어질 줄은 생각도 못했기에 더욱 억울한 그녀였다.

젊어서의 고생은 사서 한다지만 이런 식은 아니었다. 혼란한 정신 상태에서 철영문주의 목소리가 장내를 울렸다.

"문파를 위험에 빠뜨리고 비급을 훔친 죄, 용서받지 못할 것이다. 이번 일을 시작으로 배신자의 최후가 어떤 것인지 다시 한 번 자각하길 바라며 앞으로는 이런 일이 벌어지지 않기를 바란다."

연설과 같은 외침과 함께 수많은 제자들과 무사들 앞에서 도지학 문주가 매섭게 당원영을 바라보았다.

"우선 저 계집아이부터 처형을 하거라."

말과 함께 무사들이 그녀의 양팔을 잡아 일으켰다.

"이것 놔! 감히 나를 이렇게 대하고도 무사할 줄 알아?"

당원영은 애써 무릎을 펴지 않았지만 결국 연무장에 마련된 청석판 위로 옮겨질 수밖에 없었다. 그리고 한 무사가 거대한 칼을 들고 다가왔다.

그때까지 소리치던 당원영의 목소리는 큰 칼을 든 음충맞은 사내를 보자 뚝 멈췄다. 몸을 잘게 떨며 이제 하늘을 원망할 수밖에 없는 지경에 이르렀던 것이다. 괜스레 악마금의 말이 생각났다.

"넌 남의 일에 참견하기를 좋아하는 것 같군. 뭐, 약간의 호기심은 살아가는 데 활력소가 되기는 하지만 그 경우가 심하면 목숨 날리기 십상이지. 특히 언제 어떻게 될지 모르는 강호라는 세상은 더욱 그러니 괜스레 나서서 피해 보는 일 없도록 하는 것이 좋을 거다."

'그때 그의 말을 들을걸!'
 지금에 와서 후회해 봐야 이미 늦었다는 것은 그녀도 알고 있었다. 하지만 목을 늘어뜨린 상태에서도 아쉬움은 크게 남았다. 그리고 웃기게도 저 큰 칼에 목이 잘리면 얼마나 아플까? 하는 생각도 하고 있었다.
 스르르륵!
 도신이 일을 낼 듯 천천히 들려 올라가자 저녁놀에 반사되어 붉은 빛을 뿌렸다. 그리고 정점에 올라섰을 때 희번덕거리며 빠르게 아래로 허공을 갈랐다.
 쉬이익!
 소리만으로도 단칼에 목이 날아갈 것이라는 짐작이 갔기에 당원영은 두 눈을 질끈 감았다. 하지만 칼은 그녀의 목 반 척 거리에서 거짓말처럼 멈춰 섰다. 연무장 밖에서 들려오는 비명성이 형벌을 멈춘 것이었다.
 "크아악!"
 단발로 터진 소리는 작지만 또렷이 연무장을 울렸다. 모두의 시선이 소리가 들린 쪽, 즉 연무장으로 들어서는 정문으로 향했다. 형을 집행하려던 무사와 운 좋게 아직 목숨을 부지하고 있는 당원영, 그리고 철영문주와 모두의 시선이었다. 돌연한 상황에 정신을 차린 철영문주 도지학이 의아한 표정으로 주위를 향해 물었다.
 "무슨 일이냐?"

묻는다고 시원하게 대답할 수 있는 사람이 있을 리는 없었다. 그들도 비명이 무엇을 뜻하는 것인지 알 수 없었으니까. 하지만 문주의 말을 그대로 흘려 넘길 수는 없는 법. 무사들 몇 명이 정문으로 달려갔다. 하지만 그들이 문을 열어 비명성의 근원이 무엇인지 확인해야 하는 수고는 하지 않아도 될 모양이었다. 무사들이 정문에 도달하기도 전에 와직끈거리며 거대한 나무 문짝이 부서져 버렸기 때문이다.

콰쾅!

폭음과 함께 정문이 산산이 부서져 흩어지며 쾨쾨한 먼지가 들끓었다. 그리고 그 먼지 사이로 검은 인영이 모습을 비쳤다.

"훗, 절묘하게 시간을 맞췄군."

악마금은 비릿한 미소와 함께 중얼거리며 장내로 들어섰다.

그는 철영문 앞에서 자신의 길을 방해하는 문지기들을 잘 주물러 준 후, 담을 넘어 철영문 내로 진입했다. 그 후는 일사천리(一瀉千里)! 당당한 악마금의 걸음에, 그가 철영문의 담을 넘었다는 것을 알 리 없는 사람들은 아무런 제지도 가하지 않았다. 하지만 형이 집행되고 있는 연무장으로 가까이 다가가자 결국 한 사내가 막아섰고, 그를 역시 주먹으로 잘 설득(?)한 악마금이 연무장으로의 진입을 가로막고 있는 문까지 열어야 하는 수고를 생략하고서 들어선 것이었다. 비명은 악마금을 막은 사내의 것이었다.

먼지가 완전히 가라앉는 데는 그리 많은 시간이 필요치 않았다. 그후, 악마금의 모습이 완전히 드러나자 몇 명을 제외한 연무장에 있던 모든 사람이 의아한 표정을 지었다. 어떻게 문을 저렇게 만들었는지에 대해 궁금증을 품은 자도 있었고, 정체가 무엇인지에 대한 의문을 품는

자, 또 왜 이곳에 갑자기 나타났는지에 대해 궁금해하는 자도 있었다. 그 외 몇 명의 사람들은 당연히 당원영과 가양학, 그리고 며칠 전 숲에서 악마금을 만난 열 명의 철영대 대원들이었다.

그를 보자 당원영이 환희에 찬 표정을 지었다. 이렇게 끝날 인생이 아니라는 생각과 함께 그녀가 버럭 외쳤다.

"도와주세요!"

그녀의 말에 악마금이 더욱 비릿한 미소를 지으며 느긋하게 다가오기 시작했다.

"앞뒤 분간도 못하고 날뛰더니, 꼴 좋군. 원래는 상관하지 않으려고 했지만 일이 생겨서 어쩔 수 없이 널 구해야겠다."

무슨 이유인지는 모르겠지만 구해준다는 그의 말에 가슴을 쓸어내리는 당원영이었다. 그리고 반대로 장내에서 악마금의 말을 듣고 있던 철영문주와 무사들은 황당한 얼굴로 실소를 머금었다. 단신으로 연무장에 들어와 사형수를 구한다는 말이 선뜻 와 닿지 않았기 때문이다. 철영문주는 혹시 자신이 잘못 들은 것이 아닌가를 의심하며 주위를 둘러보았다. 그러자 백여 명의 늠름한 철영문 무사들과 진성문의 문주, 그리고 그를 호위하기 위해 따라온 진성문의 무사 십여 명이 눈에 들어왔다.

"자네 지금 뭐라고 했나?"

철영문주 도지학의 물음에 악마금은 대답하지 않았다. 건들건들 불량스런 걸음으로 청석판까지 다가가는데, 그의 너무 당당한 행동에 아무도 저지할 생각도 못하고 있었다. 결국 당원영에게 도착한 그를 향해 도지학 문주가 다시 물었다.

"누구인지는 모르겠지만 멈추게."

그에 전혀 신경 쓰지 않는 악마금. 그의 손이 당원영을 압박하고 있는 줄을 가볍게 스치고 지나가자 줄 또한 끊어지는 것이 아니라 사방으로 터져 버렸다. 그 놀라운 모습에 사람들이 잠시 경악했지만, 도지학 문주는 이대로 있을 수만은 없었다.

"뭘 하느냐? 저 녀석의 목부터 베어라!"

갑작스럽게 떨어진 명에 형을 집행하기 위해 칼을 들고 서 있던 무사가 얼떨결에 대도를 휘둘렀다. 대도는 크게 원을 그리며 악마금의 목을 향해 다가들었다.

"쓸데없는 짓을 하는군."

말과 함께 악마금은 자신에게 뻗어온 도신을 한 손으로 막았다. 내력이 실려 있지 않은 공격이었기에 음공을 사용할 필요성도 느끼지 못했기 때문이다.

자신의 도가 비리비리해 보이는 상대의 손에 잡히자 사내는 상당히 당황할 수밖에 없었다. 하지만 그 당황함도 순식간에 사라져 버렸다. 악마금이 그의 복부를 반대편 주먹으로 쑤셔 박았기 때문이다.

퍽!

"커억!"

엄청난 고통을 느끼며 사내가 뒤로 넘어가자 여기저기에서 무사들이 동시에 무기를 뽑아 들었다. 그때 악마금이 귀찮다는 표정을 역력히 드러내며 철영문주를 향해 말했다.

"짜증나게 하지 말고 조용히 넘어가는 것이 신상에 좋을 거다."

"네, 네놈은 누구냐?"

"그런 것까지 알 필요는 없지 않은가?"

건방진 그의 말에 철영문주 도지학이 으르렁거렸다.

"너 혼자서 무엇을 믿고 그러는진 모르겠지만 저항하지 않는다면 목숨만은 살려주겠다."

"크하하하!"

순간 대소를 터뜨린 악마금이 철영문주를 향해 인상을 썼다.

"목숨만은 살려주겠다고? 어디 한번 해봐. 단, 나에게 공격을 가하는 그 순간부터 네 목숨은 보장할 수 없으니 신중히 결정하도록."

말과 함께 악마금은 당원영을 일으키며 등 뒤에 박혀 있는 침을 뽑기 시작했다.

"쳐랏!"

명과 함께 순식간에 열 명의 무사가 악마금을 향해 달려들었다. 그 모습을 보고 당원영은 불안한 표정을 지었지만 악마금은 여전히 침을 뽑고 있을 뿐이었다. 그렇게 마지막 침을 뽑아낼 때 거의 지척까지 다다른 무사들의 검이 악마금의 전신을 노렸다.

"꼭 피를 보고 싶다면……."

순간 악마금이 손에 쥐고 있던 장침을 사방으로 뿌렸다. 강력한 내력이 실린 장침이 손에서 벗어나자 허공을 가르며 다가오는 검에 부딪쳐 요란한 소음을 울렸다.

따따따땅!

"헉!"

"이런!"

열 명의 무사가 경악성을 내뱉으며 동시에 뒤로 물러섰다. 장침이 검에 부딪쳤을 뿐인데, 검을 쥔 손에 엄청난 통증이 동반되었기 때문이다. 그중 누군가가 잔뜩 긴장한 투로 경호성을 발했다.

"조, 조심해라! 고수다!"

하지만 그의 말은 다른 사람들에게 전혀 도움이 되질 못했다. 침을 던짐과 동시에 악마금이 손을 저었고 그 결과 방금 공격했던 열 명의 무사가 피를 토하며 바닥으로 쓰러졌기 때문이다. 사전의 준비된 동작도 없이 무사들이 일시에 죽어버리자 장내의 모든 사람들이 경악한 표정을 지었다.

"누, 누구냐?"

"말했지? 알 필요 없다고. 이번 일 때문에 기분이 꽤 괜찮은 편이니 다시 한 번 기회를 주도록 하지. 지금 즉시 모두 무기를 버려라. 마지막 경고야."

손짓 한번으로 열 명의 무사를 쓰러뜨린 극강의 고수라는 것이 증명되자 왜 악마금이 여유를 부렸는지 이해가 되기 시작하는 도지학 문주였다. 그렇기에 악마금의 경고에 상당히 고민할 수밖에 없었다. 상대의 능력이 어느 정도인지 파악이 돼야 결정을 내릴 것이 아닌가 말이다.

간단한 동작으로 무위를 선보인 악마금의 실력이 만에 하나 더 강하다면 지금 있는 수로는 어림도 없을 것이었다. 그렇지 않다고 하더라도 상당한 피해를 감소해야 하는데, 현 귀주무림의 사정을 알고 있는 그로서는 선뜻 고수들을 잃기가 두려운 것이 사실이다.

하지만 그것은 자신의 생각일 뿐, 죄인을 뻔히 눈뜨고 놓아줄 수는 없는 일이었다. 진성문이 없었다면 조용히 넘어갈 수도 있었겠지만,

이들이 있는 이상 문파의 체면을 생각해야 했기 때문이다. 결정을 내리지 못하고 이래저래 갈등만 하고 있는 가운데 악마금의 옆에 있던 당원영의 외침이 그의 판단에 결정적인 도움을 주었다.

"이분은 만월교의 간부이시다. 만월교를 적으로 돌리고 싶지 않다면 무기를 버려!"

"마, 만월교?"

"만월교가 중영에는 왜?"

또다시 사람들 사이에서 경악성이 터져 나왔다. 이런 시골에 만월교 간부가 와 있다는 것이 믿어지지가 않았던 것이다. 하기야 만월교가 전 귀주를 상대하고 있으니 이상할 것도 없겠지만, 그래도 연합까지 구성해 대항하고 있는 세력들도 많은데 하필 중립을 지키고 있는 철영문에 찾아왔으니……

당원영의 말에 잔뜩 인상을 쓰는 악마금이었으나 이미 엎질러진 물은 담을 수가 없었기에 덧붙였다.

"오늘부로 철영문의 문을 닫느냐, 아니냐는 전적으로 지금 결정에 달린 것이니 잘 결정하는 것이 좋을 거다."

한참 후, 마음이 이미 흔들린 도지학 문주가 떨떠름한 표정으로 고개를 끄덕였다. 악마금의 실력이 의심스러운 것도 사실이었지만 그보다 만월교에 대한 두려움이 컸기 때문이었다.

"좋소. 모두 무기를 거두어라."

그의 명과 함께 기다렸다는 듯이 무사들이 무기를 집어넣었다. 그 꼴을 보며 악마금은 내심 혀를 찼으나, 한편으로는 상당히 편하다는 생각도 들었다.

'이래서 강한 쪽에 붙는 것이 여러모로 편하다니까.'

그런 생각과 함께 그는 당원영을 보며 말했다.

"더 이상 문제 일으키지 말고 가자."

하지만 그녀는 걸음을 떼지 않았다. 그것을 의아하게 생각하던 악마금이 그녀의 시선을 따라 고개를 돌렸다. 그녀는 아직도 포박을 당해 무릎을 꿇고 있는 가양학을 보고 있었다.

"저자도 풀어주세요."

"미치겠군. 이 상황에서 그따위 말이 나오나? 네 한 목숨 부지한 것도 다행으로 여겨야지."

"하지만 저자 때문에 이렇게까지 됐는데, 구하지 못하면 너무 억울해요. 게다가 불쌍한 분이에요."

악마금은 그녀의 표정을 본 후 다시 가양학을 바라보았다. 가양학은 고개를 푹 숙인 채 애써 악마금의 시선을 피하고 있었다.

"젠장."

조용히 욕지기를 내뱉은 악마금이 도지학 문주를 향해 말했다. 하지만 처음 하대와는 달리 존대를 했다.

"저자도 풀어주시면 고맙겠소."

순간 도지학 문주도 난감한 기색을 드러냈다.

"저자는 안 됩니다. 만월교의 체면을 봐서 저 아이는 풀어줄 수 있지만 이 녀석은 우리 문중의 제자, 전적으로 우리의 일이니 그냥 가주십시오."

"들었지?"

악마금은 어쩔 수 없다는 듯 어깨를 으쓱하며 당원영의 이해를 요구

했다. 하지만 그녀는 포기할 수 없는 모양. 악마금 대신 도지학 문주를 향해 말했다.

"가 소협의 죄가 뭐죠? 단지 문주님의 따님을 사랑한 것밖에 없잖아요. 그런데 그것이 죽을죄인가요?"

그녀의 억지스런 말에 도지학 문주가 고개를 저었다.

"말도 안 되는 소리지. 물론 내 딸을 좋아했다는 것은 죄가 되질 않아. 하지만 딸아이를 납치한 것은 중죄이지."

"납치라니요? 그들이 도망간 것은 전적으로 둘의 의사였어요. 가 소협이 납치한 것이 아니에요."

"좋다. 그건 그렇다 치고라도 문에서 내려오는 보물을 훔친 것은 어떻게 하겠나? 설마 그것도 죄가 가볍다고 하지는 않겠지?"

그 말에 당원영은 피식 미소를 지었다.

"물론 문파의 제자가 그런 짓을 했다면, 그건 죽을죄에 속한다고 알고 있어요. 하지만 정확히 따져야 하지 않나요?"

"무엇을 말이냐?"

"분명, 보물을 훔친 것은 문주님의 따님이지, 가 소협이 아니에요. 왜 가 소협이 훔쳤다고 누명을 씌우는 거죠?"

"그, 그것이 무슨 말도 안 되는 소리냐?"

"말이 안 되는 것이 아니라 사실이에요. 그것을 믿지 못하겠다면 대면을 시켜 누가 훔쳤는지 정확히 따지세요. 왜 따님이라고 은근슬쩍 넘어가시려고 하나요? 그건 공평치 못한 처사지요. 안 그래요?"

그 말에 놀란 도지학 문주는 이내 불안한 표정이 되었다. 그리고 얼굴이 붉게 달아오르더니 노한 목소리로 주위를 향해 거칠게 외쳤다.

"지금 당장 원아를 데려오너라!"

명을 받들고 사라진 몇 명의 무사들이 잠시 후 면사를 쓴 왜소한 여인을 데리고 왔다. 딸이 오자 거두절미하고 도지학 문주가 급히 물었다.

"저 아이는 네가 지도를 훔쳤다는데, 그것이 정말이냐?"

"……."

"바른대로 말해야 할 것이다. 만약 네가 훔쳤다면 목숨을 잃을 각오를 하는 것이 좋을 게다."

실제 자신의 딸을 죽일 생각은 없는 도지학이었지만 이렇게 말해 둬야 아니라고 대답할 것 같았기에 그렇게 물은 것이었다. 하지만 전혀 생각지 못한 대답이 튀어나왔다.

"제가 훔쳤어요."

그녀의 말에 장내가 술렁이기 시작했다. 자세한 내막은 알 수 없었고, 가양학도 자신이 지도를 훔쳤다고 말했기에 그런 줄로만 알고 있었다. 그런데 사실이 완전히 뒤집혔으니 도지학 문주로서는 난감할 수밖에.

"네, 네, 네 이놈!"

제대로 말도 잇지 못하는 도지학 문주. 그는 몸까지 부들부들 떨기 시작했다. 그러자 당원영이 확실한 쐐기를 박았다.

"그럼 죄목이 정확히 밝혀졌으니 그에 합당한 벌을 내리세요. 한 명에게만 죄를 뒤집어씌우는 것은 명문문파에서 할 짓이 아니잖아요?"

"크으윽!"

도지학 문주는 아무 말도 없이 계속 몸을 떨기만 했다. 자신의 딸을 죽일 듯이 노려보고 있을 뿐. 창피함 때문인지 다른 사람들과는 눈도 마주치려 하지 않았다. 그리고 잠시 후, 그가 갑자기 옆에 있던 무사의 검을 빼앗더니 가양학에게 다가갔다.

　순간 당원영이 놀라 말리려 했지만 이미 검은 검집에서 뽑혀 가양학을 향해 내려쳐지고 있었다.

　쉬이잉!

　빠르게 허공을 가르는 검끝에 걸린 것은 가양학이 아니었다. 그의 몸을 묶고 있는 줄이 순식간에 끊어져 나가며 자유로움을 되찾을 수 있었다. 포박을 끊어버린 도지학 문주가 분노에 억눌린 목소리로 나직이 말했다.

　"가라!"

　"……."

　"너는 이제부터 철영문에서 영원히 파문이다. 그리고… 너도 이제부터는 내 딸이 아니다. 알겠느냐?"

　도원원을 가리키는 말에 그녀의 얼굴을 가린 면사 안에서 몇 줄기 물방울이 떨어져 내렸다.

　"아, 아버지!"

　"그렇게 부르지 마라! 이제 난 너의 아버지가 아니다. 그리고 오늘부로 내 눈에 모습을 드러낸다면 목숨을 보장받을 수 없을 것이다."

　말을 마침과 함께 도지학 문주는 급히 몸을 돌려 연무장을 빠져나갔다. 그러자 다른 자들 또한 난감한 듯 서로 시선을 주고받더니 이내 하나둘씩 자리를 떴다.

철영문을 나온 두 명의 남자와 두 명의 여인은 말없이 한참을 걸었다. 그렇게 일각을 걸어가자 갈림길이 나왔고, 한 사내와 한 여인이 걸음을 멈췄다. 그중 사내, 가양학이 고개를 깊숙이 숙이며 감사의 뜻을 전했다.

"도와주셔서 감사합니다."

괜히 무안해진 악마금이 인상을 쓰며 퉁명스럽게 대답했다.

"너를 도와주려고 했던 것이 아니니 감사까지는 필요없어."

하지만 옆에 있던 도원원도 고개를 숙였다.

"아니에요. 대협이 아니었다면 가 소협은 정말 큰일났을 거예요. 그리고 저도……."

"쓸데없는 소리로 기분 망치지 말고 그런 소리는 이 녀석에게나 해. 이 녀석 때문에 너희는 덤으로 살아남은 거니까."

악마금의 말에 가양학과 도원원은 의미를 알 수 없다는 듯한 표정을 지었으나 이내 당원영에게도 고개를 숙였다.

"고마웠습니다."

"호호, 아니에요. 솔직히 연무장에서는 당신들을 도운 것을 후회도 했지만 지금은 다 잘됐으니 된 거죠. 아무쪼록 두 분 다 행복해지길 바랄게요."

"그렇게 할게요. 이제는 보금자리를 찾을 때까지 여행이나 할 생각이에요. 참!"

말과 함께 무언가 생각난 듯 도원원이 품속에서 종이 한 장을 꺼내 악마금에게 내밀었다.

"감사의 표시니 거절하지 마시고 받아주세요."

약간의 호기심이 들었으므로 악마금이 그것을 받아 쥐며 물었다.

"뭐지?"

"지도예요."

"지도? 그건 이미 빼앗기지 않았나?"

"아니요. 제가 가지고 있었거든요. 그래서 갇혀 있을 때 제가 한 장을 베꼈어요. 그림 실력은 없지만 보기에는 문제가 없을 거예요."

"그런데 무슨 지도지?"

"저도 정확히는 모르겠어요. 철영문 대대로 내려오는 건데 듣기로는 자하신공이 숨겨져 있는 장소가 기록되었다고 했어요."

"자하신공?"

악마금은 되새기듯 중얼거리며 종이를 펼쳤다. 그러자 그 안에는 도원원의 말대로 지도가 그려져 있었는데, 전혀 알아볼 수가 없었다. 부분적인 산의 지리인 것은 분명한데 어떤 산인지, 정확히 어느 지역인지 기록조차 되어 있지 않기 때문이다.

"흠! 이것만 가지고는 영원히 못 찾겠군. 하기야 찾을 수 있었다면 벌써 찾았겠지만……. 아무튼 이건 내가 가지도록 하지."

악마금도 역시 무인이었다. 그렇기에 그 자하신공이라는 것을 익히고 싶은 마음은 없었지만 신기한 무공 지도를 소장하고 싶은 욕심이 들어 지도를 받아 품속으로 집어넣었다. 그것을 보고 다행이라는 표정을 지은 가양학과 도원원이 다시 한 번 악마금과 당원영에게 고개를 숙였다.

"그럼 저희는 이만 가보겠어요."

그때 당원영이 손을 들어 도원원을 불러 세웠다.

"잠깐만요."

"……?"

"그래도 목숨을 걸고 구해낸 분들인데 얼굴이라도 알아야 다음에 볼 때 아는 척을 하죠."

그녀의 말에 도원원은 그제야 아직도 자신이 면사로 얼굴을 가리고 있다는 사실을 깨달았다.

"아! 죄송해요. 실례를 범할 뻔했군요."

말과 함께 면사를 벗어 던진 도원원!

그 순간 악마금과 당원영의 두 눈이 빠르게 커졌다가 작아졌다. 어색한 웃음을 남기며 그들과 헤어진 당원영이 한참 후에야 배를 잡고 웃기 시작했다.

"호호호호호호!"

그러면서 악마금을 향해 물었다.

"어떻게 생각해요?"

"뭐가?"

"호호, 들창코에 주근깨, 볼살이 축 처진 아름다운 소저와 저렇게 사랑에 빠질 수 있을까요?"

"그딴 거 신경 안 써."

"훗, 그렇게 신경 안 쓴다는 분이 도 소저가 면사를 벗을 때는 왜 키득거렸어요?"

"내가 언제?"

"다 들었으니 숨길 생각 하지 마세요."

"닥쳐."

악마금은 인상을 찡그리며 먼저 앞서 나갔다. 그러자 당원영이 재빨리 따라오며 물었다.

"그런데 절 구하러 오실 줄은 생각도 못했어요. 정말 거기에서 죽는 줄 알았다니까요. 어떻게 마음이 바뀐 거죠?"

이번에는 악마금이 미소를 지어 보였다.

"흐흐, 네가 필요했거든."

"네? 무슨 말이죠?"

"가보면 알게 될 거다."

"가보면 알게 된다?"

더욱 모를 말이었다. 구해준 것은 고마운 일이지만 악마금과 자신이 같이 갈 곳이 있었던가? 가는 길이 완전히 다르다고 생각했던 그녀가 고개를 갸웃거렸다.

"지금 어디를 가는 거죠?"

"흐흐흐. 정화문!"

순간 당원영이 걸음을 멈췄다. 그리고 재빠르게 움직이는 손은 악마금의 전신 요혈을 노리고 있었다. 하지만 그것이 먹힐 리가 없었다. 악마금은 미리 호신음강을 사용해 은근히 몸을 보호하고 있었고, 그런 그의 혈도를 짚으려던 당원영이 오히려 손에 엄청난 타격을 받으며 물러났다.

"나에게 그런 수법이 통할 것이라 생각했나?"

악마금은 음산한 미소를 지으며 당원영에게 다가가기 시작했다.

"날, 날 어떻게 하려고 그래!"

"흐흐, 당연히 정화문에 대기 중인 혈천문에 넘겨야지."

"나쁜 놈! 우리 사이에 어떻게 그럴 수가 있어?"

"웃기는군. 너와 나는 적일 뿐이야, 알겠어? 날 속인 것만 생각하면 아주 아작을 내버리고 싶지만 당분간은 참아주기로 하지."

악마금은 즉시 그녀의 혈도를 제압한 후 들쳐 메고 정화문으로 방향을 틀었다. 계속 들고 다닐 수가 없었기에 중간에 말을 구해 그녀를 태우고, 정확히 사 일 후, 정화문에 대기 중이던 혈루혈천대의 대원에게 그녀를 넘겨 버렸다.

악마금은 돌아올 때 당원영의 저주를 흠씬 듣기는 했지만 그에 신경 쓸 악마금이 아니었다.

모든 일을 순탄(?)하게 마무리 지은 악마금은 조금 아쉬운 기분을 느끼며 개양 분타로 향했다. 자리를 너무 오래 비웠다는 생각은 들었지만 그래도 걸음을 빨리하지는 않았다.

그렇게 진양을 지나 거의 절반까지 왔을 때, 숲길에서 검은색 경장을 입은 무사가 모습을 드러내며 부복했다.

"빨리 분타로 돌아오시라는 분부가 있었습니다."

"그래야겠지, 꽤 오랜 시간 자리를 비웠으니까."

"그런 이유 때문이 아니오라 이미 본 교의 계획이 실행되었습니다. 조만간 분타로 적들의 공격이 있을지도 모릅니다."

"계획이 실행돼?"

"예. 악마대가 본격적으로 활동에 들어갔습니다."

"악마대? 하지만 아직 시간이 남았을 텐데?"

"그렇기는 하지만 공손손 장로님께서 허락을 하셨고, 예전 시험적으로 천부당을 전멸시킨 것을 계기로 얼마 전부터 악마대가 본격적으로 움직이기 시작했습니다."

"흐음. 그럼 그것이 우리 만월교의 소행이라는 것이 알려졌나?"

"그렇지는 않습니다. 하지만 적들도 정보 단체들이 있으니 조만간 알려질 겁니다. 그것이 아니더라도 본 교에서 직접적으로 공포를 할 것이라는 소문도 있습니다."

"어쩔 수 없군."

악마금은 좀 더 여유를 가지고 유람을 할 생각이었지만, 결국 최대의 속도로 분타로 향할 수밖에 없었다.

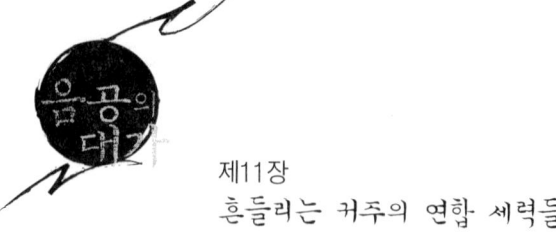

제11장
흔들리는 귀주의 연합 세력들

 거대한 방. 그 안에 네 명의 인물이 있었다. 상석에는 여인, 그리고 그 앞에 흑의복면인, 방 양쪽 구석으로는 두 명의 시비가 시립해 있다.
 "알아냈습니다."
 흑의복면인의 말에 상석에 앉은 여인이 상큼한 목소리로 물었다.
 "뭘 알아냈다는 거지?"
 "무림에 벌어지고 있는 혈겁의 주범 말입니다."
 "그래, 누구지?"
 "만월교입니다. 지금까지는 추측이었지만 그간 만월교의 총단을 빠져나간 인원과 방향을 조합해 본 결과 확실히 그들이라는 것이 밝혀졌습니다."
 "음. 이미 예상하고 있었던 것이니 그리 놀라운 일은 아니네. 아무튼 그들이 확실하다면 지금까지 귀주의 흐름과는 달리 많이 바뀌게 되겠네."

"그렇습니다. 하지만 그것이 다가 아닙니다."

"그럼 또 뭐가 있지?"

"어떻게 그들이 귀주의 수많은 문파들을 하루아침에 무너뜨렸느냐 하는 것이죠. 정보에 의하면 만월교는 전혀 피해를 보지 않았던 것으로 드러났습니다."

상큼한 여인의 목소리가 잠시 떨려 나왔다.

"그, 그것이 가능해?"

"그렇습니다. 지금까지 총 열세 개의 문파가 멸문지화를 당했습니다. 그럼에도 불구하고 주범인 만월교에서 전혀 피해를 보지 않았다는 것은 엄청난 일이 아니겠습니까?"

"어떤 방법을 썼는지 알아봤어?"

"네."

흑의인은 대답과 함께 조심스럽게 입을 뗐다.

"놀라지 마십시오. 음공을 사용한 것입니다."

그러자 경악에 가까운 여인의 목소리.

"음공? 말도 안 돼!"

"그렇습니다."

그녀는 믿지 못하겠다는 듯한 표정을 드러냈다.

"음공으로 어떻게……?"

"믿지 못하시겠지만 사실입니다. 그리고 이번에 만월교에서 많은 인원이 움직이는 바람에 본 각에서 정보를 입수하는 데 약간 수월해졌습니다. 그래서 몇 가지 사실을 알아냈는데, 전에 말했던 자 있지 않습니까?"

"누구?"

"악마금이라는 웃기는 이름을 가진 놈 말입니다."

"아!"

"그자도 그 음공을 익힌 고수 중에 한 명인 것으로 밝혀졌습니다."

"정말이야?"

"그렇습니다. 만월교에서 오래전부터 심혈을 기울여 고수들을 양성했고, 몇 년 전 그들을 악마대라 명명했다고 합니다. 더 이상의 정보를 빼낼 수는 없었지만 그들의 힘이 엄청난 것은 부정할 수 없는 사실이죠. 이번에 그들이 귀주 전역에 걸쳐 투입된 것 같습니다."

"음, 그렇다면 설명이 가능하네."

"무슨……?"

"이번 혈겁은 전부 다 의문투성이였어. 특히 전멸을 한 모든 문파 고수들의 사인이 이상했었지. 그런데 음공이라면 충분히 설명이 되잖아?"

"그렇겠지요."

"음공의 살상 능력이 어떻게 되는지는 모르겠지만, 분명 기존의 무공과는 전혀 다른 방법일 거야. 그런데 귀주의 반응은 어때?"

"비상이 걸린 상태입니다. 그들 또한 만월교라고 추측은 하겠지만 증거가 거의 없으니 답답한 실정이겠지요. 그리고 언제 당할지도 모르니 긴장할 수밖에 없을 겁니다."

말과 함께 흑의복면인이 조심스럽게 물었다.

"어떻게 할까요? 이대로 지켜만 보고 계실 겁니까?"

잠시 생각에 잠겼던 여인은 곧이어 결심이 선 듯 입을 열었다.

"좋은 기회가 될 거야. 우선 귀주에 퍼져 있는 모든 연합에 이 사실을 넘겨."

"예? 그렇게 되면 상당한 혼란이 야기될 텐데요?"

"상관없어. 단, 그에 상응하는 대가를 꼭 얻어내야 해."

"알겠습니다."

"그리고 본 각의 인원을 전부 동원해서라도 만월교의 다음 공격 문파가 어딘지 알아봐."

그녀의 명에 흑의복면인이 놀라움을 드러냈다.

"그건 조금 위험합니다. 추적을 한다면 못할 것이야 없겠지만, 만약 우리가 드러나기라도 한다면 만월교의 공격 대상이 될 수도 있습니다. 누가 뭐래도 지금 그들과 직접적으로 문제를 불러일으킨다면 위험할 수밖에 없는 상황. 그러니 재고를……!"

"그러니까 안 들키게 하면 되지."

말은 쉬운 듯했지만 흑의인은 더욱 난감함을 드러냈다. 그는 철없는 주인을 바라본 후 물었다.

"그런데 그것은 알아서 어디에 쓸 생각이십니까?"

"호호, 이렇게 만월교가 설치고 다니게 놔둘 수는 없지. 그리고 그것을 알아낸다면 엄청난 이득이 우리 모양각에 떨어질 거야."

흑의인이 경악하며 외쳤다.

"설마, 그 정보도 연합에 팔 생각?"

"당연한 것 아니겠어?"

"안 됩니다! 그렇게 되면 결국 우리가 드러날 수밖에 없습니다. 그들도 상당한 실력의 정보 단체가 있으니 역으로 추적을 당한다면 모양각이 드러나는 것은 시간문제입니다."

"상관없어. 그 후로는 따로 계획하고 있으니까."

불신이 가득한 물음이 떨어졌다.

"무엇입니까?"

"알 필요 없어. 하지만 지금까지와는 달리 엄청난 기회가 생길 수도 있다는 것만 알아둬. 그리고 한 가지 더!"

"……?"

"악마금에 대해서 조사를 더 해봐. 지금처럼 말고 훨씬 세밀하게. 그리고 그가 지금까지 해왔던 행동들과 그 외의 세세한 것 모두 알아봐."

"알겠습니다."

    *   *   *

귀주무림 전체가 혼란에 빠져 버렸다. 이번 혈겁이 만월교에서 자행했다는 것이 알려진 직후의 일이었다. 그리고 얼마 지나지 않아 만월교에서도 공식적으로 자신들의 의사를 밝히며 사실을 알려오자 더욱 혼란에 빠질 수밖에 없었다.

그 후 귀주의 중앙, 이름 모를 숲에 거대한 원형 천막이 세워졌다. 그 안에는 십여 명의 인물들이 각자 자리를 잡고 있었다. 모두 연합을 대표하는 인물들이었다. 그중 한 사내가 자조적으로 입을 열었다.

"큰일이군요. 예상을 했었지만 정말 만월교의 소행이라니…….."

또 다른 사내가 그 말을 받았다.

"아무튼 문제는 확실해졌소. 만월교가 직접적으로 공격 의사를 밝혀 온 이상 넋 놓고 당할 수만은 없다는 것이오."

"그렇지요. 하지만 어떻게 막아야 하는 것인지 구체적인 방안이 서지 않으니 문제입니다. 여러분들도 알고 있다시피 지금까지 열다섯 개의 문파가 전멸을 했소. 그리고 수를 정확히 알 수는 없지만 다른 문파에서는 이미 비밀리에 만월교에 동조 의사를 밝혀 버린 상태요. 상황이 점점 힘들어지고 있으니……."

그러자 또 다른 인물이 말했다.

"우선 지금 논의해야 할 사안은 두 가지로 압축할 수 있습니다. 첫 번째로 만월교의 기습을 막아야 한다는 것. 두 번째로 현재 연합을 구성한 다른 문파들이 은근히 탈퇴의 조짐을 보이는데, 그것을 막아야 한다는 것입니다."

"그럼 우선 가장 시급한 첫 번째 문제부터 풀도록 하지요."

나이가 지긋한 노인의 말에 모두들 생각하고 있던 바를 하나씩 말하기 시작했다. 그중 육반수 연합에서 가장 큰 세력을 자랑하는 만장문(滿場門)의 문주, 건자양(巾子良)의 의견이 가장 나았다. 그는 이런 제안을 했다.

"이번에 만월교에서 공식적으로 알려오기 전에 모양각에서 이미 사실을 알고 몇몇 문파에 정보를 판 것으로 알고 있습니다. 그들을 이용하는 것이 가장 나을 것 같군요."

여러 가지의 방법 중 구체적이면서도 가장 그럴듯했기에 다른 인물이 물었다.

"그들을 이용한다면 다음에 공격할 문파의 위치를 파악하자는 것이오?"

"그렇습니다. 모양각의 정보 능력은 추측이 불가능하지만 상당한 실력자임을 이미 증명한 셈입니다. 뿐만 아니라 은근히 자신감을 드러내고 있으니 만월교의 공격 방향을 파악하는 것도 그리 어렵지는 않을 것입니다. 만월교에서도 공격할 날 낮에 서신으로 알리기는 하지만 거의 대부분의 문파에 동시에 서신을 뿌리는지라 어디로 공격할지 모르는 것이 사실. 그러니 그 방법밖에는 없지요."

"흐음. 적들이 공격할 문파의 위치를 미리 파악만 한다면야 오히려 역공격이 가능하겠군요. 좋은 의견입니다. 하지만 모양각이 원체 비싼 단체라 자금이 만만치 않게 들어갈 것입니다."

"거기에 들어가는 자금은 각 연합에서 일정 부분 부담을 한다면 그리 무리가 따르지는 않을 것입니다. 우리 모두가 위기에 처한 상태이니 돈 문제에 관해서는 관대해질 수밖에 없지요."

한 가지 문제가 그렇게 해결되자 만장문의 문주가 슬그머니 두 번째 문제를 꺼내들었다.

"그럼 이번에는 연합에 가입한 문파들의 탈퇴를 막을 수 있는 방법을 거론하도록 하지요."

역시 사람들이 수많은 의견을 제시했다. 하지만 모두 비슷비슷한 의견들뿐, 대부분 사기를 올려 만월교보다 자신들이 우세하다는 것을 알리는 수밖에 없다는 것이었다. 그 구체적인 방법을 혈천문의 문주 당천이 제시했다.

"만월교와 크게 전투를 벌인 후 승리를 거머쥐는 수밖에 달리 방법이 없습니다. 만월교에 승리를 거둔다면 사기가 올라가는 것뿐만 아니라 중립을 지키고 있는 문파에서도 가입 의사를 밝혀올 것입니다. 더욱 연합 세력의 힘이 강대해지는 것이지요."

그 말에 실내에서 비교적 젊은 축에 속하는 사내가 회의적인 반응을 보였다.

"하지만 만월교의 총단에는 엄청난 고수들이 몰려 있습니다. 우리들이 하나로 뭉쳐 있다면 해볼 만하겠지만, 뿔뿔이 흩어져 있으니 너무 무리한 의견이라고 보는데……."

"아니오. 굳이 사기를 올리기 위해 총단을 공격할 필요는 없지요."

"그럼?"

"개양에 분타가 있다는 사실을 모두 알고 있을 겁니다."

"아! 문주님께서는 그곳을 공격하자는 말씀이십니까?"

"그렇소. 총단보다야 고수들이 크게 많지 않으니 수월할 것이오."

"흐음. 괜찮은 방법입니다. 하지만 누가 공격을 한다는 말입니까?"

"물론 이 일도 모두 협조를 해야지요. 각 연합에서 고수들을 파견한 후 수가 모이면 그때 총공세를 펼치면 될 것이오. 물론 그렇게 되면 만월교의 총단에서도 더 많은 고수들이 투입되겠지만……."

"듣고 보니 그것도 문제군요. 고수들을 한곳에 모으는 것도 시간이 걸리겠지만 크게 문제될 것은 없습니다. 하지만 적의 총단에서 또다시 고수들을 투입할 공산이 크니……."

그러자 정동(正動) 연합을 대표해 참가한 각야방의 방주가 또 다른 의견을 냈다.

"이렇게 하면 어떻겠습니까?"

"······?"

모두가 돌아보자 그가 신중한 듯 입을 열었다.

"혈천문주님의 말씀대로 각 연합에서 일정 고수들을 파견해 개양으로 보낸 후, 또다시 안순의 만월교 총단 근처에도 고수들을 파견하는 것입니다. 물론 안순에 파견할 고수들은 그저 허장성세를 이룬 미끼일 뿐이지요. 그들이 자리를 잡고 지키고 있는다면 만월교에서는 섣불리 고수들을 빼지 못할 것입니다. 빈집털이를 당할 가능성이 있다고 판단할 테니까요."

"하지만 만월교의 정보력은 상당히 뛰어납니다. 그 정도도 못 알아볼 정도로 어두운 자들은 아니지요."

"알고 있습니다. 말했듯이 허장성세일 뿐이지만 상당한 고수들을 파견해야 할 겁니다. 그리 문제될 것은 없다고 보는데······. 어차피 그들은 만월교와 충돌을 벌이지 않을 테니까요. 개양 분타를 무너뜨린 후 슬며시 빼버리면 상관이 없다고 생각됩니다만, 여러분들의 생각은 어떻습니까?"

"그럴듯하군요."

"좋은 방법입니다."

혈천문주가 찬성을 하자 다른 문파의 수장들도 고개를 끄덕여 수긍했다.

그러자 이후부터는 구체적인 계획의 구상에 들어갔다. 모양각에 얼마나 많은 자금을 보내야 할지, 그리고 각 연합에서 몇 명의 고수들을 파견해야 하는 것인지에 대한 회의였다.

회의는 그리 길지 않았다. 크게 문제될 것이 없었기 때문이다. 회의가 끝나고 혈천문주가 고개를 설레설레 저으며 불만을 토해냈다.

"그런데 이번 만월교에서 키운 고수들이 음공을 익혔다고 들었습니다. 그 말을 들었을 때 정말 황당하더군요."

"저도 그랬습니다. 음공 같은 저급한 무공으로 어찌 그런 강력한 힘을 낼 수 있는지……. 모양각의 정보를 의심했을 정도니까요. 하지만 지금까지 무너진 문파들의 현상들을 볼 때 충분히 가능성이 있는 것이지요. 대부분의 무사들이 정말 신기할 정도로 외상이 없었으니까요."

"음공이라……. 도대체 음공에 어떤 힘이 있는 걸까요?"

"뭐, 이번에 부딪쳐 보면 알게 되겠지요."

그간 있었던 무림의 정보를 간단히 나누던 그들은 천막 안에서의 여유로운 모습과는 달리 빠르게 자신들의 문파로 돌아갔다. 그 후 각 연합에서 고수들이 뽑혀 은밀히 움직이기 시작했다. 이번을 계기로 귀주 무림은 또 다른 혈풍의 조짐을 보일 수밖에 없었다.

제12장
드러나지 않은 만월교의 문제

"큰일났습니다!"

모양야 장로가 교주의 면담을 신청한 후, 그녀가 나오자마자 다급히 외쳤다. 언제나 평정심을 유지했던 그였기에 교주는 무언가 잘못됐다는 것을 직감적으로 알아차릴 수 있었다.

"무슨 말이냐?"

"기습을 당한 것 같습니다."

"기습?"

모양야는 말하기 곤란한 듯 난감한 표정을 드러냈지만 어쩔 수 없이 자세한 내막을 설명하기 시작했다.

"강구와 정안, 안산 등 총 다섯 군데에서 악마대와 적룡사들의 연락이 끊어졌습니다."

교주는 경악한 채 할 말을 잃어버렸다. 잠시 후 이유를 모르겠다는 듯 그녀가 물었다.

"어떻게 된 것인지는 파악했느냐?"

"평소 공격하기 이틀 전에 전서구를 보내오는 식이었습니다. 계획대로 움직이고 있었기에 보고만 받고, 그 후 적들을 공격한 후 다시 전서구를 보내 결과를 보고했었습니다. 그런데 공격한다는 전서구를 받았습니다만, 결과를 보고하는 전서구가 완전히 끊어졌습니다."

"조금 늦어지는 것 아닌가?"

"아닙니다. 한곳 정도야 전서구에 문제가 생길 수도 있다 생각되겠지만, 다섯 군데 모두 그렇다면 의심을 해봐야 합니다."

교주는 인상을 쓰며 물었다.

"대처는?"

"방금 조사단을 급히 파견했습니다. 며칠 걸리겠지만 조만간 정확한 이유를 알 수 있을 겁니다."

"다른 곳은 어떤가?"

"다른 곳은 다행히 연락을 계속 주고받고 있습니다. 그리고 그들 모두 지금 공격을 멈추고 다음 문파를 공격하기 위해 이동 중에 있는 조들입니다."

"흐음."

교주는 침음을 흘리며 생각에 잠겼다. 한참 후 그녀가 차가운 목소리로 명을 내렸다.

"모든 공격을 잠시 중단한다. 다음 공격은 이번 연락 두절에 대한 일이 정확히 파악된 후다. 즉시 전서구를 보내 지금 있는 장소에서 움

드러나지 않은 만월교의 문제 155

직이지 말고 대기하라 전해라."

"알겠습니다."

"참! 그리고 악마금은 어떻게 됐지?"

"얼마 전 분타에 돌아왔다는 보고를 받았습니다. 그리 어려운 일이 아니었지만 그래도 언제나처럼 깔끔하게 해결했더군요. 그리고 정화문에 파견되었던 혈천문의 고수들은 돌아갔습니다."

"악마금이 한 일인가?"

"글쎄요. 그에 대한 보고가 없었습니다. 아마, 우연의 일치였던 것 같습니다."

"잘됐군. 그리고 그 외 다른 보고 사항은?"

"지금 상황으로선 없습니다. 왜 악마대가 연락이 두절됐는지 알아본 후에야 그대로 계획을 실행할지, 변경할지에 대해 결정할 수 있을 것으로 압니다."

"모든 정보원들을 깔아 최대한 빠른 시간 안에 파악하도록 해라."

"존명!"

연공실을 나온 모양야는 즉시 통천 장로에게 말해 귀주에 퍼져 있는 악마대에게 전서구를 날렸다. 교주의 명대로 모든 공격을 중지하고 현 위치에 대기하라는 내용이었다.

     *   *   *

장상(掌狀)에는 동청문(東菁門)이라는 문파가 있었다. 문도 수 천이 백여 명을 보유한 곳으로 그리 크지는 않지만 문주 태독대검(太獨大劍)

지지한(地地韓)이 광명정대(光明正大)하기로 유명해 일대에서 꽤나 신임을 받고 있는 문파였다. 그 동청문에서 서쪽으로 이십오 리 정도 떨어진 숲에 이십 명의 사내가 있었다. 모두가 계집처럼 예쁘게 생겼다는 특징을 가지고 있는 그들은 옹기종기 둘러앉아 서로를 마주 보고 있었다. 어떤 자는 낄낄거리며 웃기도 하고, 어떤 자는 차갑게 가라앉은 분위기로 침묵을 지키기도 했다.

그렇게 대낮부터 시간을 때우던 그들은 해가 지고 점점 어둑해지자 하나둘씩 자리에서 일어서기 시작했다. 오늘은 동청문을 전멸시켜야 하는 유희를 즐겨야 했기 때문이다.

이곳에 올 때까지 그들은 총 네 개의 문파를 거쳤다. 그중 첫 번째로 들렀던 단사방을 제외하고는 피맛을 보지 못해 안달이 난 상태였다. 단사방이야 만월교에 대한 동조를 거절했기에 그간 지옥을 경험하며 갈고닦은 음공을 마음껏 펼칠 수 있었지만, 그 이후 문파들은 모두 협조 의사를 밝혔기에 그냥 지나칠 수밖에 없었던 것이다.

십수 년간 음공에 매달려 온 그들이었기에 자신들의 실력을 유감없이 발휘하고 싶은 심정은 어쩔 수 없다. 그리고 지금 동청문이 몇 시진 전에 보낸 서신에 대한 답을 하지 않아 이십 명의 악마대원들은 즐거운 마음이 되었다. 또 한 번의 피의 축제를 벌이게 되었으니 좋을 수밖에 없지 않은가!

가벼운 동작으로 자리에서 일어난 그들이 어떤 진법을 펼쳐 동청문을 무너뜨릴까, 서로 고심하고 있는데 적색 야행복을 입은 중년 사내가 그들 앞에 모습을 드러냈다. 모두 의아한 시선으로 바라보자 사내가 사무적인 말투로 간단히 입을 열었다.

"오늘 공격은 취소요."

그 말에 악마대 전원이 인상을 찡그렸다. 그들 중 이번 조에 책임을 맡았던 악마진곽(樂魔眞郭)이라는 자가 앞으로 나섰다. 사실 적룡사와 같이 일을 한 지 꽤 됐지만 서로 말을 하지 않은 데다, 어울려 다니지도 않았기에 사이가 그리 좋은 편이 아니었다. 아니, 은근히 서로를 무시하는 듯, 배척하고 있었다는 표현이 맞았다. 그러니 일방적인 적룡사의 통보가 기분이 나쁠 수밖에. 그 역시 무뚝뚝한 사무적인 말투로 물었다.

"갑자기 그러는 이유는 무엇이오?"

"나도 알 수 없소. 단, 상부의 명령이라는 것만 알아두시오."

"상부의 명령?"

악마진곽은 사내의 말을 되새기며 피식 비웃음을 흘렸다.

"그 명령이라는 것은 어떻게 하달받았소?"

"전서구로 알려왔소."

"보여줄 수 있소?"

"이미 부대주께서 파기하셨소."

그러자 다른 악마대 대원이 기분 나쁜 표정을 노골적으로 드러내며 앞으로 나섰다. 그들 중 귀고리를 달고 있던 사내가 불쾌한 듯 입을 열었다.

"왜 부대주가 마음대로 파기하지? 우리에게도 볼 권리가 있는데 말이야."

"특별한 내용이 없었기에 그랬을 뿐, 별다른 뜻은 없었던 것으로 알고 있소."

"웃기는군! 그럼 우리는 적룡사의 명령을 받는 하수인에 불과하다는 말이잖아?"

 그 말에 적룡사의 사내가 인상을 구겼다.

 "말이 심하지 않소? 아무튼 난 전달을 했으니 이곳에서 대기하시오."

 "잠깐!"

 떠나려던 그를 불러 세운 악마진곽이 역시 기분 나쁜 표정으로 입을 열었다.

 "부대주를 불러주시오. 그에게 직접 들어야겠소."

 인상을 찡그린 사내였으나 어쩔 수 없다는 듯 고개를 끄덕였다. 그가 사라지자 대원들이 투덜거리기 시작했다.

 "젠장! 이게 뭐야? 한껏 기대하고 있었는데 중지라니… 말이 되는 거야?"

 "빌어먹을! 혹시, 숨기는 것이 있는 게 아닐까?"

 "우리를 완전히 무시하려는 의도일지도 모르지. 그 녀석들, 처음 볼 때부터 마음에 안 들었어."

 "그러게. 언젠가는 우리가 어떤 놈들인가 보여줘야 할 놈들인 것은 확실해."

 이런 저런 불만으로 시간만 때우고 있을 때, 또다시 적룡사의 대원 하나가 모습을 드러냈다. 처음에 왔던 대원과는 다른 자였다. 그는 거두절미하고 용건만 간략히 통보했다.

 "부대주께서는 바빠서 올 수가 없소. 기분 나쁘게 하려는 의도가 아니었다는 것만 알아주시오. 그리고 상부의 지시가 하달될 때까지 무기한으로 대기하라는 명이 있었소. 근처에 쉴 만한 곳을 찾아 대기하도록 하시오."

"언제까지?"

적룡사 대원은 짜증난 목소리로 재차 말했다.

"말했지 않소? 지시가 있을 때까지라고."

"하하하, 그 지시는 누가 내리는 건데? 만월교인가, 아니면 적룡사의 부대주인가?"

그 말에 심사가 뒤틀린 적룡사 대원이 인상을 찡그렸다. 그 또한 다른 적룡사들처럼 악마대에 대해 그리 좋은 인식이 없었다. 사실, 악마대라고 해봐야 모두가 이십오 세 미만의 어린 나이였고, 자신과 차이를 따져 보아도 한참 아래였다. 무공 또한 속성으로 절정의 대열에 들어섰다고 하지만 역시 사십여 년을 넘게 무공 하나에만 매달려 수련한 자신과 따져도 크게 나을 것이 없는 인물들이다. 무엇으로 보나 나을 것이 없어 보였던 악마대가 대적룡사를 무시하고 나오니 사내는 험악한 인상까지 드러냈다.

"말이 심하군!"

"결코 심한 것은 아니지. 우리는 적룡사의 하수인이 아니다. 그러니 지시가 내려왔을 때는 우리와 함께 그에 대해 논의해야 하는 것이 정상인 것이지. 그런데 어떤 지시가 하달되었는지 전서의 내용은 보여주지도 않고 일방적으로 통보하면, 우리가 '네 그렇습니까? 계속 대기하겠습니다' 이렇게 나올 줄 알았나?"

"뭐?"

결국엔 적룡사 대원이 은근한 살기까지 드러내기 시작했다. 하지만 방금 말한 인물이 악마대의 조장인 것을 알고 있었고, 자신보다 못한지 어떤지는 모르겠지만 악마대가 공식적으로 만월교의 주력 세력으로 인정받은 만큼 상관뻘인 것이 분명했기에 다시 표정을 고쳤다.

"그 말은 못 들은 것으로 하겠소."

"못 들은 것으로 하겠다? 흐흐흐."

악마진곽은 음산한 미소와 함께 그에게 몇 걸음 다가섰다.

"그래 주면 고맙겠지만, 난 사람을 믿지 않거든. 특히 너 같은 놈들은 더욱 믿지를 않지."

그러면서 품속에서 재빨리 비수 한 자루를 꺼내 사내의 복부를 향해 찔러 넣었다.

악마대는 음공을 주 무공으로 익혔지만 일정한 수준에 도달하면서부터 공손손의 허락 하에 자신이 원하는 다른 무공도 익힐 수 있는 기회가 주어졌었다. 대성까지는 아니더라도 나이에 어울리지 않는 막강한 내공 덕분에 상당한 수준까지 올라선 악마대원들이 꽤나 있었고, 진곽도 그중 한 명이었다. 그는 비수와 표창으로 상당한 실력을 인정받고 있었다. 하지만 적룡사 대원의 실력은 생각 이상으로 높았다. 상당히 가까운 거리, 그리고 빠른 암습에도 불구하고 급히 몸을 틀어 비수를 피해 버렸던 것이다.

그러나 공격을 할 수 있는 상대는 진곽만 있는 것이 아니었다.

퍽!

둔탁한 소리가 터져 나왔다.

적룡사 대원은 비수를 피했다 싶은 순간 등 뒤로부터 엄청난 고통이 전해져 오는 것을 느꼈다. 뒤에 있던 악마대 대원의 장력이 그의 등을 타격했기 때문이다.

"크윽!"

비수를 뽑을 때부터 호신강기를 끌어올린 그였지만 내상이 심할 수밖에 없었다. 앞으로 몸이 갸우뚱거리는데, 기회를 놓치지 않고 악마진곽이 다시 비수를 찔러 넣었다. 그러자 '푹' 하는 소리와 함께 목에서 피가 흘러내리기 시작했고, 같은 만월교도에게 죽임을 당한 적룡사 대원은 곧이어 고개를 떨구어 버렸다.

조금의 실수도 없이 적룡사 대원의 목을 따버린 진곽은 상대의 목에서 비수를 빼내며 품속에서 꺼낸 작은 천으로 피를 닦아냈다. 방금 아무 짓도 하지 않았다는 듯한 그의 능청스러운 행동에 치를 떨 만도 하련만 남은 대원들도 재밌다는 듯 웃기만 할 뿐이었다. 그러던 중 악마청수(樂魔淸修)라는 자가 궁금증을 드러냈다.

"이제 어떻게 할 거야, 조장?"

"어떻게 했으면 좋겠나?"

"호호호, 이미 일은 벌였으니 제대로 마무리를 지어야겠지."

"마무리? 그건 무슨 의미지?"

여기에 있는 모든 인물들이 다 알고 있는 것이지만 진곽의 물음에 확인하듯 청수가 음흉한 미소를 띠며 대답했다.

"적룡사의 죽음으로 끝을 봐야 하지 않을까?"

"호호호, 그런 후에는?"

"계획대로 동청문이지. 그래야 본 교에서도 의심하지 않을 거야. 보고할 때는 그들이 계획을 수정해 공격 의사를 밝혔고, 우리가 그에 응하지 않아 단독으로 움직이다가 당한 것으로 하면 좋겠지."

"믿어줄까?"

"증거가 없는데 어쩌겠어?"

"호호호, 일리가 있군! 그럼 지금 적룡사가 어디에서 대기 중인지 알아보고 와. 그들의 위치가 파악되는 즉시 기습을 한다."

"원한다면……."

악마청수는 말끝을 교묘히 흐리며 신형을 날렸다. 그리고 이각 후 그가 돌아오자 이십 명의 악마대 전원이 적룡사가 있는 곳으로 은밀하게 움직이기 시작했다.

적룡사 부대주 진성은 총단에서 내려온 지시 때문에 쉴 만한 곳을 찾아 사십 명의 대원과 함께 휴식을 취하고 있었다. 언제 공격 명령이 떨어질지 모르는 상황이었으므로 꽤 오랫동안 쉴 만한 곳이 필요했지만 지금은 날이 이미 어두워져 있었기에 공터에 모여 불만 지피고 있었다. 악마대와의 신경전 때문에 기분이 찜찜하기는 했으나, 크게 신경 쓸 필요는 느끼지 못했다. 그렇게 삼경이 다 되어갈 무렵 은은한 피리 소리를 들을 수 있었다.

갑자기 들리는 소리에 의아했지만 악마대가 그리 멀지 않은 곳에 있었으므로 그 또한 신경을 꺼버렸다. 적들에게 위치가 발각될 위험이 있다는 생각도 들기는 했으나 동청문에서 상당히 먼 거리였기 때문이다. 악기에 미친 놈들이니 그럴 수도 있다는 생각과 함께 다른 쪽으로 정신을 돌려 버렸다. 하지만 잠시 후 수하들 중 몇 명이 갑자기 피를 토하기 시작했다.

"무, 무슨 일이냐?"

돌연한 사태에 놀라 그가 물었지만 그럴 필요가 없었다. 한순간 자신 또한 가슴이 답답해지며 몸속에 꿈틀거리던 기혈이 뒤틀리는 느낌을 받았기 때문이다.

피리 소리와 기혈이 뒤틀리며 서서히 내상을 입는 상황. 진성은 지금까지 있었던 일들을 생각해 냈고, 이유를 찾는 데 긴 시간이 필요치 않았다. 그가 경악하며 자리에서 일어나 외쳤다.

"모두 호신강기로 몸을 보호하고 운기에 들어가라!"

말과 함께 그 또한 내력을 끌어올리며 호신강기를 만들었다.

호신강기는 몸을 보호하기 위해 내력을 몸 밖으로 뿜어내어 부드러운 살을 강철같이 강하게 만드는 방법이다. 하지만 내공이 충만한 내가고수일 경우, 좀 더 내력의 소모를 많이 하여 그것을 몸 밖으로 뿜어내 보이지 않는 막을 만들어 보호할 수도 있었다. 이때 호신강기와 몸 사이에는 육안으로는 보이지 않는 미세한 간격이 생기게 되는데, 그 미세한 간격이 외부의 충격이나 진동으로부터 몸을 보호하는 데 훨씬 효과적이었다.

신화경의 경지에 들어서 내력을 마음대로 사용할 수 있다면 호신강기를 유형화시킴과 동시에 호신강기와 몸 사이의 간격을 훨씬 벌여 충격을 완화할 수 있지만 아직 그 정도까지 되지 못했던 진성과 적룡사 대원들. 그들은 움직임을 멈춘 채 운기조식을 하며 뒤틀리는 기혈을 막을 수밖에 없었다. 호신강기까지 만든 상황에서 운기까지 들어가니 자연 내력 소모가 엄청날 수밖에 없는데, 그렇게 일각이나 흐르자 진성은 불안한 표정을 드러냈다. 악마대가 무슨 이유 때문에 이따위 짓을 저지르고 있는지는 모르겠지만, 이런 식으로 가다가는 과다한 진기 소모로 당할 수밖에 없었기 때문이다.

"설마 좀 전의 그 일 때문에?"

중얼거림과 함께 그는 험악하게 인상을 구겼다. 그 정도 일로 같은 교도들끼리 살수를 펼친다는 사실이 이해가 가지 않았던 것이다. 게다가 괘씸하다는 생각까지 들었다. 그러나 지금 그런 생각을 할 때가 아니었다. 우선 이 위기를 벗어나야 상부에 보고를 할 수 있을 것이고, 그도 아니라면 복수를 할 수 있을 것이 아닌가!

하지만 특별히 대처할 방법이 없으니 난감하기만 했다. 악마대가 모습을 드러낸 상태라면 내상을 입는 손해를 보더라도 근접전을 펼쳐 끝장을 보겠지만 그것이 여의치 않으니……. 어쩔 수 없이 제자리에서 최대한 내상을 입지 않게 보호할 수밖에 없었다.

그렇게 이각이라는 시간이 더 흐르자 적룡사 대원들 중에서 내력이 비교적 약했던 자들이 서서히 쓰러져 가기 시작했다.

'빌어먹을 자식들!'

진성은 욕지거리가 튀어나왔으나 내뱉을 정신도 없었다. 그도 거의 반 시진이라는 시간 동안 호신강기를 유지하는 데 전력을 기울인 데다 운기조식까지 해댔으니 한계가 점점 보였기 때문이다. 지금 이 상태에서 다른 데 정신을 쏟았다가는 그 또한 대원들처럼 될 수밖에 없었다.

'이렇게 될 줄 알았다면 내상을 각오해서라도 악마대를 찾았어야 했는데…….'

후회가 밀려들었으나 이미 늦은 상태.

포기를 할 때쯤 피리 소리가 멈췄다. 다행이라는 생각이 들었지만 불안감은 점점 더 커져 갔다. 남은 적룡사 대원이 스물아홉 명밖에 없었던 것이다. 엄청난 내력을 보유하고 있는 고수들이었기에 상당한 인원이 견딘 것이었지만 이미 내력을 거의 소진해 숨을 헐떡이고 있으니, 악마대가 치고 들어온다면 속수무책일 수밖에 없었다.

"모두 진을 짜고 불의의 기습에 대비해라!"

그래도 넋 놓고 당할 수 없다고 판단했던 진성의 명령에 대원들이 재빨리 진법을 구성하기 시작했다. 하지만 그 짧은 시간 안에 갑자기 이십 명의 악마대 인원이 예상대로 기습을 가했고, 적룡사들과 뒤엉켜 버렸다.

적룡사의 실력이 엄청나기는 했으나 역시 둔화된 동작과 내상으로 악마대의 상대가 되지는 못했다. 하지만 악마대도 완전히 무사한 것은 아니었다. 이십 명 중 세 명이 적룡사의 동귀어진(同歸於盡)에 당해 바닥에 쓰러져 있었다.

모든 일이 마무리되자 쓰러진 동료를 보며 악마청수가 진저리를 쳤다.

"젠장! 혈음마강진을 극성으로 사용했는데……. 적룡사가 강하다는 소리는 들었지만 엄청나군! 과연 만월교의 주력 부대야."

"어쩔 수 없지. 아무튼 탈진에 가까운 상태에서 세 명이나 물고 늘어질 줄은 정말 몰랐어. 지독한 놈들!"

그때 조장인 악마진곽이 끼어들었다.

"됐다. 이미 벌어진 일이니 신경 쓸 필요는 없어. 우선 계획대로 동청문으로 간다. 적룡사가 없는 만큼 모든 실력을 총동원해서 마무리를 지어야 할 거다. 각오해."

"바라는 바다!"

그들은 말과 함께 동청문으로 향했다. 그들이 사라지고 난 후 한참이 지나자 공터 저편에서 두 명의 복면인이 모습을 드러냈다. 하지만 그들도 음공에 상당한 영향을 받았는지 복면을 벗으며 피를 토해냈다. 그중 하나가 고통스런 표정으로 주절거렸다.

"빌어먹을! 까딱했으면 우리도 당할 뻔했어."

"정말이야. 난 조금만 더 음공이 계속되었다면 저승행 마차를 탔을지도 몰라. 정말 한계에 다다랐었거든. 아무튼 적룡사 놈들, 대단해. 직접적으로 음공을 받아놓고 반 시진이나 견디다니……. 얼마나 무공을 익히면 저렇게 강해질 수 있을까?"

"그보다 저 악마대라는 놈들이 더 지독해. 그런 적룡사를 세 명만 손해 보고 무너뜨리다니. 아무튼 저 녀석들은 위험한 놈들이야."

"하지만 상관없지. 멍청한 놈들! 이미 동청문에서 연합 세력과 함께 매복해 있다는 것을 모르겠지?"

"그렇겠지. 동청문은 구경도 못하고 중간에 기습을 당해 전멸할 것이 뻔하지."

"흐흐흐, 이것도 인과응보(因果應報)라는 걸까?"

"그럴 수도……. 아무튼 살아 있는 놈이 있는지 살펴보자. 보아하니 악마대 녀석들 완전히 초보인 것이 확실해. 증거를 없애려면 귀찮더라도 확인 사살까지 마무리했어야지, 무림 사정에 너무 어두워."

그러면서 그들은 다시 복면을 쓰고 적룡사들을 하나하나 살피기 시작했다. 다행히 미약하기는 하지만 세 명이 아직 숨이 붙어 있는 것을 발견할 수 있었다. 그중 가장 가망이 있어 보이는 듯한 사내를 보며 복면인이 고개를 저었다.

"지독하게도 당했군. 살릴 수 있을까?"

"글쎄… 이 정도면 살아나도 전과 같이 무공을 회복하기는 힘들 거야. 사람 구실을 못할지도 모르지. 하기야 우리가 상관할 바는 아니지, 증인만 있으면 되니까."

"그런데 제일사께서는 무슨 생각으로 증인이 필요하다고 했을까? 어디에 쓰려고?"

"그거야 난들 알겠나? 아무튼 지금까지 일사께서 꾸민 일치고 성공 안 한 것이 없으니 따를 수밖에. 빨리 옮기기나 하자."

그들은 응급 처치를 한 후 적룡사 대원을 들쳐 업고 걸어가기 시작했다. 평소라면 경공술을 발휘했겠지만 악마대의 음공에 당한 상태였기에 내상을 입었던 것이다.

다행히 오 리 정도 떨어진 곳에 두 명의 동료가 대기하고 있었기에 그곳까지만 가면 되는 것이지만 순수한 근력으로, 그것도 몸속이 엉망이 된 상태에서 오 리를 간다는 것은 엄청난 인내가 필요한 작업이었다.

중간에 더 이상 못 참겠던지 한 복면인이 투덜거렸다.

"젠장! 축 늘어진 환자가 이렇게 무거운 줄은 오늘 처음 알았군!"

그러자 그의 동료의 말!

"조금만 더 가라. 중간쯤에서 교대를 해줄 테니까."

제13장
피에 굶주린 자들의 최후

휘이이익—

비상하는 매처럼 빠르게 경공술을 펼치던 악마대원들이 동청문에서 오 리 정도 거리를 남겨두고 바닥에 내려섰다. 지금부터는 은밀히 움직여야 했다.

점점 동청문이 가까워지자 갑자기 걸음을 멈춘 악마진곽이 조용히 손가락 두 개를 들어 보였다. 그것은 천지영음진을 펼치자는 신호였고, 미리 약속한 것이었기에 대원들 모두 알아들었다는 듯 고개를 끄덕였다.

곧이어 악마진곽이 손가락 셋을 다시 들어 보였다. 이 또한 신호로, 천지영음진을 펼칠 인원 수를 뜻하는 것이었다.

천지영음진은 방향을 중요시하는 음공의 진법. 그렇기에 각 방향마다 세 명씩 조를 나누어 움직이자는 뜻이었다.

신호와 함께 악마진곽이 하나하나 조를 짚어주었다. 동서남북으로 나누어 세 명씩 조가 되자 다섯 명이 남을 수밖에 없다. 그것은 특별한 신호가 없었으므로 그가 나직이 입을 열었다.

"남은 자들은 각 조마다 한 명씩 편성해 호법을 선다. 적룡사가 없는 만큼 호법의 역할이 크니 주위 경계를 게을리 하지 말도록. 남은 한 명은 동청문이 한눈에 내려다보이는 곳에 가서 적들의 동태를 살핀다."

"언제 시작하지?"

"우선 동청문에 일 리 거리까지 접근한 다음 적당히 천지영음진을 펼칠 공간을 찾은 후 정한다. 혹시 기회가 생기지 않거나 시간이 지연되면 내일로 미룰 수도 있으니 최대한 빠르게 움직이도록. 특별한 지시는 동청문에 근접한 후 다시 하도록 한다."

말과 함께 그들은 다시 이동을 시작했다. 기척을 최대한 숨기고, 경신술로 발걸음 소리조차 죽인 그들이었다. 하지만 그렇게 동청문으로 삼 리까지 접근했을 때 황당한 일을 겪어야 했다.

"쳐랏!"

갑자기 터져 나오는 외침과 함께 사방에서 수를 알 수 없는 고수들이 모습을 드러냈다. 하나같이 섬뜩한 무기를 들고 있는 것이 좋은 의도가 아님을 확실히 알 수 있었다. 그 모습에 악마진곽이 경악한 표정으로 인상을 썼다.

미리 전날 항복을 권고하는 서신을 보내기는 했지만 그것은 이 일대의 모든 문파들을 상대로 보냈던 것이었다. 그런데 기다렸다는 듯이 동청문을 공격할 것을 알고 있었고, 그것도 정확한 기습로까지 예측해 매복이 있었다는 것이 황당할 뿐이었다. 가장 황당한 것은 바로 매복자들의 복장들이 모두 다르다는 것과 상당한 수준의 실력자처럼 보인다는 것이었다.

동청문 하나의 문파에서 이 정도로 많은 고수들을 보유할 리는 없으니, 분명 각 문파에서 골라 뽑은 정예들임이 분명했다.

'어떻게 우리가 올 줄 알았지?'

지금은 그것을 따질 때가 아니었다. 기척을 죽이기 위해 최대한 몸을 경직시키며 걷고 있었기에 불의의 기습을 대비할 충분할 시간적 여유가 없었다. 하지만 더욱 문제는 악마대원들의 경험이었다. 언제 이런 기습을 받아봤을까?

그들 정도의 실력이라면 어떻게 해서든 피해를 줄이고 퇴각을 했어야 했지만 무림 경험이 거의 전무하다고 할 수 있었기에 해결 방향조차 잡지 못하고 있었다. 특히 이런 집단전에서는 더욱 취약점을 보이는 악마대였다.

어쩔 수 없이 걸어오는 싸움을 뿌리치지 못하고 서로 부딪치니 순식간에 소란이 일어났다. 악마대원들은 각자 무기를 뽑아 들며 지척까지 다가온 적들을 맞아 용맹스럽게 싸움에 임했다.

전투 시간은 일각을 넘지 않았다. 아무리 젊은 나이에 극강의 고수로 성장했다고는 하나, 경험도 없는 악마대원 열일곱 명이 미리 매복해 있던 사백 명의 무사를 당해낼 재간이 없었던 것이다.

그나마 악마대가 최대한 저승길 동무를 많이 만들려고 노력했기에 매복자들 또한 오십 명이라는 사상자가 났다. 열일곱 명을, 그것도 기습 공격을 했던 상대 쪽으로서는 상당한 손실을 본 셈일 수밖에 없었다. 하기야 그 오십 명의 사상자 때문에 동청문이 온전히 유지되게 되었으니 손해는 아니라고도 할 수 있었지만 말이다.

어쨌든 연합에서 모여든, 이제 삼백오십 명이 된 고수들은 질린 표정으로 바닥에 널브러져 있는 악마대원들을 바라보았다.

"아직 어린 녀석들 같은데 도대체 만월교에서는 얼마나, 어떻게 수련시킨 거지?"

누군가의 말에 또 다른 목소리가 역시 감탄을 감추지 못하고 말을 받았다.

"그보다 만월교에는 이런 고수들이 도대체 얼마나 더 있을까? 정말 무서운 놈들이야!"

저마다 한마디씩 거들자 위엄 서린 목소리가 명을 내렸다.

"이럴 시간이 없다. 시신은 땅에 묻고, 모든 흔적을 지워라. 그 후 대기지로 돌아가 모양각에서 정보가 올 때까지 대기한다."

악마대의 지시 불복종과 성격 장애를 이유로 인해 장상에 파견되었던 이십 명의 악마대와 사십 명의 적룡사 대원이 전멸하는 사태는 그렇게 조용히 묻혀 버렸다. 하지만 이런 일이 여기에서만 일어난 것은 아니었다. 음공을 익힌 특성 때문이었던지 악마대 전원이 자신들의 실력에 대한 자신감을 유감없이 드러냈고, 성격 또한 삐뚤어져 무작정 전진해 나갔다. 그 때문에 여기저기에서 크고 작은 문제가 발생할 수밖에 없었다.

*   *   *

삼도(三都) 관성문(關聖門)의 일이었다. 그곳에 파견된 악마대와 적룡사들 또한 사이가 그리 좋은 편은 아니었지만 그나마 장상 동청문의 꼴처럼 서로 치고 받지는 않았다. 하지만 문제는 그곳의 전서구를 악마대원들이 먼저 받았다는 것이다. 아무런 사유도 없이 일방적으로 대기하라는 전서구의 내용에 열두 명의 악마대원으로 구성되어 총책임을 맡고 있던 악마영이 동료들에게 음산한 미소를 지으며 물었다.

"흐흐흐, 웃기는 내용인데 어떻게 할까?"

"무슨 내용인데 그래?"

"흐흐, 모든 행동을 멈추고 대기하라는군."

순간 악마대원들이 말도 안 된다는 일괄된 표정으로 웃었다.

"이유는?"

"없다."

"그럼 상관없잖아. 무시해 버리면 그만 아닌가?"

악마영 또한 그럴 생각인 모양. 더 이상 생각할 필요도 없다는 듯 종이를 갈기갈기 찢어버렸다. 그러면서 하는 말.

"우린 아직 전서구를 받지 못한 거야. 적룡사에도 비밀이다. 여기까지 와서 재밌는 전투를 포기할 수는 없지. 흐흐흐!"

"당연한 것 아니겠어."

그때 사실을 알 리 없는 적룡사에서 무사를 보내어 물어왔다.

"준비는 끝났소?"

악마영은 능청스럽게 진지한 표정을 지으며 고개를 끄덕였다.

"그렇소. 반 시진 후 혈음강마진으로 공격을 할 테니, 주위에서 대기하고 있다가 끝이 나면 남아 있는 관성문의 고수들을 쓸어버리시오."
 "알겠소. 조장에게 그렇게 전하겠소."
 말과 함께 적룡사의 무사가 사라지자 모두들 음침한 미소를 지으며 계획대로 관성문을 향해 신형을 날렸다. 그리고 반 시진 후!
 피리리—!
 멀찍이 관성문이 내려다보이는 산 정상에서 악마대의 내공이 실린 연주 소리가 관성문을 겨냥하여 울려 퍼졌다. 그렇게 반 시진 동안의 연주가 끝나자 동쪽에서 삼십여 명의 적룡사 대원이 관성문을 향해 빠르게 접근하는 것이 보였다.
 "흐흐, 시작이군. 그럼 우리들도 한번 내려가 볼까?"
 말과 함께 악마대원들도 관성문으로 달려갔다. 음공으로 인한 살인도 재밌었지만, 이들은 직접적인 전투도 상당히 즐기고 있었던 것이다. 적룡사에게 싸워야 할 적들을 빼앗기기 싫다는 듯 어느 때보다 빠르게 경공술을 펼쳤다.

 악마대는 관성문 내로 진입했을 때 의아한 표정을 지을 수밖에 없었다. 그리고 곧이어 인상을 찡그렸다. 적룡사 이십 명이 움직이지 않고 정문 공터에 모여 있었기 때문이다. 벌써 일을 마쳤다고 생각한 악마영이 퉁명스럽게 적룡사의 책임자에게 입을 열었다.
 "몇 명 남지 않았던 모양이오, 이렇게 빨리 끝을 낸 것을 보면?"
 하지만 예상 밖의 대답이 나왔다.
 "모르겠소. 아무도 보이질 않소!"
 "무슨 말?"

"말 그대로 모든 건물이 비어 있소."

악마영이 실소를 머금었다.

"허, 그럴 리가……!"

"사실이오. 아무리 찾아봐도 개미새끼 한 마리 보이지 않아 지금 정문에 모인 것이오."

그때 다른 곳을 수색하던 대원들이 도착했다. 그들 또한 황당한 보고를 올렸다.

"이상합니다. 대부분의 건물을 수색했으나 찾을 수가 없었습니다."

"내원 쪽도 마찬가지입니다. 모두 비어 있습니다."

모두 같은 보고를 들은 악마영이 경악한 표정을 지었다. 그리고 다른 사람들 또한 마찬가지였다. 무엇을 의미하는지 알아챘던 것이다. 악마영이 다급히 외쳤다.

"모두 퇴각! 함정이닷!"

하지만 그의 말은 밤하늘을 울리는 거대한 포향 소리에 묻혀 버렸다. 콰콰쾅! 하는 거대한 소리와 함께 관성문 담을 넘어 수많은 고수들이 물밀듯이 밀려들었기 때문이다.

"빌어먹을! 이래서 전서구를 보냈던 거군!"

이제야 이유를 알 수 있었지만 중요한 것은 그것이 아니었다. 하지만 다급한 상황 중에도 악마영의 말에 적룡사의 책임자가 물었다.

"무슨 소리요? 전서구라니?"

짜증이 솟구친 악마영이 일갈을 터뜨리며 몸을 날렸다.

"젠장! 닥치고 도망이나 쳐!"

만월교도들은 감히 적과 싸울 엄두를 내지 못하고 제각기 살길을 찾아 건물 사이로 경공술을 발휘해 도주를 감행했다. 하지만 적들은 관성문 전체를 포위하고 있었던 모양이었다. 운 좋게 관성문 밖으로 빠져나간 후에도 적들과 마주칠 수밖에 없었다.

*　　　*　　　*

"벌써 세 군데에서 연락이 두절되었습니다."

개양 분타에서 열심히 경영을 담당하고 있는 유용 장로를 제외한, 오랜만에 만월교의 구대장로들이 모두 모인 자리. 정겹게 한담을 나눌 만도 하건만 대화의 내용은 침울한 분위기로 접어들게 했다. 통천의 말에 독목야차 마영이 의아함을 드러냈다.

"도저히 이해가 가질 않는군요. 본 교에서 분명히 대기하라고 일렀을 텐데 어떻게 된 것입니까?"

"지금 그쪽으로도 조사단을 파견해 은밀히 움직이고 있으니 조만간 밝혀질 것입니다."

그러자 이번에는 흑설랑 장로가 조심스럽게 물음을 던졌다.

"전에 일은 어떻게 됐습니까? 귀주에 파견된 악마대가 연락이 두절되지 않았습니까?"

그의 말에 모양야 장로가 나섰다.

"그 또한 이번 일과 연관성이 있다고 보여지는 바, 그 때문에 여러분 모두를 소환한 것이오. 정확한 것은 아직 밝혀지지 않고 있소만 모든 정황으로 볼 때 우리의 계획 전모가 적들에게 알려졌을 가능성이 농후하오."

여기저기에서 경악성이 터져 나왔다. 모두 믿지 못하겠다는 듯한 얼굴로 물었다.

"하지만 저희들에게 첩자가 있다고는 생각할 수 없습니다."

"그렇지요. 그렇기에 따로 조사를 했었지요. 그 부분은 화령 장로께서 설명하실 겁니다."

모양야의 시선을 받은 화령이 고개를 끄덕인 후 입을 열었다.

"아시다시피 저희 측에 첩자는 없었습니다. 그렇다면 추측할 수 있는 것은 단 하나!"

"......?"

"정보 단체입니다."

"정보 단체? 그 정도 실력 있는 단체가 있었습니까?"

"있습니다. 타 문파들도 자체적으로 정보 단체를 가지고 있는 곳이 있지만 그 실력이 크게 뛰어나지 못한 것이 사실. 그럼 정보만 전문적으로 다루는 세력들로 압축이 되지요. 귀주에 정보를 전문적으로 다루는 곳은 모두 다섯 곳입니다. 모두 은밀한 자들이라 알려지지 않았던 것이지요. 그중 일섬 문주가 있는 화락방은 개양 분타에서 견제를 받고 있기에 움직임이 불가능하고, 두 군데는 이미 우리에게 동조 의사를 밝혀왔습니다."

"그렇다면 남은 두 군데에서 우리 정보를 뺐을 가능성이 높겠군요."

"그렇습니다. 그중 가장 의심스러운 곳이 바로 모양각입니다."

"모양각?"

"흠, 모양각이면 뚜렷한 구심점이 없이 이리저리 장소를 옮겨 다니는 살수문파가 아니오?"

"맞습니다. 살수들의 세력인만큼 행동이 은밀한 놈들이죠. 게다가 살수문파들이 대개 그러하듯 정보력이 상당히 뛰어난데, 모양각은 그 실력이 엄청난 것으로 알려져 있습니다. 정확한 증거가 있는 것이 아니라 아직 손을 대지는 못하고 있지만, 계속적으로 역추적을 하고 있으니 조만간 밝혀질 것입니다."

"만약 적들이 우리 계획과 공격 방향을 알고 있었다면, 악마대의 연락이 끊어진 것이 우연은 아니겠군요. 그리고 이번에 새로 연락이 끊어진 곳도 설명이 가능하고……."

"맞습니다. 자세한 방향까지 알고 있다면 대기하고 있는 장소를 알아내는 것 또한 어려운 일이 아니었을 겁니다. 어쩌면 처음부터 악마대를 미행했을 수도 있고요."

"정말 그들의 소행이라면 대단히 치밀한 놈들이군요! 그런데 모양각에서 보유한 고수들의 숫자는 어느 정도요?"

"그것을 파악하기조차 힘이 드는 실정입니다. 대부분 은신술과 잠행술에 뛰어난 고수들인 것 같은데, 대방에 있는 것까지는 알아냈지만 움직임들이 워낙 은밀해 파악이 불가능합니다."

그러자 장로들이 놀라움을 드러냈다. 화령 장로는 만월교에서 전문적으로 정보 단체를 이끌고 있었고, 그 실력이 최고라고 자부했다. 그런 그녀가 불가능하다고 자인할 정도니 당연한 반응이었다.

"그래서 또 다른 방법을 써볼 생각도 가지고 있습니다."

"또 다른 방법?"

"그렇습니다."

장로들이 궁금증을 드러냈다.

"어떤 방법이오?"

"미끼를 사용하는 거죠. 약간의 피해를 감안해야 하지만 적을 밝혀 낼 수 있다면 큰 손해는 아닐 것입니다."

"흠, 그렇다면 악마대를 다시 움직이자는 소리?"

"그렇습니다. 그리고 그 주위로 정보원들을 깔아놓는 거죠. 적들이 악마대를 미행하고 있다면 분명히 걸려들 것입니다."

"하지만 미행자들을 잡는다 하더라도 그들이 자신들의 신분을 순순히 불겠소?"

그러자 이번에는 통천 장로가 자신있게 나섰다.

"그 점은 걱정하지 마십시오. 우리 만월교에는 구화야대라법이 있으니까요."

"아! 그 최면술을 말하는 것이오?"

"그렇습니다. 고수들이라면 상당히 강력한 방법을 동원해야 하는데, 부작용은 심하겠지만 알아내는 데에는 크게 문제가 되지 않습니다. 단, 조심해야 할 점은 잡기도 전에 적의 고수들이 자살을 시도하는 것입니다. 그것만은 철저히 막아야 합니다. 화령 장로께서는 그 점을 주의해 주시오."

"알겠습니다. 수하들에게 따로 주의를 주겠습니다."

제14장
또 다른 계획

"제이십삼사와 삼십칠사의 행방이 묘연해졌습니다."

흑의복면인의 말에 처음으로 언제나 장난기 가득하던 여인의 표정이 어두워졌다.

"이제 시작이구나."

"예상하고 계셨습니까?"

"만월교가 바보는 아니니까. 우리 못지않게 정보력이 뛰어나니 들키는 것은 시간문제였어."

그 말에 복면인이 불만이 가득한 어조로 물었다.

"그런데 왜 방관하고 계셨습니까?"

"어차피 해야 할 일이었으니까."

"……!"

"걱정하지 마. 그들을 구할 생각은 하고 있으니까."

"하지만 만월교에서 수도 없는 고문을 받을 것입니다. 견딜 수 있을지가……."

"견디기를 바랄 수밖에."

복면인은 제일사, 묘강의 무책임한 말에 여전히 불만이 가득한 투를 버리지 못했다. 생사고락을 함께한 동료들의 고생길이 훤한데 기분이 좋을 수가 없었던 것이다. 지금까지 모양각이 이렇게 커진 것은 묘강의 뛰어난 지략과 경영 능력도 있었지만 살수들의 동료 의식도 빼놓을 수 없는 것이었다.

"도대체 무슨 계획을 가지고 계신 것입니까? 두 명의 동료를 저버릴 만큼 중요한 것입니까?"

그러자 그녀가 되물었다.

"지금 귀주의 사정이 어떻다고 생각해?"

"……?"

"귀주는 만월교가 야심을 드러낸 순간부터 어쩔 수 없이 어느 한 세력의 손에 들어갈 수밖에 없어."

"그것이 만월교라는 말입니까?"

그녀는 생각할 필요도 없다는 듯 고개를 끄덕였다. 그리고 이어 말했다.

"하지만 그렇게 되면 우리들의 존재 가치가 없어지는 거지. 솔직히 난 만월교의 늙은 여우가 마음에 안 들어. 막아야 한다면 이번 계획을 하기 싫어도 해야 해."

"그렇다면 차라리 우리가 나서는 것보다 연합 쪽을 계속 돕는 것이 낫지 않습니까?"

"아니, 너도 지켜보았으니 짐작하고 있을 것이 아니야? 만월교의 힘은 상상 이상의 것이야. 하나하나 먹어 들어가고 있는 상황. 이 상태로 유지가 된다면 결국 귀주는 통합되고 말아. 그만큼 현재 만월교의 힘은 최강이야."

"흐음."

한참의 침묵 후에 흑의복면인이 다시 입을 뗐다.

"그래도 이곳은 버려야 할 것입니다. 조만간 만월교에서 들이닥칠지도 모르니까요. 다른 곳을 알아보겠습니다."

"아니, 그럴 필요 없어."

"네?"

순간 복면 바깥으로 드러난 눈이 일렁거렸다. 경악에 물들어 있던 눈빛이 점차 차가워지기 시작할 때쯤 여인이 어색한 미소를 지으며 말했다.

"난 그들이 오기를 기다리는 거야."

"위험합니다."

"아니!"

여인은 확신에 찬 어조로 말했다.

"지금 연합 쪽에서 고수들을 뽑아 은밀히 만월교 개양 분타로 이동 중이라고 했지?"

"그렇습니다만……."

"그것 때문에 만월교에서는 직접적으로 우리를 공격하지 못해. 결국 올 놈은 정해져 있다는 거지."

"누구를 말씀하시는 것인지?"

"악마금!"

흑의복면인은 의문이 가득한 눈빛으로 그녀를 바라보았다.

"그를 기다리고 계신 겁니까?"

"그래."

"무엇 때문에? 그는 만월교도입니다. 행동은 전혀 그렇지 않다지만 어릴 때부터 쭉 만월교에서 성장한 고수. 그런 만큼 배신할 가능성은 없습니다. 배신할 마음이 있었다면 그만한 고수가 계속 만월교의 일을 도맡으며 있지는 않았겠지요."

"미리 결과를 예측할 필요는 없는 것 아닐까? 그러면 인생이 너무 재미가 없잖아."

"저는 확신을 말했을 뿐입니다."

"뭐, 상관은 없어. 어차피 나도 우리 쪽으로 온다고 생각하지는 않으니까."

"예?"

흑의복면인은 오늘 자신이 많이 황당해한다는 사실을 모르고 있었다.

'그럴 거면 뭐 하러 이런 일을 꾸민다는 거야?'

내심과 달리 다시 물었다.

"그럼 무엇을 원하는 것입니까?"

"말했잖아. 만월교를 막으려 한다고. 그전에 운 좋게 출가경의 고수를 얻으면 더욱 좋은 것이고, 그렇지 않아도 상관은 없어. 이사!"

"네, 하명하십시오."

"지금 손님 맞을 준비를 해줘. 모양각을 잘 찾을 수 있게 확실히 선전해야 할 거야."

흑의복면인은 인상을 찌푸렸으나 어쩔 수 없었다. 장난을 좋아하는 상관이었지만 한번 정한 일은 어떠한 일이 있어도 밀어붙이는 성격의 소유자였기 때문이다.

"알겠습니다. 분부하신 대로 이행하지요."

제15장
고백

　분타로 복귀한 악마금은 그간 밀린 일거리를 처리하느라 정신없이 바빴다. 현령이 악마금을 대신해 일 처리를 하기는 했지만 그가 결정하지 못할 중대한 문제도 있었던 것이다. 그 일이 한 달간이나 밀리고 밀렸으니 자연히 일복이 터질 수밖에. 게다가 현재 쏟아지는 일거리까지 겹쳐지자 악마금은 열흘간이나 집무실과 숙소만 왔다 갔다 해야만 하는 사태를 즐겨야(?) 했다.
　원래가 이렇게 굴리는 일을 싫어했던 그였기에 더욱 속이 뒤틀렸다. 하지만 그보다 더욱 그를 짜증나게 하는 일은 소교주 마야라고 할 수 있다.
　바빠 죽겠는데 하루에 한 번은 찾아와 귀찮게 굴고 있으니…….
　어떻게어떻게 해서 밀린 일을 마무리 지은 지 며칠이 지난 그날도 악마금의 집무실로 마야가 어김없이 들어섰다.

악마금은 언제나처럼 괜스레 바쁜 척을 하며 눈길조차 주지 않았다. 감히 소교주가 행차하셨는데 이따위 행동을 보인다는 것은 엄청난 죄를 짓는 것이었지만 마야의 관심(?)을 듬뿍 받고 있는 악마금에게 뭐라고 할 사람은 아무도 없었다. 하기야 마야가 그를 찾아왔을 때 집무실에 있는 것은 그들뿐이었으니 악마금의 무례한 행동을 볼 수 있는 자도 없었지만 말이다. 게다가 마야 또한 악마금의 행동에 전혀 개의치 않고 오히려 방해가 되지 않을까 눈치까지 살피는 지경이었다. 집무실 중앙에 놓인 원형 탁자에 앉아 서류를 바라보고 있는 악마금의 얼굴만 힐끔힐끔 바라볼 뿐!

그녀가 집무실에 들어온 지 한 시진이 넘어서자 급기야 더 이상 참지 못한 마야가 슬며시 입을 열었다.

"언제 끝나지?"

"……."

"계속 서류만 볼 거야?"

"……."

"지아?"

"……."

불손하게도 소교주의 물음에 완전히 입을 다물고 있는 악마금이었다. 하지만 역시 마야는 기분 나쁜 표정을 짓지 않고 자리에서 슬며시 일어나 그에게 다가갔다.

잠시 후 악마금의 뒤에서 그의 등을 한번 쓰다듬던 그녀가 나직이 속삭였다.

"많이 힘든 건 알지만 너무 무뚝뚝하게 날 대하지 마."

그러자 드디어 악마금이 대꾸를 했다.

"힘든 것이 아니니 심려하지 마십시오."

"그렇다면 다행이야. 아무튼 오늘은 바쁜 것 같으니 더 이상 방해하지 않을게."

그러면서 그녀는 집무실을 가로질러 나갔다. 왠지 다른 때보다 쓸쓸해 보이는 그녀의 뒷모습을 바라보던 악마금이 들고 있던 서류를 책상 위에 내려놓으며 투덜거렸다.

"젠장! 괜히 미안해지게 만들고 가버리는군! 그러게 왜 자꾸 찾아와 귀찮게 굴어!"

그때 문이 열리며 현령이 모습을 드러냈다. '또 일거리를 가져왔군'이라는 표정을 드러낸 악마금이 짜증이 솟구치는 말투로 물었다.

"이번에는 무슨 일이지?"

최근 며칠간 언제나 이랬던 악마금이었기에 현령 또한 크게 신경 쓰지 않는 무덤덤한 표정으로 용건을 설명했다.

"총단에서 지시가 내려왔습니다."

"총단에서?"

"그렇습니다. 대방으로 가서야 할 것 같습니다."

"대방?"

"예."

악마금이 이해가 안 간다는 듯 고개를 갸웃거렸다. 대방에도 연합세력이 있기는 하지만 크게 신경 쓸 만한 크기의 세력은 없었던 것이다. 총단에서 직접 자신에게 지시를 내릴 정도면 상당히 중요한 일은 분명한데…….

"무슨 일이지?"

"예전에 올린 보고서에 악마대의 행방이 사라진 것을 보셨을 겁니다."

"그런 적이 있었지. 그래, 그 일은 해결이 되었나?"

"아직입니다. 하지만 원흉을 찾았지요. 그 원흉에 대한 복수가 이번 총단의 목표입니다."

"대방에 악마대를 처리한 세력이 있다는 건가?"

"엄밀히 말하면 처리했다는 말보다는 악마대가 움직이는 정확한 방향과 위치를 다른 연합에 팔아넘겼다고 해야 하죠."

"정보 집단이란 말이군."

"아니, 살수 집단입니다. 혹시 모양각이라고 들어보셨습니까?"

"모양각?"

"네. 은밀하게 움직이는 작자들이라 대부분의 정보가 드러나지 않은 집단입니다. 모양각이라는 곳이 있다는 소리는 저도 들어는 봤지만, 대략적인 것일 뿐 이상하게 무림에 그들에 대한 정보를 구하긴 힘듭니다."

"흐음, 그럼 그들 때문에 악마대가 당했다는 것인가?"

"그렇습니다. 화령 장로님의 계략으로 어렵게 인질을 확보했지요. 하지만 인질이 중간에 죽는 바람에 많은 정보를 알아내지는 못했습니다."

악마금이 또 다른 의문점을 제기했다.

"이상한 점이 있군."

"무엇입니까?"

"살수 집단이라면 암습과 경공에 능할 텐데, 그런 녀석들이라면 본 교에서 고수 몇 명만 보내면 끝이 아닌가? 굳이 나를 보낼 필요가 없을 텐데?"

"확실한 정보는 아니지만 지금 귀주의 연합 세력들 움직임이 수상합니다."

"무슨 말이지? 지금까지의 보고서에는 그런 말이 없었는데……. 어떤 움직임이 수상하다는 것인가?"

"이것 또한 본 교에서 방금 들어온 것이라 보고를 받지 못하신 것이 당연합니다. 내용은 각 지역에 연합을 구성하고 있는 문파에서 고수들이 은밀히 빠져나가고 있다는 정보입니다. 하지만 확실하지 않기에 본 교에서도 관망하고 있는 입장이죠. 총관을 대방에 보내는 이유는 그 때문입니다. 혹시 적들이 공격을 가해올 가능성이 있기에 주력 세력을 빼낼 수가 없기 때문입니다."

"흠, 그럼 분타에서 고수를 빼라는 말인데……. 나를 너무 과대 평가하는 것이 아닌가?"

쓰게 웃던 악마금이 고개를 저었다.

"하기야, 이 지긋지긋한 서류를 보는 것보다 몸 한번 푸는 것이 나에게는 더 낫지만. 흐흐흐, 좋아! 내일 출발하도록 하지."

"알겠습니다. 그런데 누구를 데려가실 생각입니까?"

"자네가 실력 좋은 자들로 오십 명 정도를 뽑아 대기시켜."

"너무 적지는 않을까요?"

"살수 문파 하나 처리하는 데 정예 오십 명에 나까지 나선다는 것이 오히려 과한 것이 아닌가? 오십 명이라고 한 것은 혹시나 비상시를 대비하기 위해서야."

"그렇다면 명대로 처리해 놓겠습니다. 그리고 처리해야 할 자세한 지시 사항은 여기에 적혀 있습니다."

현령이 내려놓은 것은 역시 서류였다. 인상을 찡그린 악마금은 어쩔 수 없이 서류를 읽어 내려가기 시작했다. 지시에 대한 사항을 대략 파악한 악마금이 말했다.

"모양각을 되도록 우리 쪽으로 끌어들이라는군."

"그들이 가진 정보력과 지금까지 모은 정보들이 상당할 테니까요. 그것이 그대로 본 교로 흡수가 된다면 엄청난 이득을 보장받을 수 있을 겁니다."

"흐음! 확실히 무림은 누가 적인지 아닌지 알 수가 없어. 흐흐흐! 아무튼 이만 나가봐."

"존명!"

현령이 사라지자 악마금은 다시 한 번 그가 주고 간 서류를 찬찬히 살피기 시작했다. 그 후 그가 자리에 일어서며 밖을 향해 외쳤다.

"주환 있나?"

말과 함께 젊은 사내 하나가 재빨리 들어와 고개를 숙였다.

"부르셨습니까?"

"오늘 소교주님을 저녁 식사에 초대할 생각이니 내원에 찾아가 물어보고, 허락을 하신다면 그에 따른 준비를 해놓거라."

"존명!"

악마금은 내일 대방으로 떠나기 전 마야와 함께 저녁을 먹으며 기분을 풀어줘야겠다는 생각이 들었다. 좀 전에 돌아갔던 그녀의 표정이 마음에 걸렸기 때문이다. 하지만 결정적인 이유는 그녀의 이용 가치를 좀 더 높이기 위해서다. 인간인 이상 타인에 대한 감정이 계속 일정할 수만은 없었고, 그것을 악마금은 알고 있었던 것이다.

대방으로 한동안 떠나 있을 때 자신의 편에 서서 변호해 줄 인물이 필요한 것이 사실. 그 대상을 소교주 마야로 삼는 악마금이다. 누가 뭐래도 소교주는 만월교의 이인자였고, 그런 그녀가 자신의 편에 선다면 행동할 때 부담이 없을 것이 분명했다.

이쯤해서 한동안 소홀했던 그녀에게 관심을 쏟아주는 것도 나쁘지 않다고 생각했던 악마금은 계획대로 그날 저녁 그녀를 자신이 준비시켜 두었던 방으로 초대를 했다.

낮의 일 때문에 약간 의기소침해 있던 마야는 악마금이 처음으로 식사에 초대하자 기쁜 마음으로 음식을 먹으며 물었다.

"지아가 초대한 것은 처음이지?"

"그렇군요. 낮에는 바빠서 그런 것이니 마음에 두지 마십시오."

그 말에 마야는 말도 안 된다는 듯 고개를 저었다.

"걱정하지 마, 신경 쓰지 않으니까. 오히려 바쁜 데 방해해서 미안해."

악마금이 피식 미소를 짓자 아직 그가 대방으로 간다는 사실을 보고받지 못했던 마야가 물었다.

"그런데 무슨 일이 있어? 할 말이 있는 것 같은데……."

"별일은 없습니다. 한동안 소교주님을 못 볼 것 같아 이렇게 인사차 초대를 한 것이죠."

"한동안 못 본다니?"

"대방에 가라는 지시가 있었습니다."

"대방? 다른 사람을 보내면 되지 않아?"

"그럴 수가 없습니다. 장로님들의 회의에서 결정을 보았고, 교주님의 승인을 얻은 일입니다."

그러자 마야가 표정을 어둡게 했다. 도균에서 돌아온 지 얼마 되지도 않아 다시 떠난다는 데 대한 아쉬움의 표현이었다. 교주님이 직접 승인을 했다면 자신이 어떻게 할 수 있는 성질의 것이 아니었기에 그녀는 어쩔 수 없다는 듯 고개를 끄덕였다. 그러면서 궁금한 듯 물었다.

"얼마나 시간이 걸릴까?"

"글쎄요. 먼 거리이기는 하지만 현재 본 교의 사정이 많이 악화되어 있는 상태라 되도록 빨리 복귀할 예정입니다. 사실 그곳의 일이 크게 시간 걸리는 일이 아니니까요. 가고 오는 시간이 조금 걸릴 뿐이지요."

"그렇다면 다행이네."

말과 함께 그녀가 불안한 빛을 드러내며 당부했다.

"항상 몸조심해야 돼."

은근한 목소리로 말해 오는 그녀를 보며 악마금은 닭살이 돋는 것을 느꼈으나 꾹꾹 눌러 참으며 대답했다.

"노력하겠습니다."

"노력만으로는 부족해."

"무슨 말씀?"

순간 그녀가 얼굴을 붉게 물들였다.

"지아에게 무슨 일이 생기면 내가… 내가……."

마야는 하기 어려운 말을 하려는 듯 떠듬거리더니 이내 홍당무처럼 붉어진 얼굴을 숙이며 찔끔 외쳤다.

"난 지아를 사랑해! 그러니까, 내가 아플 거야!"

"……!"

'사랑?'

악마금은 할 말을 잃어버렸다. 은연중 그녀가 자신을 좋아한다는 것을 알고는 있었지만 한편으로는 부정하고 있는 것도 사실이었다. 그런데 직접 그녀의 입으로 사실을 듣자 멍해질 수밖에 없었다. 마야의 신임을 받기 위해 잘해준 것은 사실이었지만 너무 관계가 이상하게 변질되어 가고 있었던 것이다.

'미치겠군! 사랑이 무엇인지 알고나 하는 소린가?'

내심과 달리 악마금은 슬며시 미소를 지으며 웃었다.

"하하하, 농담이 지나치십니다."

그러자 마야가 고개를 번쩍 들었다. 그리고 또다시 억지로 외쳤다.

"농담이 아니야! 교주님께서도 우리가……."

그녀는 말을 꺼내놓고도 부끄러운 듯 급히 말을 얼버무렸다. 그러자 악마금이 인상을 쓰며 물었다. 분명 교주와 마야의 사이에 자신을 두고 무슨 대화가 오간 것 같았으니 기분이 나빠졌던 것이다. 하지만 그것을 드러낼 수는 없었기에 재빨리 표정을 고쳐 버렸다.

"교주님께서 저에 대해 무슨 말씀을 하셨습니까?"

"아, 아니야!"

그녀는 창피함을 느끼며 자리에서 일어섰다. 그러면서 떠듬거리는 목소리.

"오, 오늘은 몸이 안 좋아서 그냥 갈게. 되도록 빨리 돌아오도록 노력해."

마야는 도망치듯 방에서 나가 버렸다. 그녀가 사라진 후 악마금이 지금까지 참아왔던 황당한 기분을 드러냈다.

"젠장! 어떻게 돌아가는 거야? 교주와 그녀 사이에 무슨 말이 있었던 거지? 아무튼 기분 더럽군."

그는 말과 함께 차려진 음식을 바라보았다. 마야 때문에 크게 식욕이 돌지 않았으므로 입가심을 위해 준비를 해놓았던 술을 연거푸 마시기 시작했다. 한 병을 삽시간에 비워 버린 그는 자리에서 일어나 피식 웃었다. 황당하면서도 의미심장한 웃음이었다.

"돌아가나 질러가나 목적지에만 도착하면 상관없지. 어쨌든 그녀를 이용하기 더욱 수월해진 것은 사실이니까 오히려 잘된 일인지도……. 흐흐흐!"

제16장
모양각 최고의 신법대가, 진방

다음날 아침, 흑룡사 오십 명과 분타를 떠난 악마금은 대방으로 향했다. 최대한 시간을 단축하기 위해 지름길만 골라 속력을 올렸기에 귀주의 성도인 귀양(貴陽)까지 삼 일 만에 주파할 수 있었다. 제대로 쉬지도 못했기에 꽤나 지친 그들은 귀주의 성도에서 저녁을 먹기 위해 식당에 들렀다. 복장을 상인처럼 꾸미기는 했지만 오십 명이 몰려다니면 사람들의 주목을 받을 수 있어 식사는 따로 해결한 후 귀양 성문 밖에서 기다리기로 했다.

악마금은 다섯 명의 흑룡사 대원과 같이 태성반점이라는 현판이 걸린 상당히 큰 식당으로 들어섰다. 귀주의 성도답게 식당들이 모두 호화로웠고 태성반점 또한 삼층의, 비교적 낮지만 거대한 위용을 자랑하고 있었다.

"어서 오십시오."

그들이 식당 문을 열고 들어서기 무섭게 점소이가 정중하게 인사를 해왔다. 하지만 악마금 등은 그에 반응을 보이지 않고 빈곳을 선택해 자리를 잡았다. 점소이가 보이지 않게 인상을 썼지만 평소에 이런 손님들을 다루어봤는지 이내 미소를 지으며 악마금에게 다가와 물었다.

"무엇을 드릴까요?"

"빨리 되는 것으로 아무거나!"

"귀양은 상인들이 많이 지나다니는 곳이라, 저희 가게 음식들은 모두 빨리 됩니다."

"그럼 아무거나 가져와!"

짜증 섞인 흑룡사 대원의 말에 점소이는 움찔했지만 급히 주방으로 들어가 복수의 의미로 식당에서 가장 비싼 음식들을 시키기 시작했다.

아무튼 귀찮은 존재가 사라지자 흑룡사 중 하나가 눈빛을 번뜩이며 악마금을 향해 나직이 말했다.

"추적자가 있는 것을 알고 계십니까?"

"알고 있어. 처음에는 방향이 같은 줄 알았는데, 개양에서 이곳까지 계속된다는 것은 우연이라고 하기에는 무리가 있지. 게다가 우리가 가는 길로 따라왔다는 것도……."

"어떻게 할까요?"

"글쎄… 녀석들의 목적이 무엇인지에 따라 달라지겠지."

그러자 흑룡사 하나가 눈짓으로 창가를 가리키며 읊조렸다.

"저희들이 처리하겠습니다."

"아니, 사람도 많으니 그냥 지켜보도록 하지. 나중에 조용한 곳에서 처리하면 돼. 느긋하게 고문을 가하면서 알아볼 것도 있으니까."

"알겠습니다."

그들은 아무것도 모르는 듯 음식을 먹고 급히 식당을 빠져나왔다. 성 밖으로 나오자 이미 흑룡사 대원들이 모여 대기하고 있었다. 악마금은 그들을 이끌고 다시 대방으로 길을 재촉했다.

그들이 사라지자 성 밖 나무숲 밑으로 두 명의 인영이 모습을 드러냈다. 복면을 쓰고 있는 그들은 나무에서 분리되는 듯 튀어나와 신기한 은둔술을 자랑했다. 그중 하나가 말했다.

"역시 대방으로 가는 것 같지?"

사내의 말에 다른 사내가 고개를 끄덕였다.

"그렇겠지. 지금부터는 은밀하게 미행을 해야겠어. 위험한 놈이니까."

"벌써 눈치채지 않았을까?"

"그럴지도. 개양에서부터 뒤따라왔으니까 어쩔 수 없겠지."

말과 함께 그들은 동시에 몸을 날리며 악마금 일행이 간 방향을 향해 신법을 전개했다.

"난 볼일이 있으니 너희들 먼저 가라."

"추적자들 때문입니까?"

고개를 끄덕인 악마금이 물었다.

"다음 도시는 어디지?"

"삼십 리 정도 떨어진 곳에 용정이라는 작은 도시가 있습니다."

"그럼 용정 입구에서 대기하고 있어라. 곧 뒤따라가지."

"존명!"

그들이 달려가고 난 후 악마금은 옆 숲으로 몸을 숨겼다. 처음 개양에서 뒤따라오던 수상쩍은 상인 둘! 노골적으로 뒤를 따라붙었기에 오히려 의심을 하지 않았지만 귀양에서부터는 그들의 모습이 보이지 않았기에 분명히 숨어서 미행하고 있다고 생각을 했다.

악마금은 은둔술에 그리 자신이 없었지만 음공을 이용해 보완할 수 있었다. 기척을 죽이고 가사 상태로 들어간 후 자신의 몸에서 흘러나오는 파장을 조절해 숲 속에서 자연적으로 퍼져 나오는 파장과 맞추었다. 그렇게 일각을 기다린 끝에 두 명의 복면인을 볼 수 있었다. 신기한 것은 모습이 나타났다가 사라지고 다시 나타나기를 반복하는데, 모습이 나타날 때마다 오 장 정도씩 빠르게 전진하고 있다는 것이었다.

'신기한 경공이군!'

내심 복면인들의 신법에 감탄을 하던 악마금이 그들이 지나가기를 기다려 땅을 박차고 튀어나갔다. 갑작스럽게 악마금이 모습을 드러내자 복면인들은 경악할 수밖에 없었다. 게다가 눈에 보이지도 않을 만큼의 속도에 더욱 놀랐다.

"이런!"

악마금이 삽시간에 지척까지 다가와 있자 복면인들이 양 옆으로 몸을 틀었다. 다행히 그들의 신법은 놀라울 정도로 빨랐고, 달려드는 악마금에게 멀어질 수 있었다.

"제법이군."

가소롭다는 듯 악마금이 한쪽으로 따라붙었다. 복면인은 악마금의 실력을 잘 알고 있는지라 감히 붙어볼 생각도 못하고 다시 몸을 틀어 바닥으로 내려섰다.

팍!

천근추를 이용한 수법으로 발이 땅에 닿는 순간 엄청난 압력을 느꼈으나 복면인은 고통을 느낄 만한 여유조차 없었다. 바로 머리 위로 강력한 경기가 불어왔기 때문이다. 눈을 들어 경기의 출처를 알아볼 생각도 할 겨를 없이 옆으로 몸을 굴렸다. 그러자 들리는 소리!

콰쾅!

복면인은 몇 바퀴를 뒹구는 중에도 좀 전에 자신이 있던 자리가 움푹 파이는 것을 놓치지 않고 보았다. 이마로 식은땀이 흐르는 것은 어쩔 수 없었다. 만약 피하지 못했다면 자신의 몸은 피떡이 되었을 테니까.

하지만 그런 생각 또한 사치였다.

"이럴 수가!"

복면인은 경악하며 몸을 경직시켰다. 악마금의 공격권에서 벗어났다고 생각한 순간, 등 뒤로 싸늘한 한기가 강렬히 느껴졌던 것이다.

"언제?"

대답은 없었다.

쉬이익!

악마금은 수도로 복면인의 정수리를 쳐갔다. 사실 악마금이 이렇게 몸을 놀릴 필요도 없었지만, 상대들의 엄청난 경공술에 호승심이 일었던 것이다. 자신의 경공술과 대비해 보고 싶은 마음에 근접전까지 펼친 것인데… 역시 복면인의 신법은 상상을 불허했다.

종이 한 장의 차이로 곧 있으면 복면인의 머리가 터져야 정상! 그런데 손에 걸리는 느낌이 없었다. 분명 복면인의 머리를 강타했고, 이미 그의 손은 복면인의 몸을 훑고 지나친 상태였다.

악마금의 눈이 동그랗게 떠졌다.

"분신술?"

순간 악마금이 당황한 사이 공격을 받지 않았던 복면인은 이미 사라진 지 오래였고, 방금 분신술로 악마금의 공격을 피했던 복면인은 모습조차 보이지 않았다.

"뭐야, 이거? 저런 신법도 가능한가?"

아직도 이해가 가질 않는다는 듯 악마금은 주위를 두리번거리며 황당해하고 있었다. 하지만 이렇게 끝낼 그가 아니었다.

잠시 후 복면인에게 당했다고 생각했던 그가 불쾌한 표정으로 주위를 살폈다. 그러면서 청력을 끌어올리기 시작했다. 모든 사물에는 파장이 있기 마련이고, 그 미세한 파장을 감지하기 위해서였다. 그런데 의외로 파장조차 잡히지 않았다.

짜증이 솟구친 악마금이 크게 외쳤다.

"빨리 튀어나와! 이 근처에 있다는 걸 알고 있다!"

…….

"모양각에서 왔나?"

…….

"짜증나게 하는군! 열을 세지. 그동안 모습을 드러내지 않는다면 알아서 하는 것이 좋을 거다."

그러면서 악마금이 빠르게 수를 세기 시작했다. 하나부터 다섯까지 세던 그가 불현듯 몸속에 흐르는 내력을 폭발적으로 뿜어냈다. 그리고 여섯을 세었을 때 그 기운이 빛을 발하며 사방으로 퍼져 나갔다.

콰콰콰콰쾅!

음폭에 의한 폭발은 방원 이십 장에 달하는 숲을 평지로 만들어 버렸다. 악마금 근처의 나무들은 이미 산산이 부서져 흩어졌고, 그나마 거리를 두고 있던 나무들도 조각이 나서 주위를 어지럽히고 있었다.

악마금은 사방이 탁 트인 숲을 살펴보며 고개를 갸웃거릴 수밖에 없었다. 아무것도 보이지 않았기 때문이다. 그 짧은 시간에 이십 장이나 떨어져 숨었을 리가 없다고 생각했는데, 그렇지 않은 모양이었다.

"빌어먹을! 신법의 기교로만 따진다면 나보다 한 수 위군!"

인정하기는 싫었지만 어쩔 수 없었다. 도망간 놈은 간 놈이고······. 할 일이 있었던 악마금은 다음번을 기약하며 흑룡사가 대기 중인 곳으로 몸을 날렸다.

그가 사라지고 한참 후, 운 좋게 악마금이 동료를 따라간 덕분에 도망칠 수 있었던 복면인이 이미 초토화되어 버린 공터에 나타났다. 그는 주위를 둘러보며 몸서리를 쳤다.

"어떻게 인간이 이 정도 파괴력을 낼 수 있지? 들은 것보다 더 엄청나군!"

그는 즉시 동료를 찾기 시작했다. 하지만 그조차 찾을 수가 없었다. 아무도 없는 곳이었기에 그가 소리쳤다.

"진방(辰方)! 진방, 어디 있나?"

불러도 대답이 없는 숲 속에서 복면인은 난감했다. 설마 당했으리라고 생각하지는 않았던 것이다.

"그럴 리가 없어. 모양각의 살수 중 신법으로만 따진다면 제일 뛰어난 녀석인데……."

그때 거의 중단부터 비스듬하게 부서져 있던 나무에서 신음성이 흘러나왔다.

"흐흐윽!"

복면인은 급히 소리가 들린 쪽으로 달려가 살펴보았다. 나무의 한쪽 면이 완전히 떨어져 나가 있는데, 그 속에 동료가 거친 호흡을 하고 있는 것이 보였다.

분신술을 이용한 순간, 몇 번의 도약! 그리고 나무 안에까지 파고들어 갔다는 것이 믿어지지 않았지만 아무튼 그 때문에 음폭의 사정권에서 벗어났고, 부상을 당하기는 했지만 목숨에는 지장이 없는 것 같았다.

복면인은 고개를 절레절레 흔들며 다시 감탄했다.

"악마금이라는 녀석도 대단하지만, 너도 대단하다. 아무튼 잠시만 참아라, 곧 치료해 줄 테니!"

제17장
미로 속으로…

대방에 도착한 악마금은 모양각의 위치를 파악하기 위해 흑룡사 대원을 전부 풀었다. 살수 집단이라고 했기에 상당히 은밀히 숨어 있을 줄 알았던 것이다. 하지만 의외의 일이 벌어졌다. 조사를 나갔던 대원들이 얼마 지나지 않아 모여들었던 것이다. 그들은 하나같이 정확한 위치를 파악하고 보고를 올렸다.

대방의 북쪽! 현자라는 마을 인근에 있는, 야인들이 칠석산이라 부르는 곳 초입에 꽤나 큰 건물이 바로 모양각이었다. 악마금이 그곳에 도착하자 웃기게도 건물의 현판에 큼지막하게 '모양각' 이라는 간판이 내걸려 있는 것을 볼 수 있었다.

"무슨 수작이지?"

그 말에 수하들이 고개를 저었다. 그중 한 사내가 자신의 생각을 밝했다.

"자세한 것은 모르겠지만 모양각은 살수 집단입니다. 그런 만큼 자신들의 본거지를 숨기기 위해 상당한 노력을 하는 작자들인데 이렇게 내놓고 광고를 하고 있다는 것은……."

"……?"

"우리가 올 줄 이미 알고 있다는 추측이 가능합니다."

"흠! 그럴지도 모르겠군. 아니, 오히려 쉽게 찾으라는 듯한 느낌까지 드는데……."

순간 악마금이 비릿한 웃음을 흘렸다.

"호호호, 초대하면 응해주는 것이 당연한 이치겠지. 어이!"

"옛!"

"너희들은 여기에서 대기해라."

"하지만 혼자 들어가시면 위험할지도 모릅니다."

"됐어. 너희들은 이곳을 둘러싸고 개미새끼 하나 빠져나가지 못하도록 감시해. 그것만 하면 돼!"

자신만만한 악마금의 말에 대원들이 고개를 숙였다.

"존명!"

악마금이 건물 안으로 들어서자 보이는 것은 아무것도 없었다. 먼지 하나 없는 것으로 보아 청소를 한 지 그리 오래되지 않았다는 것을 알 수 있었지만 방도 하나 없는 거대한 건물 내부에 책장이나, 심지어는 탁자 하나 없다는 것이 수상했다.

그는 이리저리 실내를 둘러보며 생각에 잠겼다.

'무슨 생각을 한 것인지는 모르겠지만, 분명 내가 올 줄 알고 있었어. 그런데 왜 본거지를 옮기지 않고 이렇게 있는 거지? 설마 미끼인가?'

그건 아닌 모양이었다. 놀랍게도 악마금이 있는 반대편 벽이 괴이한 음향을 흘리며 벌어지기 시작했기 때문이다. 사람 하나 통과할 수 있을 것 같은 벽면이 열리고 난 후 모습을 드러낸 자는 전신이 검은 옷, 검은 복면을 쓴 사내였다. 여자일 수도 있겠지만 체격으로 보아 남자임을 확신할 수 있었다.

"누구지?"

악마금의 물음에 복면인은 공손히 고개를 숙이며 입을 열었다.

"제일사께서 기다리고 계십니다."

"역시, 내가 올 줄 알고 있었다는 말이군."

복면인은 대답없이 몸을 돌렸다. 악마금은 말할 필요성을 느끼지 못했으므로 그를 따라 벌어진 입구로 걸음을 옮겼다.

놀랍게도 통로는 지하로 향하고 있었다. 불빛 하나 보이지 않는 어둠 속은 안력을 끌어올려도 제대로 보이지 않을 정도였다. 그렇기에 악마금은 전신 피부에 담겨 있는 모든 감각을 동원해 복면인을 뒤따랐다.

어느 정도 내려가자 계단이 끝이 났다. 악마금의 생각으로는 이십 장 이상은 내려온 것 같은데, 이런 허름한 건물에 이 정도 깊이까지 계단을 만들었다는 것이 놀라울 뿐이었다. 하지만 더욱 놀라운 것은 다음이었다. 어둠 속에서 갑자기 앞서 가던 사내의 기척이 순식간에 사라지고 화등이 저절로 밝혀졌던 것이다.

내심 놀란 마음도 있었지만 악마금은 거만한 표정으로 주위를 둘러보았다. 좁을 줄 알았던 지하는 생각과 달리 엄청나게 넓었다. 거의 원형에 가까운 대전 같은 곳이었는데, 네 군데의 통로가 아가리를 벌리고 들어오라는 듯 악마금을 유혹했다.

악마금은 잠시지만 통로 중 어디로 들어가야 할지 갈등했다. 그리고 왼쪽에서 세 번째 통로로 걸음을 옮겼다.

막 통로로 발을 들이려는데 갑자기 지하 전체를 울리는 여인의 목소리가 있었다. 듣기에 내력이 실린 것이 아닌데도 불구하고 지하 전체가 울리고 있었다. 그것으로 보아 특별한 장치를 해놓은 모양이었다.

[빨리 왔네? 삼 일은 더 걸릴 줄 알았는데!]

다짜고짜 하대를 해오는 목소리에는 장난기와 약간의 호기심이 묻어나 있었다. 그 말에 악마금은 살며시 인상을 찌푸렸으나 이내 비꼬는 듯 대꾸했다.

"초대 한 번 더럽게 간단하군."

[……?]

"흐흐, 듣기 싫은 목소리가 다인가? 술이라도 한잔 내놓는 것이 예의 아닌가?"

그 말에 한참 동안의 침묵이 이어졌다. 악마금의 대꾸에 약간 감정의 변화를 보인 모양이었다. 잠시 후, 목소리 주인의 떨리는 음성이 들려왔다.

[악마금이랬지?]

"날 알고 있나? 하기야 뒷구멍으로 수작이나 부리는 녀석들이니 알고 있었겠지. 그래, 도망치지 않고 용감하게 날 기다린 이유는 무엇이냐?"

[널 시험해 보려고.]

"날 시험해?"

[그래. 소문만큼 진짜 실력이 있는지 없는지 알아보고 싶었어.]

"건방진 놈! 감히 너희들 따위가 날 시험하려 들어?"

[호호호, 열받았어?]

악마금은 차갑게 표정을 바꾸며 입을 열었다.

"날 시험하든 말든 상관하지 않겠다. 단, 그 대가는 작지 않을 것이란 점을 명심하는 것이 좋을 거야."

[호호호, 제발 그러길 바라.]

"슬슬 긁어대는데… 두고 보자, 빌어먹을 계집!"

[그건 날 찾고 나서나 할 일이고……. 우선 네가 있는 곳은 미로의 한가운데야. 네 개의 통로는 이미 봤겠지?]

"……!"

[모든 통로마다 여러 개의 길로 나누어져 있어. 그리고 모두 연결되어 있지. 한번 길을 잃어버리면 영원히 빠져나올 수 없을 거야, 내가 구해주지 않는 한.]

그녀의 말에 악마금이 비릿한 웃음을 흘렸다.

"호호호, 그것이 다인가?"

[아! 한 가지 더 있어.]

"……?"

[중간중간 기관도 있고, 살수들도 숨어 있을 테니 조심하는 게 좋을 거야! 그럼 빨리 볼 수 있었으면 좋겠어. 호호호!]

"흐흐, 빨리 볼 수 있었으면 좋겠다? 소원대로 해주지."

악마금은 말과 함께 내력을 끌어올리기 시작했다. 음폭을 사용해서 이 개 같은 미로를 다 폭파시키면 될 것이라 생각했기 때문이다. 만약 그것이 되지 않는다면 미로의 벽에서 흘러나오는 파장을 내력과 맞추어 직선으로 길을 뚫고 갈 수도 있었다. 하지만 자신이 가진 내력의 칠 할 이상을 끌어올린 악마금이 갑자기 내력을 거두었다.

"흐흐흐, 재밌을 것 같군. 우선 어떤 선물이 있는지 구경이나 한 후 철저히 파괴시켜 주지."

말과 함께 악마금은 처음 정한 세 번째 통로로 들어갔다. 그곳에는 화등이 밝혀져 있는데 여인의 말대로 어느 정도 걸어가자 세 개의 갈림길이 나왔다. 그는 중앙으로 직진을 했다. 그리고 다시 오 장 정도를 걸어갔을 때 두 개의 갈림길. 악마금은 거기에서 잠시 멈춰 섰다.

잠시 생각하던 그가 오른쪽으로 방향을 잡았다. 그렇게 다섯 걸음 정도를 뗐을까?

쉬이익!

갑작스럽게 바람 빠지는 소리를 동반한 무언가가 목을 노리며 다가 오는 것이 보였다. 하지만 그것은 악마금을 관통하지 못하고 벽에 부딪쳐 땅에 떨어져 내렸다. 소리가 들리는 즉시 악마금이 본능적으로 몸을 숙였기 때문이다.

간단하게 기관에서 튀어나온 무언가를 피한 악마금이 바닥에 떨어진 물건을 바라보았다. 손바닥만한 반월형의 칼날인데, 날 끝에 무언가 끈적해 보이는 이물질이 묻어 있는 것이 독인 듯했다.

"이따위로 날 막을 수 있을 거라고 봤나?"

자신을 무시한 것 같은 기분이 들자 내심 기분이 나쁜 악마금이었다. 하지만 잠시 후에 벌어진 상황은 생각을 완전히 달리하게 했다.

"쉬이이익!"

좀 전과 같은 소리가 뒤를 따르며 양 옆에서, 그리고 앞쪽 통로에서 수십 개의 같은 칼날이 전신을 노리고 다가들었기 때문이다. 속도와 번뜩이는 칼날이 웬만한 호신강기도 뚫을 것처럼 공포스럽게 다가들었다. 게다가 독까지 묻어 있었으니……!

"이런!"

거의 피할 곳이 없는 그물 형상으로 칼날이 날아들었기에 어쩔 수 없이 그는 내력을 끌어올려 호신음기를 만들어 막을 만들었다. 순식간에 몸 주위로 파란 막이 생겨나며 칼날이 부딪쳐 바닥을 나뒹굴었다.

"이 정도는 돼야 재밌지!"

그는 말과 함께 계속 길을 찾아 걸어갔다. 그리고 그 후에도 상당히 다양한 기관을 만나 꽤나 고생을 해야 했다.

한참을 돌아다닌 악마금이 다시 인상을 썼다. 거대한 대전이 눈에 보였는데, 처음 자신이 있었던 곳이었기 때문이다. 세 번째 통로로 들어갔던 그가 나온 곳은 두 번째 통로라는 것이 다를 뿐이었다.

"흠!"

그래도 무언가 더 준비해 놨을 상대를 생각하며 이번에는 첫 번째 통로로 걸음을 옮겼다. 그리고 몇 번의 갈림길을 만난 후, 첫 번째 매복자를 만날 수 있었다. 황당하게도 첫 번째 공격은 바닥에서였다.

몇 걸음 걸어가는데, 갑자기 신발에 닿는 바닥의 느낌이 이상하다는 생각이 들었다. 그리고 따끔거리는 느낌에 악마금은 재빠르게 경신술을 이용했다. 바닥에서 튀어 올라 내려다보았을 때는 검신이 바닥을 뚫고 올라와 모두 모습을 드러낸 후였다. 악마금은 급히 몸을 틀어 손을 휘저었다.

쾅!

바닥이 부서지며 굉음을 토했지만 놀랍게도 부서진 바닥 안에는 아무도 보이지 않았다. 그리고 뒤에서 느껴지는 시원한 바람은 악마금의 머리 속에 경종을 울리게 했다.

스팟!

기이할 정도로 목을 비틀어 공격을 피한 악마금의 머리 위로 검이 쓸고 지나갔다. 악마금을 괴롭힌 복면인은 회심의 공격이 실패로 돌아가자 재빨리 몸을 날려 통로를 달리기 시작했다. 그것을 그냥 보아 넘길 악마금이 아니었기에 그 또한 경공술을 발휘해 따라갔다. 하지만 결국 놓칠 수밖에 없었다. 두 번째 갈림길까지는 따라갔으나 그 이후에는 어느 통로로 들어갔는지 볼 수 없었기 때문이다.

한참을 이리저리 돌아다닌 그는 몇 번의 암습과 함정을 파훼하며 길을 찾았으나 어디가 어디인지 알 수가 없었다. 처음에는 대전 쪽으로 들어갈 수가 있었으나 지금에 이르러서는 미로 속에 갇혀 버린 형상이었다. 끝없이 이어지는 통로와 갈림길……!

끼이익!

악마금이 걸어가던 바닥이 반으로 갈라지며 아래에서 수백 개는 됨직한 장침이 하늘로 솟구쳤다.

슈슈슈슉!

파공음과 함께 악마금은 자신이 가진 최고의 속력을 이용해 앞으로 빠져나갔다. 하지만 바닥에 착지하는 순간, 옆 벽에서 검이 뚫고 들어와 그의 옆구리를 노렸다.

"어림없는 짓!"

길은 보이지 않고, 귀찮게 계속 이어지는 암습에 슬슬 부아가 솟구친 악마금이 피할 생각도 버리고 마주 주먹을 뻗었다.

검과 주먹이 부딪치는 소리는 쇠끼리 부딪치는 괴성을 토해냈다.

캉!

"크윽!"

놀랍게도 검으로 공격했던 복면인이 오히려 충격을 받은 듯 다시 벽으로 튕겨 들어가 버렸다. 악마금은 다른 주먹으로 벽을 가격했으나 역시 복면인은 사라지고 없었다. 그것으로 보아 벽 안에 암습자들이 다니는 통로가 있는 것이 분명했다.

"슬슬 열받는군."

말과 함께 그가 주위를 향해 외쳤다.

"이제 모습을 드러내는 것이 어때!"

그러자 예의 장난기 가득한 여인의 목소리가 울렸다.

[역시 안 되겠나 보지? 하지만 어쩔 수 없어. 스스로 길을 찾아와!]

"하하하, 난 너에게 기회를 줬을 뿐이야. 정 그렇게 나오면 어쩔 수 없지!"

[호! 어떻게 하려고? 방법이 있는 거야?]

"흐흐, 방법이야 많지. 조금 무식한 방법이라 사용하지 않으려고 했지만……. 각오하는 것이 좋을 거다!"

말과 함께 악마금이 기합과 같은 광소성을 터뜨렸다.

"크아아압—!"

미로 속으로… 211

그리고 소리 안에 엄청난 내력을 실어 미로 속에 흘러나오는 파장과 맞춰 버렸다.

쿠콰콰쾅!

악마금의 기합과 벽에서 나오는 파장이 맞물리자 '쩌쩍' 거리며 금이 가기 시작하더니, 이내 우르르거리며 벽면이 무너지기 시작했다. 그리고 그 갑작스런 사태에 놀란 복면인들이 경악하며 벽에서 튀어나왔다.

악마금의 외침이 끝났을 때는 주위 십 장에 달하는 벽면이 거의 무너져 주위를 어지럽히고 있었다. 놀랍게도 그 작은 범위 안에 여섯 명이나 되는 복면인들이 숨어 있었다. 하나같이 믿을 수 없다는 듯 벽들이 사라져 공터가 되어버린 주위를 둘러보며 몸을 떨었다. 그리고 급히 온전한 통로를 골라 도망쳐 버렸다.

"흐흐흐, 피해봐야 소용없어. 다 부숴 버릴 테니까!"

악마금은 다시 걸음을 옮겨 가장 가까운 통로로 들어갔다. 그렇게 걸어가 다시 미로처럼 벽들에 둘러싸이자 같은 방법을 사용했다. 기합과 함께 내력을 실어 주위를 허전하게 만드는 방법!

하지만 그것도 한계가 있었다. 거의 직선 거리로 움직이며 길을 뚫고는 있었지만, 만약 방향을 잘못 잡은 것이라면, 그러니까 정반대 방향으로 가야 했다면 괜스레 내공만 소비하게 되는 셈인 것이다.

그런 생각이 들자 악마금은 막 세 번째 기합을 터뜨리려다 말고 내력을 거두며 주위를 둘러보았다.

"내력 소모가 작기는 하지만 역시 이 방법은 시간이 많이 걸려. 그렇다면……."

순간 악마금이 비릿한 웃음을 흘렸다.

"내가 굳이 찾을 필요는 없지!"

그는 말과 함께 음폭을 사용하기 시작했다. 이곳이 지하라는 사실을 생각해 냈던 것이다. 지하에서 음폭을 사용한다면 생매장당할 우려도 있었지만 적절히 사용한다면 좋은 효과를 기대할 수 있었다. 아무튼 폭발적인 거대한 막이 사방으로 퍼져 나가자 악마금은 그것을 터뜨려 버렸다.

쿠콰쾅―!

음폭이 사용되며 지하 전체가 요동을 치기 시작했다. 그리고 악마금이 있는 곳은 어쩔 수 없이 지반이 무너져 가라앉기 시작했다. 그가 아무리 극강의 고수라도 천장이 무너지는 것에 무사할 수 없었기에 급히 그곳을 빠져나왔다. 그리고 또다시 내력을 끌어올려 음폭을 사용하려 할 때 여인의 경악한 목소리가 들려왔다.

[미쳤어? 여기는 지하란 말이야!]

"난 상관없다!"

[동귀어진이라도 할 셈이야? 당장 멈춰!]

"말했지, 난 상관없다고? 이곳을 완전히 매장해 주지!"

그러자 여인의 짜증이 솟구치는, 하지만 다급한 목소리가 뒤를 따랐다.

[멈춰! 알겠어. 길을 안내해 줄 테니까, 그만해!]

"크흐흐흐, 진작 그럴 것이지……."

[이사! 그에게 길을 안내해 줘!]

목소리와 함께 저 멀리서 흑의복면인이 빠르게 접근하더니 악마금에게 고개를 숙였다. 복면을 쓰기는 했지만 분위기로 보아 처음 악마금을 이곳에 안내했던 자임을 알 수 있었다. 복면인은 악마금을 질린 듯 바라보더니 떠듬거렸다.

"따, 따라오십시오."

하지만 악마금은 고개를 저었다.

"그전에 대가는 치러야지?"

"무슨 말씀?"

"날 고생시킨 대가는 적절히 보상받아야 할 거 아니야."

복면인의 눈이 잠시 흔들렸다. 정보에 의하면 안하무인에, 지극히 자기중심적인 인물이라고 들었다. 그러니 자신을 두고 어떤 짓을 할지 알 수 없었던 것이다. 하지만 그 어떤 짓이 무언인가는 금세 알아차릴 수 있었다.

펄럭!

악마금의 손이 좌에서 우로 흔들렸다. 그러자 바닥에 떨어져 있던 아이 머리통만한 돌덩이가 하나가 복면인을 향해 빠르게 날아들었다. 그 신기한 무공에 잠시 경악한 그였지만 재빨리 몸을 틀어 피했다.

탕!

몸을 스쳐 지나간 돌덩이는 뒷벽에 부딪쳐 산산이 부서져 버렸다. 그리고 몰아치는 경기는 복면인의 간담을 서늘하게 만들었다. 부서진 돌 조각들이 순식간에 엄청난 파공음을 내며 자신에게 덮쳐 왔기 때문이다.

"이럴 수가!"

복면인은 퉁기듯 신법을 전개했다. 놀라기는 했지만 그 정도로 당할 그가 아니었던 것이다. 제법 여유롭게 피해 버린 복면인. 하지만 그 순간 그의 목줄이 악마금의 손에 잡혀 있었다.

"커억!"

숨이 탁 막히는 고통을 참으며 그가 손에서 벗어나려고 애를 썼지만 꿈쩍도 하지 않았다.

그 모습을 느긋하게 바라보던 악마금이 반대 손으로 그의 복부에 주먹을 찔러 넣었다. '퍽' 하는 소리와 함께 복면인은 고통에 시달려야 했다. 그리고 고통에 동반되는 울렁거림은 속에 있는 것을 모두 쏟아내게 만들었다.

"호호호, 원래는 목을 비틀어 버릴까 생각도 했으니, 이 정도로 끝낸 것을 운이 좋은 것으로 생각해라."

제18장
초빙

복면인에게 안내되어 도착한 곳은 처음의 대전이었다.

악마금은 의아한 기분이 들었으나 복면인의 다음 행동을 보고 불쾌한 기분을 드러냈다. 네 개의 통로, 하지만 정작 복면인이 발걸음을 옮긴 것은 계단에서 얼마 떨어지지 않은 벽이었기 때문이다. 그가 벽을 몇 번 두들기자……

크르르르릉—!

벽이 돌아가며 또 다른 통로가 드러났다.

"빌어먹을! 날 속였군!"

그러자 복면인이 기겁하며 고개를 저었다.

"아닙니다. 눈에 보이는 네 개의 통로에도 분명 본 각의 주인께서 기다리시는 방으로 향하는 길이 있습니다."

"그런데 왜 이곳으로 들어가지?"

"그거야 소협 때문이지요."

"……?"

"소협께서 미로를 완전히 엉망으로 만들었지 않습니까! 그 때문에 집무실로 향하는 길이 완전히 바뀌었습니다."

약간 불만스러운 말에 악마금이 의심스러운 눈빛을 보냈다. 아무튼 그가 상관할 바가 아니었으므로 복면인을 계속 따라갔다. 잠시 후 또 다른 실내에 들어설 수 있었고, 그 앞에 강철로 된 문이 보였다. 복면인이 문고리를 잡아 밀자, 기름칠이라도 했는지 소리없이 그 무거운 철문이 아가리를 벌렸다. 악마금이 실내로 들어서자 역시 소리없이 닫히는 문.

실내의 중앙에는 희귀하게도 작은 인조 호수가 자리하고 있었다. 그 가운데 구름다리가 놓여 있고, 다리 저편 높은 단상 위에 이제 이십대 초반 정도로 보이는 아름다운 여인이 호기심 가득한 눈빛으로 악마금을 바라보고 있었다.

"네가 악마금?"

악마금은 귀찮은 표정을 노골적으로 지으며 손을 저었다.

"통성명 같은 건 필요 없고, 용건만 말하지."

"듣던 대로 예의가 없구나."

그 또한 상관하지 않은 악마금이 자신의 할 말만 무뚝뚝하게 했다.

"네놈들이 벌인 짓은 잘 알고 있다. 아주 깔끔하게 처리했더군."

"과찬이야."

"아무튼, 그 때문에 본 교의 피해는 상당하지. 그래서 그 피해에 해

당하는 모든 것을 너희 모양각에서 어떠한 대가로든 치러줘야 한다."

"으흠, 대가······. 어떤 종류의 대가를 말하는 거지?"

"그건 너희들이 알아서 할 일! 본 교가 수긍할 만한 것이라면 어떤 것이든 상관은 없어."

"못하겠다면?"

"호호호, 내 방식대로 대가를 받아내야지."

음산한 웃음 뒤로 강력한 살기가 악마금의 몸에서 퍼져 나오기 시작했다. 하지만 그 살기를 한 몸에 받던 모양각의 주인, 묘강은 미소만 지을 뿐이었다. 잠시 후 그녀가 궁금한 듯 물었다.

"좋아, 그건 네 생각대로 해. 그런데 왜 만월교에 몸을 담고 있지? 정보에 의하면 너는 만월교도라기보다는 일반 무인에 가까워. 그것도 자존심 강하고, 한곳에 얽매이기 싫어하는 무인. 이해가 되질 않아. 왜 만월교에 있는 거지? 대우가 그만큼 좋아?"

"말 그대로 대우가 좋으니까."

대답하기 귀찮아 간단하게 말해 버린 악마금을 향해 묘강이 더욱 호기심을 드러냈다.

"어떤 대우를 해주는데?"

"호호호, 알아서 뭐 하게?"

"대우 때문에 만월교에 붙어 있는 것이라면 빼오고 싶으니까."

순간 악마금이 인상을 썼다.

"모양각 따위가 날 빼온다? 건방지군!"

"전혀 건방지지 않아. 모양각이 무림에 어떻게 알려졌는지는 모르겠지만 능력은 상상 이상이지. 우리 세력이 밖으로 드러난다면 세상 사람들은 모두 놀라고 말걸! 어때?"

"……."

"생각있어?"

"지금 그따위 말을 꺼낼 처지가 아닐 텐데?"

"아니, 이것 때문에 자리를 비우지 않고 남았던 거야. 생각해 봐. 네가 올 줄 알고 있는데 왜 도망가지 않았겠어? 그건 바로 다 너 때문이지."

"그래서?"

"뭐?"

"그래서 내가 감동이라도 해야 한다는 말인가?"

묘강이 귀엽게 미소를 지었다.

"감동까지는 아니더라도 자신의 몸값에 대해서 생각을 해볼 만한 이유는 충분하지 않을까? 만약 우리 모양각으로 온다면 최고의 대우를 해줄 수 있어. 누가 뭐래도 너는 귀주의 단 하나뿐인 출가경의 고수니까. 그것도 대량 살상이 특기인……."

"크하하하하!"

악마금이 대소를 터뜨리며 살기를 거둬 버렸다. 그리고 비꼬는 듯한 어조!

"어떤 대우를 해줄 수 있나? 궁금하군!"

묘강은 그것을 반 이상 넘어온 것으로 착각한 모양이었다. 장난기 가득한 표정을 고치며 신중하게 입을 열었다.

"돈, 명예! 네가 원하는 만큼 얼마든지 줄 수 있어."

"흐흐, 돈이라……. 그걸 바랐다면 일찌감치 만월교를 떠났지."

"그럼 명예? 그것을 원한다면 거대한 사업채나 그럴듯한 단체 하나를 만들어서 문주 자리를 줄 수도 있어. 물론 모양각에서 지원도 아끼지 않을 거고."

"그 또한 별로군. 솔직히 내가 원한다면, 시간이 오래 걸리기는 하겠지만 문파 하나 만들어 세를 불리는 것은 크게 어려운 일이 아니거든. 모르지는 않을 텐데? 나 같은 고수가 만든 문파라면 재능있고, 실력있는 무사들이 많이 몰려들 거다."

"그럼 뭘 원해?"

"흐흐, 뭔가 착각하고 있는 모양인데 내가 만월교에 있는 것은 특별히 원하는 것이 없기 때문이지."

"원하는 것이 없다? 그런 것이 없기 때문에 만월교에 있다?"

묘강은 이해가 안 간다는 듯 고개를 갸웃거렸다. 하지만 이내 다시 미소를 지어 보았다.

"좋아! 그럼 자유를 주지. 모양각에 들어오기만 한다면 네가 원하는 대로 뭐든 할 수 있게 해주겠어. 조건은 단 하나, 우리 모양각이 타 문파에 위협을 받을 때 도와주기만 하면 돼. 그것만 약속해 주면 원하는 건 뭐든지 할 수 있게 해줄게. 연락만 가능하다면 가고 싶은 데는 아무 곳이나 가도 좋고, 무공을 익히고 싶다면 비급을 구해주지. 돈을 원한다면 상상도 못할 액수를 줄 수도 있어. 아니면……."

순간 말끝을 흐린 묘강의 눈빛이 가늘어졌다. 음침한 미소를 흘리며 다음 말을 이었다.

"혹시, 여자를 원해? 호호, 그것도 원한다면 얼마든지 구해줄게. 남자니까 원하는 여자는 있겠지? 말해 봐. 누구를 원해?"

내심 실소를 머금은 악마금이었지만 왠지 장난을 치고 싶다는 생각이 들었다. 그만큼 앞에 있는 여인에게는 상대를 나른하면서도, 편안하게 만드는 재주가 있었다. 적대감이 자신도 모르게 사라진 악마금이 재밌다는 표정을 지으며 맞장구를 쳤다.

"말하면 다 들어주는 거냐?"

"물론! 백 명을 원한다면 백 명도… 가능해!"

"호호호, 그럼 세 명 정도가 있기는 하지."

"……?"

그는 제법 진지한 표정으로 입을 열었다. 하지만 그의 입 밖에 나오는 대상은 묘강의 속을 긁어대는 것이었다.

"첫 번째는 중원에 무림맹이 있다고 들었는데, 맹주의 부인! 두 번째는 만월교의 교주!"

속이 뒤틀린 묘강이 인상을 쓰며 그의 말을 끊었다.

"진심이야?"

"호호호, 왜? 불가능한 건가?"

하지만 묘강도 만만치는 않았다. 불쾌한 표정을 빠르게 지우며 느긋하게 의자의 등받이에 등을 기대었다.

"어렵기는 하지만 시도는 해볼 수 있어. 그래, 세 번째는 얼마나 황당한 여자야? 궁금하니까 말해 봐!"

얼마든지 이야기하라는 그녀의 말에 악마금이 입꼬리를 말아 올렸다.

"호호, 세 번째는……."

"세 번째는?"

"바로 너다."

"……!"

"…….."

한참 동안 침묵이 흘렀다. 악마금은 여전히 비소를 흘렸고, 묘강은 황당한 듯 그런 악마금을 바라볼 뿐이었다.

"뭐? 감히……!"

급기야 분노를 참지 못한 묘강! 그녀는 살기 어린 눈빛으로 악마금을 노려보았다. 하지만 악마금은 능청스럽게 그 눈빛을 받아넘기며 말을 이었다.

"왜? 무리한 부탁인가? 뭐, 세 명을 다 원하는 것은 아니지. 흐흐, 그들 중 한 명만 구해줘도 모양각으로 옮겨볼 생각도 있어. 어때?"

"너, 너!"

말을 제대로 잇지 못하는 그녀는 악마금을 한참 동안 노려본 후, 호수로 시선을 돌리고, 이내 재밌다는 듯 깔깔거렸다.

"호호호호!"

"뭐가 그렇게 재미있나?"

"아니, 첫눈에 내가 마음에 들었나 해서."

"뭐?"

악마금이 다시 냉정함을 되찾으며 살기를 내비쳤다.

"무슨 뜻이냐?"

"세 명 중 한 명만 주면 된다며?"

그러면서 그녀가 슬며시 자리에 일어나 악마금을 향해 걸어오기 시작했다. 순간 악마금이 황당한 표정을 지었다. 그리고 난감한 듯 입을 열었다.

"지금 뭘 하자는 거냐?"

"원하는 대로 해주려고."

구름다리를 건넌 그녀는 도발적인 동작으로 상의를 풀기 시작했다. 그리고 이어 속옷!

'풀썩' 거리며 바닥에 하나씩 떨어져 내린 옷 다음으로 이제 남은 것은 가슴 가리개와 속이 은근히 비치는 흰 하의였다. 그녀는 점점 더 악마금에게 다가오기 시작했다. 그 후 가슴 가리개까지 풀어내자 그녀와 악마금의 거리는 한 걸음밖에 남지 않았다.

"호호, 그렇게 떨 것 없어. 날 원한다며? 혹시, 처음은 아니겠지?"

"빌어먹을 년!"

참지 못한 악마금이 그녀의 목을 향해 손을 뻗었다. 그리고 그녀의 목을 움켜쥔 손에 점점 힘을 주기 시작했다.

"내 성격을 제대로 파악하지 못한 모양인데… 난 여자라고 봐주는 어리석은 놈이 아니야. 날 바보 취급하는 것은 지금까지로 충분하다."

숨이 쉬어지지 않을 정도로 악마금에 의해 목이 졸린 그녀는 얼굴이 붉게 달아오르다 못해 하얗게 탈색되기 시작했다. 하지만 여전히 감정의 동요를 보이지 않고 대꾸했다. 당연히 목소리에는 작은 쇳소리가 섞여 있어 고통을 상당히 받고 있다는 것을 보여주었다.

"마음대로 해봐!"

"못할 것 같나?"

악마금이 반대쪽 손을 번쩍 치켜들었다. 그와 함께 손에서 푸르스름한 빛이 일렁였다.

"다시 한 번 말하지. 내가 이곳에 온 이유는 너희들을 회유하기 위해서다. 지금까지 모은 모든 정보를 넘기고, 앞으로 만월교를 위해서 일할 것을 다짐해라. 그것을 거절한다면 넌 내일 해 뜨는 것을 볼 수 없을 거다."

그녀가 단호하게 대답했다.

"거절하겠어."

악마금 역시 거침없었다.

"좋아, 원한다면 죽여주지."

동시에 그는 푸른빛으로 번뜩이는 손을 수도의 기법으로 그녀의 목을 향해 날렸다. 단박에 그녀의 목을 잘라 버릴 심산이었다. 하지만 갑작스럽게 들려온 목소리 때문에 동작을 멈춰야 했다.

"멈춰랏!"

여전히 묘강의 목을 잡고 있는 손을 떼지 않은 악마금은 소리가 들린 쪽으로 시선을 돌렸다. 그러자 언제 열었는지 문 앞으로 열 명의 복면인이 검을 빼 들고 서 있는 모습이 눈에 들어왔다. 그들을 보며 악마금이 무언가 좋은 생각이 난 듯 묘강의 목을 떨치듯 밀어버렸다.

내공을 싣지는 않았지만 숨이 막혀 고통스러웠던 그녀였기에 자연 바닥에 넘어질 수밖에 없다. 그 후 악마금이 거만하게 고개를 꼬며 말했다.

"한 번의 기회를 더 주지. 만월교로 귀속해라."

묘강이 인상을 쓰며 짧게 대답했다.

"싫어!"

"그럼 네 눈앞에서 모두 죽여주지. 수하들이 전멸하는 걸 잘 지켜보라고."

 말과 함께 악마금의 신형이 자리에서 급히 사라져 버렸다. 그리고 모습을 나타냈을 때는 복면인들의 머리 위에 자리를 잡고 있었다.

 "죽어!"

 일갈과 동시에 그의 손이 여러 번 휘둘러졌다. 그리고 허공에 생겨난 강기는 복면인들을 노리며 그물처럼 뒤덮어 버렸다. 갑작스런 그의 행동에 복면인들은 적잖이 놀라며 사방으로 신형을 날렸다.

 콰쾅—!

 강기가 지면에 부딪치며 굉음이 터져지고 그에 따라 장내가 요동을 쳤다. 과연 신법에 일가견이 있는 복면인들답게 모두 피했지만 문제는 다음이었다. 누군가가 경악하며 말도 안 된다는 듯 소리쳤다.

 "모두 조심해랏!"

 피시시시식—!

 순식간에 호수에 담겨 있던 물이 솟구치기 시작했다. 수십 개는 되는 듯한 굵직한 물줄기들이 수룡처럼 꿈틀거리며 장내에 있던 복면인들을 삼키고 싶어하는 듯, 기괴한 소리를 뿜어내는 것으로 보아 엄청난 내력이 실려 있는 듯했다. 원래 물의 파장을 이용하면 충분히 수룡을 만들 수 있지만 그것만으로는 무공을 익힌 고수들에게 타격을 줄 수 없었기에 악마금이 내력까지 담아버린 것이었다.

 아무튼 그 신기한 무공에 모두 혀를 내두르고 있을 때, 악마금은 비소를 흘리며 수룡을 움직이기 시작했다. 수십 개에 달하는 물줄기들이 이리저리 움직이며 복면인들에게 다가들자 장내가 엉망이 되기 시작했다.

아무리 동작이 빠르고 신법에 자신이 있던 복면인들도 장내의 거의 절반을 메우며 움직이는 물줄기에는 대책이 없었다.

"크아악!"

"하악!"

다섯 명의 복면인이 바닥에 쓰러지는 데는 많은 시간이 필요하지 않았다. 그건 장소가 협소한 실내였기에 더욱 빨랐다.

악마금은 쓰러진 그들 중 한 명에게 다가가 머리 위에 발을 올려놓으며 경악에 물든 얼굴을 하고 있는 묘강을 느긋하게 바라보았다.

"자, 그럼 슬슬 고통을 선물해 볼까?"

그러면서 악마금은 발에 힘을 주기 시작했다.

"크아아악!"

악마금의 발에 밟혀 고통받던 복면인의 고성이 장내를 울리자 묘강이 급히 외쳤다.

"그만 해!"

악마금이 슬며시 힘을 빼며 거만한 표정으로 물었다.

"허락하는 건가?"

"너 같은 놈은……."

"허락인지 아닌지 그것만 말해!"

"이, 이……!"

묘강은 분노에 치를 떨기만 할 뿐이었다. 그러자 악마금이 다시 복면인의 머리를 밟고 있는 발에 힘을 주었다. 그러면서 한마디 덧붙이는 것을 잊지 않았다.

"이 녀석 다음은 남은 네 명! 그리고 다음은 모양각에 있는 모든 살수들이다. 혹, 도망치는 녀석이 있다면 끝까지 추적해 네 녀석이 보는 앞에서 철저하게 고통을 당하게 해주지. 결정은 오직 너에게 달렸어."

"크아악!"

고통받던 복면인이 비명과 함께 외쳤다.

"차라리 죽여라!"

"흐흐, 난 그렇게 잔인한 놈이 아니야. 서서히 고통만 주도록 하지. 그것이 내 특기다."

"크아아악!"

그러자 도저히 안 되겠던지 묘강이 질렸다는 듯 다급히 외쳤다.

"됐어! 그만 해!"

악마금이 발을 떼며 물었다. 이미 복면인의 머리 밑바닥에는 피가 흥건히 고여 있었다. 아마 두개골에 금이 갔거나 살이 터진 모양이었다.

"허락하는 건가?"

"그, 그래!"

"흐흐흐, 현명한 선택이야."

그때 실내로 들어서는 문으로 백여 명의 복면인들이 우르르 몰려들었다. 소란을 듣고 혹시나 싶어 지원을 온 모양인데 엉망이 된 장내와 제일사의 벌거벗은 몸을 보며 분개한 듯 살기를 내뿜었다. 그중 누군가가 외쳤다.

"쳐랏!"

백여 명이 일사불란한 동작으로 검을 뽑으며 장내를 메웠다. 모두 악마금을 향해 달려드는데 묘강의 외침에 그들은 정지할 수밖에 없었다.

"모두 멈춰. 상황은 끝났어!"

복면인들이 의아한 표정으로 묘강을 바라보았다.

"무슨 소리입니까? 상황이 끝났다니요?"

"이제부터 모양각은 만월교를 돕는다."

"말도 안 됩니다! 지금까지 모양각이 창설된 이래 남의 밑으로 들어간 경우는 단 한 번도 없었습니다!"

그러자 상황에 맞지 않게 묘강이 장난기 가득한 웃음을 흘리며 입을 열었다.

"그럼 역사를 바꾸지 뭐."

그 말에 흑의인들이 꿈틀거렸다.

"도대체 무슨 생각을 하고 계신 겁니까?"

"됐어. 이미 결정은 내려졌으니 모두 자리로 돌아가!"

아늑한 방 안에 악마금과 묘강이 서로 마주 보고 앉았다. 빠르게 상황을 정리하기는 했지만 난장판 가운데서 제대로 된 대화를 할 수 없을 것 같아 자리를 옮긴 것이었다. 그들의 대화는 일방적으로 악마금에 의해서 이끌어졌다.

악마금은 모양각의 모든 정보를 내놓을 것과 앞으로 만월교의 허락 없이 정보 공작을 하지 않는 것, 그리고 그간 입힌 피해만큼 금전적으로 만월교에 보상을 하는 것 등등, 전적으로 모양각에게 불리한 요구 조건을 제시했다.

그의 말을 한참 동안 듣고 있던 묘강이 불만스러운 표정을 드러내며 말했다.

"정말 대단해. 그 조건을 다 들어달라는 거야?"

"그만큼 너희들이 본 교에 입힌 피해가 크니까."

"하지만 지금 조건을 다 들어준다면 모양각은 끝이야. 그리고 만월교를 위해 정보 공작을 한다면 돈은 어떻게 벌어? 돈 없이 무림 세력을 이끌어간다는 것은 불가능하고, 그것을 너도 모르지는 않을 텐데?"

"그렇지. 하지만 지금까지의 조건은 만월교가 귀주를 모두 통합했을 때까지다. 그 정도면 충분하다고 보는데……. 이후에는 만월교의 귀속이 아니라 하나의 연합으로서 동등한 입장을 가지는 거다. 어때?"

묘강이 피식 웃었다.

"훗! 만월교와 동등한 입장? 그래 봤자 연합의 우두머리는 만월교일 거고, 문파들의 통제권 또한 만월교가 가질 텐데 의미가 있을까?"

"그런 것까지 난 관심없어. 어떤 계획이 서 있는지 내가 상관할 필요가 없으니까."

"쳇, 무책임하군!"

"내가 원래 그런 면이 있지. 호호호!"

한껏 상대를 비꼰 악마금이 말을 이었다.

"아무튼 넌 이미 허락을 했고, 이 조건을 어길 시에는 각오하는 것이 좋을 거다."

묘강이 궁금한 듯 물었다.

"어떻게 우리를 관리할 거지?"

"너희는 지금까지 하던 대로 하면 돼. 단, 대상이 본 교가 아니라 귀주 연합이 되는 거지. 그리고 너희를 믿을 수 없기에 따로 관리자를 본 교에서 몇 명 보낼 거다. 그들이 전반적으로 모양각의 재정과 정보 수

집을 담당한다는 것을 기억하도록. 여기까지 문제있나?"

"철저히 우리의 행동을 막겠다는 거군."

악마금이 음침한 웃음을 흘렸다.

"흐흐흐, 그만큼 너희들의 능력이 뛰어난 것이라고 자위하면 돼. 그것이 오히려 속 편할 테니까."

"말은 쉽게 하네."

"그것도 내 장점 중 하나지."

그러면서 그가 밖을 향해 외쳤다.

"진각!"

문이 열리며 흑룡사 대원 하나가 급히 들어서 고개를 숙였다.

"옛!"

"본 교에 연락은 보냈나?"

"보냈습니다."

"좋아. 이만 나가봐라. 들었지? 방금 서신을 보냈으니 앞으로 모양각을 관리할 사람이 올 거다. 그동안 모든 자료와 정보를 내놔. 이제부터 귀주 통합이 이루어질 때까지 모양각은 만월교의 분타일 뿐이니까."

제19장
폭풍 전야

고요한 일상 후에는 언제나 폭풍을 동반한다.

악마금의 모양각 흡수 작전 성공을 본 교에서 듣고 회의를 하던 유용 장로와 흑룡사 대주 각양(覺量), 부대주 현령, 탁일(卓一), 적룡사 대주 무용학(武龍虐), 부대주 조일석(早日石)에게 급보가 날아들었다.

"화령 장로께서 급보를 보내오셨습니다."

의아한 표정을 보이고 있던 인물들을 아랑곳하지 않고 흑의인이 설명했다.

"이곳 개양 분타에서 팔십 리 떨어진 정각(正刻)에 무림인들이 모여들고 있다 합니다. 예전부터 은밀히 각지에 퍼져 있던 연합에서 고수들이 빠져나간다는 정보가 있었사온데, 그들이 모이고 있는 것 같다는 화령 장로의 분석입니다."

장내에 있던 인물들의 표정이 순식간에 어둡게 변했다. 그중 유용이 다급히 물었다.

"몇 명이라고 하던가?"

"지금 거의 칠천에 가까운 고수들이 집결했다고 합니다."

여기저기에서 경악에 가까운 탄성이 터져 나왔다. 지금 개양 분타에 있는 고수들이라고 해봐야 악마금이 오십 명을 빼갔기에 흑룡사 팔백여 명, 적룡사 오백 명, 그리고 그 외 이천여 명이었다. 모두 합쳐 삼천삼백여 명이 전부인 것이다. 비록 흑룡사와 적룡사 천삼백여 명이 절정의 고수들로 엄청난 힘을 보유한 셈이기는 하지만 남은 이천의 고수들은 고수라고 불리기에 부끄러운 하급 무사일 뿐이었으니 걱정이 앞설 수밖에 없었다.

하지만 정작 문제는 적들의 실력이라고 해야 했다. 거리상으로 보아 개양으로 진격할 것 같은데, 분명 연합에서 골라 뽑은 정예일 가능성이 농후하기 때문이었다.

연합 정예 칠천과 일천삼백의 대결?

정작 한판 붙어봐야 정확한 결과를 알 수 있겠지만 겉으로 보이는 결과는 눈에 확연히 드러나 있었다.

"흐음!"

유용이 침음을 흘리자 옆에 있던 적룡사 대주 무용학이 걱정스럽게 입을 열었다.

"총단에 지원을 부탁해야 하지 않을까요?"

그러자 얼마 전 파견 왔던 흑룡사 대주 각양이 단호하게 반박했다.

"그럴 필요가 있겠소? 지금 숫자로도 충분하다고 생각하오만! 우리 흑룡사와 적룡사는 만월교의 최고 정예요. 일천삼백 명이면 웬만한 문파는 반 시진 안에 격파할 수 있는 극강의 고수들이란 말이오. 그런 만큼 괜스레 호들갑을 떨 필요가 없다고 보고 있소. 오히려 우리가 불안에 떨며 우왕좌왕할수록 적들은 더욱 기고만장할 것이 분명하니까."

"그 말도 일리가 있지만, 문제는 피해라는 측면이오. 아무리 우리가 강하다고는 하나 적들도 바보가 아닌 이상 상당한 실력의 정예들을 투입했을 것이 분명하오. 승리를 거머쥔다고 해도 그 피해는 상상을 불허할 것이 자명한 사실. 그런 최악의 결과가 나기 전에 총단에서 지원을 받는 것이 낫소."

그러자 상관들의 대화라 끼어들지 못하고 있던 보고자가 슬며시 입을 열었다.

"죄송한 말씀입니다만, 총단에서의 지원은 없을 것입니다."

그러자 무용학이 떨떠름한 표정으로 물었다.

"그것이 무슨 소린가? 이런 상황에서 지원이 없다니?"

"그것이 총단이 있는 환산 근처에도 연합으로 추정되는 고수들이 상당수 몰려들고 있기 때문입니다. 만약 이곳에 지원할 고수들을 뺀다면 오히려 총단이 위험에 처할 수 있습니다."

"그럼 악마대는? 총단에 이백 명이나 되는 악마대원들이 있으니 적들을 괴멸시키기에는 크게 어렵지 않을 텐데?"

"적들이 그에 대한 철저한 대비를 한 모양입니다. 악마대가 접근을 하지 못하게 주위 오십 장까지 경계를 서고 있는 모양이라, 섣불리 기습을 하기가 힘들다고 했습니다."

모두들 할 말을 잃은 듯 침묵을 지켰다. 가장 먼저 침묵을 깬 것은 현령이었다. 그는 근심스런 어조로 말했다.

"적들이 단단히 준비를 한 모양입니다. 방법은 분타의 고수만으로 막아야 한다는 말인데……."

그러자 흑룡사 대주 각양이 차라리 잘됐다는 듯 말했다. 총단에서 지원이 없는 만큼 그의 주장대로 이미 결정이 났기 때문이다.

"어차피 독립적으로 움직여야 한다면 선제공격을 하는 것이 낫습니다. 더 몰려들 가능성이 있는 만큼 지금 적들을 와해시켜 버리는 것이 유리하지 않겠습니까?"

유용이 고개를 저었다.

"하지만 적룡사 대주의 말대로 피해가 극심할 것이다. 정면으로 부딪치는 것만큼은 피해야 한다."

문득 그가 생각난 듯 현령에게 질문을 던졌다.

"참! 총관은 어떻게 됐나?"

"모양각을 접수한 후 대방에 대기하고 있습니다. 아직 모양각을 믿을 수 없기에 그들의 세력을 완전히 장악한 후 뛰어난 지략가들을 대거 투입할 모양입니다."

"언제쯤 돌아오지?"

"본 교에서 사람들과 교체되는 즉시 돌아오겠다고 했습니다. 총관 또한 귀주의 움직임이 이상하다는 것을 알고 있으니까요."

"흠!"

잠시 생각에 잠겼던 유용이 결정이 난 듯 명령했다.

"지금 즉시 전서구를 보내라. 이곳 상황과 함께 모양각이 문제가 아니니 하루빨리 돌아오라고."

"알겠습니다."

그러자 다른 인물들이 불만스러운 표정을 드러냈다.

"총관께서 온다고 달라질 것이 있겠습니까? 흑룡사 오십 명도 상당히 전력에 보탬이 되는 것이 사실이지만, 지금은 시간이 촉박합니다."

"맞습니다. 어차피 적과 부딪쳐야 한다면 대주의 말대로 선제공격이 낫습니다. 굳이 정면 대결을 피해야 한다면, 기습으로 사기를 올릴 수도 있고요."

하지만 유용은 고개를 저었다. 악마금에 대한 그의 생각은 여전히 불만투성이였지만, 그 실력만큼은 인정하고 있었기 때문이다. 그것은 직접 경험해 봤던 현령 또한 마찬가지였다. 다른 대주와 부대주들이야 소문을 듣기만 했을 뿐… 게다가 본 교에서도 극비리에 악마금에 대한 사실을 숨겼기에 대략적인 것밖에 알지 못했던 것이다. 그들에게 있어 악마금은 저급한 음공을 익힌 젊은 놈이 운 좋게 교주의 눈에 들어 신임을 받고 있는 기고만장한 애송이에 불과했다. 그들의 눈빛에 담긴 의미를 파악한 유용이 확정적으로 말했다.

"그의 실력은 본 교 최고다!"

"설마요? 출가경이니 뭐니 하는 소문을 듣기는 했습니다만, 그건 사람들이 그가 음공을 익힌 줄 모르기에 하는 소리라고 생각합니다. 음공 자체가 본 무공과 그 궤(軌)를 완전히 달리한다고 들었습니다. 젊은 총관이 아무리 속성으로 무공을 익혔다고는 하나 본 교의 최고라는 말은 믿지 못하겠습니다."

무언가 더 말을 이으려던 유용을 향해 무용학이 놀라움을 드러내며 끊었다. 그는 육십사 세인 노고수. 평생을 무공에 전념을 했던 자존심 강한 무인인만큼 유용 장로의 말을 인정하기 싫었기 때문이다. 실제 실력으로 따진다고 해도 유용 장로보다 더 높은 경지의 고수였다.

"자네들 마음은 알겠지만 사실은 사실. 그 혼자 중급 문파 하나와 맞먹는 힘을 가지고 있다. 이것도 상당히 작게 평가한 것이지. 실력적인 면은 제쳐 두고라도, 그의 특기가 대량 살상이라는 것을 감안한다면 상당한 보탬이 될 수 있고, 부정할 수 없는 사실이다."

"……."

침묵 안에서 미덥지 못한 듯한 눈빛을 드러내고 있는 그들을 향해 유용이 말을 이었다.

"아무튼 이렇게 넋 놓고 있을 수만은 없으니 천 명 정도는 적들과 삼십 리 정도 떨어진 적당한 곳에 마중을 나가 진을 치게. 그러면 더 이상 진입은 불가능할 것이다. 중요한 것은 퇴로를 확보하는 것. 적이 공격해 들어오면 피해를 최소화하면서 후퇴를 해라. 그리고 소교주님이 걱정하실 것이니 이번 일에 대해서 우리가 유리한 상황으로 보고를 할 것이다. 그에 대해서는 특별히 수하들의 입단속을 시키도록!"

"존명!"

정각에서 얼마 떨어지지 않은 숲 속 공터에는 수많은 천막이 세워져 있었다. 그중 중앙에 위치한 넓은 천막 안이 웅성거리고 있었다. 원형 탁자를 중심으로 이십여 명의 인물들이 이번 만월교의 개양 분타를 칠 계획을 의논하고 있었기 때문이다.

거대한 탁자 위에 올려져 있는 꽤나 자세한 지도, 그 위에 붉은색 사람 모양의 작은 인형과 파란색의 인형이 무리를 이루어 자리를 잡고 있는 것을 보며 청색 비단 장포를 입은, 나이가 지긋해 보이는 노인이 입을 열었다. 그의 눈은 지도상에 위치한 아군인 붉은색 인형과 그곳에서 삼십 리 떨어져 있는 파란색, 적의 인형에게 박혀 있었다.

"적들의 반응이 상당히 빠른 것으로 보아 꽤 힘든 싸움이 될 것 같소."

그 말을 붉은색 비단옷을 입고 있는 또 다른 노인이 받았다.

"이번 일의 관건은 적의 총단에서 지원을 해오느냐, 그렇지 않느냐 하는 것입니다."

그러자 또 다른 인물.

"그것은 걱정 마십시오. 이미 환산에도 육천 명에 이르는 고수들이 파견되었고, 그중 혈천문에서 사백 명이나 되는 고수들을 보내 섞여 있습니다. 그 때문에 만월교 총단에 비상이 걸린 모양이더군요."

"정확한 정보요?"

"화락방에서 가져다준 소식이니 믿을 수 있을 겁니다."

처음 접한 소식이었던지 청색 장포의 노인이 밝은 표정을 지었다.

"그렇다면 다행입니다. 시간이 좀 걸릴 줄 알았는데 빠르게 투입했군요."

"이번 일이 중요한 일인만큼 모두가 최선을 다하겠다는 증거가 아니겠습니까? 좋은 결과를 기대할 수 있을 겁니다. 그럼, 우선 삼십 리 밖 적들을 어떻게 처리할지부터 의논을 하도록 합시다."

"처리하고 말 것도 없습니다. 내일 바로 밀고 들어가는 것이 어떻겠습니까? 정보에 의하면 적의 분타에는 삼천에서 사천 정도의 고수가 있습니다. 그중 정예는 많아야 천여 명. 그 수로 이곳까지 진채를 세울

여력이 없는 것이 분명합니다. 알아본 바로도 천 명이 우리와 대치하고 있는 모양인데, 실력있는 고수들은 별로 없을 겁니다."

"흠, 하지만 정면으로 부딪쳤을 경우, 그리고 적들이 의외로 고수들을 보냈을 경우도 생각해야 합니다. 그때는 우리 측에서도 상당한 피해를 감내해야 합니다."

그 말에 흑색 경장을 입은 중년인이 고개를 끄덕였다.

"맞습니다. 우리의 목적은 승리일 뿐. 적들에게 많은 타격을 줄 필요는 없지요. 뭐, 이대로도 승산이 확실하다고 생각하지만, 만약이라는 것도 있으니 조심해서 나쁠 것은 없다고 봅니다."

"그러시다면……?"

"기습을 노려보는 것이 어떻겠습니까?"

지금까지 침묵을 지키고 있던 노인이 고개를 저었다.

"굳이 그럴 필요가 있겠습니까? 저들은 적은 수를 이미 둘로 나누었습니다. 오히려 취약점을 드러낸 셈이지요. 차라리 대대적으로 밀어붙이는 것이 좋다고 봅니다."

"그 말도 일리가 있군요. 하지만 탐색전을 한번 벌여보는 것이 나을 겁니다. 적들의 수준을 파악한다면 그만큼 피해를 줄일 수 있으니까요."

"그럼 고수들이 좀 더 파견 나오기를 기다려 불시에 기습을 한 후, 생각과 같이 적의 힘이 그리 크지 못하다는 판단이 설 때 단번에 밀어붙입시다. 연합의 사기를 올리기 위해 몰리기는 했지만, 눈에 거슬리는 적의 분타를 쓸어버릴 수 있다면 그렇게 하는 것이 좋지 않겠습니까?"

"그렇기는 하지요."

"그럼 오늘 저녁, 그에 대한 구체적인 회의를 다시 하도록 하지요."

"그렇게 합시다."

*　　*　　*

"뭐?"

악마금이 인상을 쓰며 보고를 올린 흑룡사 대원을 노려보았다.

"지금 즉시 복귀하라는 유용 장로님의 지시가 있었습니다."

"무슨 일인데?"

"드디어 연합이 발톱을 드러냈습니다. 고수들이 비밀리에 움직이고 있다는 것은 총관께서도 잘 알고 계실 겁니다. 그들이 개양 분타를 공격하기 위해 정각에 모인 모양입니다."

"어중이떠중이들이겠지. 그 정도는 분타에서 충분히 막을 수 있지 않나?"

"아닙니다. 전서구의 내용에는 연합의 정예들이라고 적혀 있었습니다. 그 수가 무려 칠천에 육박한다고 했습니다."

"칠천?"

악마금이 약간 놀란 표정으로 다시 물었다.

"총단에서는? 총단에서는 아무런 반응이 없나? 그 정도 수가 공격을 해온다면 어떤 식으로든 대책을 마련할 텐데?"

"총단 또한 발이 묶여 있는 상태입니다."

"왜?"

"환산에도 이미 적들이 진을 치고 있기 때문입니다. 뭐, 총단이야 워낙 고수들이 많으니 공격을 당할 리가 없겠지만, 반면에 고수들을 뺄 수도 없는 입장이 되어버렸습니다. 그래서 이곳에 지원 오기로 한 교도들 또한 늦어지고 있는 것 같습니다."

"미치겠군!"

"……."

"어쩔 수 없지. 지금 즉시 출발할 테니 준비하도록."

"존명!"

사내가 나가자 악마금이 귀찮은 표정을 드러내며 투덜거렸다.

"젠장, 가만히 쉬고 있는 꼴을 못 보는군! 차라리 모양각으로 옮겨 버려?"

곰곰이 생각에 잠겨 있던 악마금이 불현듯 그것이 오히려 나을지도 모른다는 생각을 강렬히 하기 시작했다. 하지만 이내 고개를 저으며 뱉는 말!

"그것도 귀찮은 일이지. 날 곱게 보내줄지도 의문이고."

때 아닌 변란으로 악마금 일행이 사라지자 모양각의 은밀한 밀실에서 밀담이 오갔다.

"뜻밖의 사건이 터졌습니다. 이번이 기회인 것 같습니다."

복면인의 말에 묘강이 고개를 갸웃거렸다.

"기회?"

"그렇습니다. 적이 곱게 물러갔으니 이 기회에 자리를 옮겨 버리지요."

"호호, 만월교의 정보력도 상당해. 그것을 모르지는 않을 텐데?"

"알고 있습니다. 하지만 우리가 작정하고 숨는다면 찾는 데 상당한 어려움을 겪을 것이 뻔합니다. 게다가 지금은 난세입니다. 만월교는 귀주 전체를 상대하고 있는 실정이니 우리를 찾는 것에 힘을 분산할 리가 없습니다."

"그 후에는? 그렇게 조용히 숨죽이고 있자는 거야? 만월교가 패하기를 바라면서?"

"아니지요. 은밀히 연합 쪽을 도우면 되지 않습니까? 그리고 만월교의 간부급들 고수들을 우리의 특기대로 암습할 수도 있고요."

"넌 정말 단순해."

그 말에 복면인이 발끈했다.

"무슨 말씀이십니까?"

"조용히 숨어 있어도 모자랄 판에 만월교의 간부들을 암습하자고? 그러면 만월교에서 가만히 있을 것 같아?"

"그럼 그 부분은 빼면 되지요."

"그래서 만월교가 귀주를 삼키면 어떻게 할 거야? 그들이 누군가에 의해 망할 때까지 계속 도망자 신세를 하고 싶어?"

끝없이 이어지는 물음, 약간 비꼬는 듯한 그녀의 말에 복면인은 입을 닫아버렸다. 하지만 그냥 있을 수는 없었던지 잠시 후 슬며시 물었다.

"그럼 일사께서는 무엇을 노리고 있습니까?"

"호랑이를 잡으려면 호랑이 굴에 들어가야지."

"호랑이 굴에 들어간다니요?"

"생각해 봐! 지금 우리들 힘으로는 만월교를 어떻게 할 수 없어. 고작 한다는 것이 연합에 정보나 팔면서 코 묻은 돈이나 챙기는 거지."

정보에 의해 벌어들이는 막대한 자금을 순식간에 아이들 코 묻은 돈으로 취급해 버리는 그녀를 향해 복면인이 눈살을 찌푸렸다. 하지만 그녀는 개의치 않고 말을 이었다.

"하지만 만월교에 귀속된다면, 아니, 귀속된 척을 한다면 어떻게 될까? 지금까지 만월교의 정보를 빼내기 위해 엄청난 시간과 인력을 투입했지만 그에 따른 결과는 어떻게 됐지?"

"……!"

"별거없었어. 그런데 그들과 은밀히 친분을 쌓는다면 어떨까?"

복면인이 뚱한 목소리로 대답했다.

"지금보다야 정보를 더 많이 빼올 수 있겠죠."

"그거야! 그리고 교란 작전도 쓸 수 있지."

"흠, 그럼 일사께서의 계획은 바로……."

그녀는 듣지 않아도 알고 있다는 듯 고개를 끄덕였다.

"맞아! 그리고 이렇게 될 줄 알고 있었어. 너도 어느 정도 예상을 했을 거 아냐?"

"그렇기는 하지요. 그래서 일사를 이해하지 못했던 겁니다. 뻔한 결과인데 도망치지 않는 모습은 저뿐만 아니라 모양각의 살수들 모두가 불만을 드러냈지요."

"만월교가 지금 힘을 발휘하고 있는 이유는 상층부에 있는 무력 세력과 새로 양성한 악마대 덕분이야. 특히 악마대의 공이 상당하지. 그리고 그 대주인 악마금!"

그의 이름이 자신의 입에서 거론되자 그녀가 몸을 잘게 떨었다.

"아무튼 이번 일을 계기로 정보 공작에 상당한 보탬이 될 거야."

"하지만 문제는 그 정보를 어떻게 연합에 넘기냐는 것입니다. 상당한 간섭이 있을 텐데 쉽지가 않을 겁니다."

"정보를 팔 필요는 없어."

"네?"

"처음부터 돈을 벌 목적이 아니었으니까. 다만 만월교가 귀주를 장악하는 것을 막아야 해. 그것이 귀주를 살리고 우리 모양각이 사는 길이지. 그리고……."

그녀의 눈빛이 여느 때와 달리 살기로 번뜩였다.

"이번에 그 녀석에게도 복수할 기회를 만들 거야."

"그 녀석이라면……?"

"악.마.금!"

절대 잊을 수 없다는 듯 또박또박 되새긴 그녀가 이내 한숨을 쉬며 말했다.

"만월교의 힘을 줄이는 데 그가 희생양이 되어야 해. 이사!"

"하명하십시오."

"지금 악마금이 빠져나간 것은 하늘이 준 기회야. 이 기회에 열 명 정도를 외부로 보내어 그동안 악마금에 대해 모은 정보와 악마대의 정보를 모두 가지고 따로 정리를 해봐. 그리고 내 지시가 있을 때 그것을 만월교의 교주에게 넘겨 버려."

"흠, 어부지리를 얻자는 말씀이십니까?"

"그렇지. 만월교에서는 악마대가 자신들의 적룡사를 죽인 것을 아직 몰라. 그리고 대부분 지시를 불복종한 사실도 전혀 모르고 있지. 다만 우리 때문에 연합에 정보가 빠져나가 당한 줄로만 알고 있는데… 그것이 알려지면 교주는 악마대를 처리할 거야. 그리고 그에 따른 피해는 상상을 초월하겠지. 악마대의 힘이야 무림에서 그 유례를 찾아볼 수 없을 정도로 막강하니까."

그러자 복면인이 음흉한 웃음을 흘렸다.

"흐흐흐, 그래서 악마대에게 당한 적룡사 대원들을 살려오라고 하셨군요."

"당연한 것 아니겠어? 정보만으로는 안 되지. 하지만 증인까지 있다면 교주도 별수있을까? 강력한 아군이 적으로 돌변할지도 모르는데 가만히 있을 수는 없을 거야."

"흠! 그 이후에는 다시 혼란한 상태가 되겠군요. 만월교의 힘이 상당히 줄어들 테고 그 사실이 알려진다면 귀주의 수많은 문파들이 가만 있지는 않을 테니까요."

"호호호, 하지만 그 사실은 우리만 알아야 해."

"네? 무슨 말씀?"

"그래야 만월교를 협박할 수 있지 않겠어? 그게 가능해진다면 우리 모양각은 귀주에서 아무도 건드리지 못하는 강력한 세력으로 거듭날 수 있을 거야. 만약 그렇게 되지 않는다 해도, 연합에 만월교의 정보를 팔 수도 있으니까. 이래저래 상당한 이득을 얻을 수 있는 것은 자명한 사실이지."

그녀의 치밀하면서도 영악한 발상에 복면인은 혀를 내둘렀다. 이 정도까지 멀리 내다보고 있을 줄을 정말 몰랐기 때문이다. 하기야 머리가 비상하게 돌아간다는 것은 예전부터 알고 있었지만······.

"그런 생각을 가지고 있었다면 차라리 처음부터 저희에게 말씀을 해 주시면 좋았지 않습니까?"

"내가 왜?"

"그 때문에 대원들이 얼마나 걱정한 줄 아십니까?"

"호호호, 그랬어? 하지만 좋았잖아! 약간의 긴장은 사람이 살아가는 데 활력소가 된대. 그것에 위안을 삼아."

"호호호, 하기야 그런 면이 있기는 있었죠. 아무튼 열 명 정도를 뽑아 내보내겠습니다."

"아! 그리고 악마금에게 보여준 정보는 얼마나 돼?"

"중요한 기밀은 조금 빼냈습니다만, 너무 없으면 의심할 것 같아 빼돌린 정보가 그리 많지는 않습니다."

"아깝지만 어쩔 수 없지."

제20장
물고 물리는 기습 작전

올 때보다 더욱 속력에 박차를 가하며 개양으로 직선에 가깝게 돌파하던 악마금이 갑자기 생각을 바꾼 것은 어느 허름한 마을 입구를 지나칠 때였다.

"이렇게 급히 간다고 달라지는 것이 있을까?"

갑작스런 행동과 말에 뒤따르던 흑룡사 대원들이 의아함을 드러냈다.

"무슨 말씀이십니까?"

"이렇게 우리가 간다고 해도 변하는 것이 크게 없다는 말이지. 여기에서 개양까지 삼 일은 족히 걸릴 거다. 그때까지 기다려 줄 적들이 아닌 만큼 서로 상당한 피해를 입으며 전투를 벌일 거라는 말이야. 적들도 긁어모은 정예들인만큼 만만치는 않을 것이 아닌가?"

"그렇기는 합니다만, 그래도 저희가 도착한다면 전력에 상당히 보탬이 될 것입니다."

"그래 봐야 얼마나 보탬이 되겠나."

"그렇다면 다른 방법이라도 생각하고 있으신 것이 있습니까?"

악마금이 비소를 흘리며 주위를 둘러보았다.

"지금 즉시 도균과 강구, 장령 등 본 교에 동조 의사를 밝힌 문파에 연락을 넣어라. 내용은 주위에 있는, 이번 귀주 연합 세력을 공격하라는 것이다. 우리 만월교도 혼자가 아니라는 사실을 알려줘야지. 그 부분을 우리 쪽도, 적의 연합 쪽도 간과하고 있는 모양인데… 모두 멍청한 거지!"

그러자 흑룡사 대원들이 놀라움을 드러냈다.

"하지만 그들은 우리 힘에 못 이겨 어쩔 수 없이 동조 의사를 밝혀온 곳입니다. 우리 지시를 따라 피해를 감수하면서까지 적들을 공격할지는 미지수입니다. 뿐만 아니라 연락을 하는 데 걸리는 시간도 만만치 않으니……. 귀주 각지에 비밀 연락방을 두기는 했습니다만 시간이 꽤 걸릴 겁니다."

"상관없어. 그리고 거절한다면 그 이후에 일어나는 일은 만월교에서도 책임을 지지 못한다고 협박식으로 전해. 모두가 우리 말을 따라 적들을 공격하지 않겠지만 그들 중 하나라도 있다면 이번에 개양으로 파견되어 온 문파는 동요할 것이 뻔하니까. 그리고 개양으로 파견을 보낸 덕분에 연합 소속 문파들의 힘이 많이 약해져 있을 거다. 그것을 강조해서 설득하는 것도 좋겠지. 아무튼 이번 기회에 적들을 완전히 섬멸해 버린다면 다시는 이런 귀찮은 일 따위는 벌일 생각을 못 할 거다.

그것만으로도 족한 것 아닌가?"

"그렇지만 또 다른 문제도 있습니다."

"……?"

"총관의 계획이 맞아떨어진다 하더라도 이번 일은 유용 장로님께서 직접 지시하신 일이라 나중에 상당히 곤혹을 치를 수도 있다는 겁니다. 유용 장로님께서는 하루빨리 우리가 지원 와주길 기다리고 계십니다. 이런 상황에서 허락없이 단독으로 행동한다면 상당한 문제가 생길 수도……."

악마금이 듣기 귀찮은 듯 그의 말을 끊었다.

"그딴 것에는 관심없어! 결과만 좋으면 모든 것이 끝 아닌가? 지금 즉시 가까운 연락방을 찾아가 전서구를 띄워라. 그동안 이곳에서 대기한다."

번복이 없을 것 같은 확정적인 그의 명령이었기에 두 명의 흑룡사들이 어쩔 수 없이 몸을 날려 그곳에서 가장 가까운―무려 사십 리 떨어진―연락방을 찾아갔다.

　　　　*　　　*　　　*

"쳐랏!"

"와아아아아!"

연합의 공격은 달이 중천에서 넘어갈 시점에 이루어졌다. 기습이라고는 했지만 사실 기습 같지도 않았다. 적들에게 들킬까 봐 염려하지도 않은 채 삼천의 고수가 단박에 달려들어 만월교의 진채를 짓밟아

버렸기 때문이다.

　우렁찬 고함과 함께 수많은 적들이 밀려들어 오자 진채의 임시 책임을 맡고 있던 흑룡사 부대주 탁일이 막사에서 튀어나오며 그의 특기인 호조를 뽑아 양손에 끼었다. 부대주들 중 가장 젊은 그였기에 호승심과 도전 정신이 강한 그였지만 이미 받은 명령이 있었기에 우렁차게 내력을 실어 외쳤다.

　"전속 퇴각!"

　그 후 대기하고 있던 만월교도들이 명령과 같이 쾌속하게 퇴각하기 시작했다. 일부는 적의 진입을 막으며 희생양이 되었고, 나머지는 그 천금 같은 시간을 활용해 저 멀리 달아나 버렸다. 어차피 적들이 분타로 근접해 오는 속도를 막기 위해 진채를 세운 것이라 상관은 없었다.

　별다른 저항 없이 만월교의 진채를 빼앗아 버린 연합은 도망치는 교도들을 추적하다가 일정 거리에서 회군했다. 너무 많은 인원이 싸움도 제대로 하지 않고 도망치는 것이 이상했기 때문이다. 혹여 그 중간에 매복이라도 있으면 낭패를 당할 수 있기에 꽤나 신중하게 내린 결정이었다.

　확실히 만월교의 진채에는 별다른 것이 없었다. 그저 사람들이 지낼 만한 천막과 천여 명의 인원이 며칠 먹을 식량이 쌓여 있을 뿐. 그것을 보고 청색 장포를 입은 노인이 확신에 찬 어조로 입을 열었다.

　"역시 우리의 접근 속도를 늦추기 위해서 허장성세로 꾸민 것이로군!"

　또 다른 노인이 고개를 끄덕였다.

　"어쩔 수 없었겠지요. 이로써 적들의 힘이 그리 크지 않다는 것을 알게 되었습니다. 이곳을 점거한 후 바로 개양으로 치고 들어가지요."

"그러는 것이 좋겠습니다."

하지만 만월교에서는 진채와 분타 사이에 또다시 진채를 세워 고수들을 투입시켰다. 단번에 개양 분타까지 밀어붙이려던 연합 쪽은 자연 주춤거릴 수밖에 없었다. 혹시 이번은 진짜가 아닐까? 라는 불안감에 또다시 삼 일이라는 시간을 소비할 수밖에 없었다.

하지만 특별한 만월교의 도발이 없었으므로 결국 처음과 같은 방법으로 기습을 감행했다. 역시 그 또한 허장성세라는 것을 안 연합은 은근히 조바심을 드러내며 본 위치에서 이십 리를 더 전진해 진채를 세웠다.

이제 만월교의 분타와 연합의 진채 사이는 이십 리! 무공을 익힌 고수들이 작정하고 달린다면 눈 깜짝할 사이에 당도할 수 있을 정도로 가까워지게 되었다. 그 소식이 나는 듯 개양의 분타에 알려졌다.

소식을 들었던 유용이 불같은 노성을 터뜨렸다. 얼마 전 악마금에게서 연락이 왔고 내용은 적과 부딪치지 말고 좀 더 기다리라는 것이었다. 총관을 맡고는 있지만 실질적으로 따진다면 대주 따위가 장로에게 일방적인 지시를 내린 셈이었다. 그것만으로도 울화가 터져 미칠 지경인데, 아직도 별다른 소식이 없으니 짜증이 날 수밖에 없었다.

"총관은 왜 아직도 소식이 없는 것인가? 아무리 늦어도 오늘쯤에는 도착을 했어야 정상이 아닌가? 언제까지 기다리라는 말인가?"

끝없이 이어지는 질문에 회의에 참석했던 흑룡사와 적룡사의 대주, 부대주들은 난감한 기색을 숨기지 못하고 입을 다물어 버렸다. 보다 못한 현령이 조심스럽게 제안을 했다.

"차라리 기습을 하는 것이 어떻겠습니까?"

유용이 번뜩 정신을 차리고 되물었다.

"기습?"

"그렇습니다. 지금까지 계속 우리들이 기습을 당하며 여기까지 밀렸습니다. 그런 만큼 적들도 우리가 기습을 하리라고는 예상을 하지 못할 겁니다."

"하지만 적의 숫자가 만만치 않네. 이미 팔천이 넘지 않았나!"

"적에게 큰 타격을 줄 필요는 없습니다. 어차피 총관의 말을 듣기로 하고 지금까지 기다려 왔으니 좀 더 시간을 벌자는 것이지요. 적들도 불의에 기습을 당한다면 적잖이 놀라 더 이상 접근하지는 못할 것입니다. 다음 공격도 늦춰질 수도 있고요."

"흠!"

현령의 말에 적룡사의 대주인 무용학도 동조 의사를 밝혔다.

"현령 부대주의 말이 맞습니다. 언제 도착할지 모르는 총관 때문에 이렇게 당할 수만은 없습니다. 기습으로 사기도 올리고, 적들의 공격도 늦출 수 있다면 일석이조의 효과를 기대해 볼 수 있을 겁니다."

모두가 그에 찬동을 하고 나서자 유용도 은근히 마음이 흔들렸다. 그가 표정을 고치며 긍정적인 반응을 보였다.

"알겠네. 자네들의 생각이 그렇다면 본격적으로 적들과 교전 준비에 들어가세."

말과 함께 그들은 치밀한 작전 회의에 돌입했다.

만월교 개양 분타의 기습은 그날 밤에 신속히 이루어졌다. 흑룡사 팔백 명으로 이루어진 기습대가 연합의 진채 오 리까지 나와 있는 적의 경계병들을 부수면서 시작되었다. 당연히 그들의 선두에는 대주 각양과 부대주 현령, 그리고 탁일이 위치해 있었다.

적들의 경계병들을 속속히 무너뜨리고 적의 진채로 신속히 이동하던 각양이 품속에서 꺼내 들었던 화약을 꺼내 공중으로 던졌다. 빠르게 던진 폭약은 사십 장이나 하늘로 떠올라 불빛을 토해냈다. 동시에 진채의 기습이 이루어졌다.

채채챙!
"크아악!"
"적이닷!"

때 아니게 들려오던 병장기 부딪치는 소리와 함께 비명성이 사람들을 깨웠다. 정동문에서 파견을 나왔던 홍천 장로는 돌연한 사태에 놀라 속옷 바람으로 막사를 뛰쳐나왔다. 그의 막사 주위에는 삼백 명의 고르고 고른 정동문의 정예들이 역시 놀라서 무기를 들고 막사를 벗어나고 있는 것이 보였다. 그들 중 이미 막사 경계를 서고 있던 무사에게 다급히 물었다.

"무슨 일이냐?"
"적의 기습이 있는 것 같습니다!"
"기습이라니?"

그는 경악하며 소리가 들리는 곳으로 시선을 던졌다. 다행히 정동문에서 배정받은 막사는 진채의 중앙이었고, 아직 적들의 모습이 보이지는 않았다. 다만 처절한 비명과 병장기 부딪치는 소리로 보아 상당한 접전을 벌이고 있다는 것만 알 수 있을 뿐이었다. 홍천 장로가 몰려든 무사들을 돌아보며 입을 열었다.

"백 명은 막사를 지키고 나머지는 나를 따라라!"

그가 몸을 날리고 그 뒤로 이백 명의 무사가 정동문의 정예답게 경공술을 발휘했다.

발빠른 적의 대처에 내심 놀랐던 각양이었다. 초반의 질풍노도와도 같은 기세는 금세 수그러들었고, 계속해서 몰려드는 적들의 숫자에 겁이 날 지경이었다. 베고 찌르고를 기계적인 동작처럼 반복하던 그가 더 이상의 진입이 어렵게 되자 급히 퇴각 명령을 내렸다.

"퇴각한다!"

웅후한 내력이 실린 그의 목소리에 역시 들어왔던 속도로 흑룡사들이 퇴각하기 시작했다. 하지만 이미 크게 피해를 봤기에 열을 받을 대로 받은 연합의 고수들이 곱게 보내줄 리 없었다. 각양의 목소리가 울림과 동시에 연합 쪽에서도 누군가가 우렁차게 외쳤다.

"추격한다! 한 놈도 살려 보내지 마라!"

도주와 추격의 빠른 행위 가운데에서도 도주자들의 후미와 추격자들의 선두 간에 간간이 충돌이 벌어질 수밖에 없었다. 그리고 이 충돌의 손해는 흑룡사 쪽으로 돌아갔다. 빠르게 도망을 치면서 제대로 된 방어를 할 수 없었기 때문이다. 하지만 여기에서 또 다른 반전이 일어났다.

한참을 기분 좋게 추격하던 연합의 무사들이 십여 리까지 달려왔을 때 갑자기 양편에서 폭음이 들렸다. 그리고 찢어지는 함성!

"처랏!"

누구의 외침인지는 모르겠지만 그와 함께 양편에서 수를 알 수 없는 고수들이 뛰어나오며 연합의 고수들을 공격하기 시작했다. 추격에만 정신을 쏟아놓고 있었던 연합의 고수들은 돌연한 사태에 제대로 된 대응도 하지 못하고 순식간에, 그것도 초반의 격돌만으로 사백 명이나 되는 숫자를 잃어야 했다. 엎친 데 덮친 격으로 지금까지 도주에만 전력을 가하던 흑룡사들까지 방향을 틀어 치고 나오니 기세가 완전히 틀어져 버렸다.

"크아악!"

고통의 신음과 사기를 올리기 위한 기합이 뒤엉켜 밤하늘을 수놓고 있었다. 갑작스런 만월교의 매복과 연이은 기습은 연합의 사기를 바닥까지 떨어뜨려 놓기에 충분했고, 비명의 주인공 대부분이 연합의 무사들이었다. 하지만 그것도 잠시일 뿐, 추격대가 시간을 끌고 소식을 보내오지 않자, 연합에서는 또 다른 추격대를 삼천이나 선발해 내보냈고 적들과 난전 중이던 모습을 보고 달려들었다.

그리고 또 다른 만월교의 지원은 분타에서 기다리고 있던 유용이 이끄는 이천여 명의 고수들이었다.

간단한 기습으로 승기만 잡으려 했던 초반의 계획은 모두 틀어진 상태. 서로 지원에 지원을 아끼지 않고 쏟아 부은 그날의 전투는 양편 다 거의 사 할에 가까운 타격을 남기고서야 끝이 났다.

"피해는?"

아침이 되자 피해 상황을 파악하고 들어서는 현령을 향해 모두가 궁금함을 드러냈다. 아직까지 긴장을 늦출 수 없었으므로 옷을 갈아입지 않은 상태, 그러니 모두 피로 말라붙은 붉은 옷으로 통일되어 있을 수밖에 없었다.

유용의 물음에 현령이 씁쓸한 표정을 지으며 보고를 올렸다.

"첫 번째 기습, 흑룡사 팔백십이 명 중 사상자 삼백사십팔 명. 두 번째 매복 작전, 적룡사 오백 명 중 사상자 백이십일 명. 세 번째 본대의 지원, 이천삼백 명 중 사상자 구백사십 명. 총 투입 인원, 삼천육백십이 명 중 총 사상자가 천사백구 명으로 거의 사 할에 가까운 피해를 보았습니다. 남은 인원은 흑룡사 사백육십사 명, 적룡사 삼백칠십구 명, 본대 천삼백육십 명. 모두 이천이백삼 명이 저희가 가진 무력입니다. 사상자 중에는 실종자도 몇몇 포함시켰는데, 그들은 모두 흑룡사입니다. 적의 진채 기습에 투입된 인원으로 시신을 확보하지는 못했습니다. 그리고 그 외 사업장에 있는 자들은 제외시켰습니다."

그의 보고를 찬찬히 듣고 있던 인물들이 모두 침중한 안색을 드러내며 고민에 빠졌다. 첫 번째와 두 번째까지는 계획대로 되었지만 마지막이 문제였다. 어느 정도 타격을 주고 빠져나왔어야 했는데, 워낙 잘 맞아떨어진 작전인지라, 뒤이은 적의 추격이 있을 것을 생각하지 못했던 것이다.

잠시 후 유용이 은근히 기대감을 가지고 물어보았다.

"적의 피해는 어느 정도인가?"

"추측 불가능이지만 대략 파악된 바로는 모두 삼천에 가까운 사상자를 남긴 것으로 예상됩니다."

"젠장!"

결국 무용학이 욕지거리를 내뱉었다. 유용이 있는 앞에서 이런 식의 무례는 용납할 수 없는 것이었지만 아무도 그의 말에 문제를 제기하지는 않았다. 다른 자들 또한 그와 마찬가지의 기분 더러운 심정이었기 때문이다.

겉으로 보기에는 천여 명이 조금 넘는 피해로 적들에게는 두 배를 훌쩍 넘기는 피해를 준 것 같았지만 실상은 완전히 달랐다. 흑룡사와 적룡사는 고르고 고른 절정의 정예들. 그런 그들이 입은 타격은 거의 절반에 가까웠기 때문이다. 특히 흑룡사의 전투가 가장 많았기에 피해가 컸지만, 그럼에도 불구하고 이 정도로 끝났다는 것이 못내 아쉬울 뿐이었다.

아마 마지막 난전만 벌어지지 않았어도 피해의 칠 할이 줄어들었을지도 몰랐다. 아무리 고수들로 이루어진 무리라고는 하지만, 아무것도 보이지 않는 숲 속에서의 난전과 수많은 적과 아군이 뒤섞여 있는 전투였으니 제대로 된 방어를 할 수가 없었고, 그 때문에 유리한 것은 수가 많은 쪽이었기 때문이다. 대낮에, 그것도 체계적으로 적과 대결을 벌였다면 오히려 피해가 훨씬 줄어들었을 것이다.

가령, 절정고수 오백 명이 그에 못 미치는 고수들 천 명을 백 명의 피해로 물리칠 수 있다고 한다면, 절정고수 오백 명이 적 이천 명을 맞이했을 때 이백 명의 피해가 생기는 것은 아니다. 오히려 적에게 큰 타격을 주지 못하고 오백 명이 전멸할 수도 있기 때문이다. 그것은 숫자상의 계산과는 전혀 별개인 기세와 무사들 수에서 벌어지는 위치, 그리고 지형적의 오차 때문이었다. 그렇기에 이 정도 피해를 볼 줄 알았다면 정면으로 부딪쳤을 경우 적에게 더욱 타격을 입혔을 가능성이 농후했다.

아무튼 눈앞의 짧은 이득을 얻기 위한 작전으로 오히려 엄청난 피해를 입게 되었으니 모두가 암울한 표정, 암담한 마음으로 바닥만 바라보고 있을 뿐…….

그때 각양이 분개한 듯 입을 열었다. 자신의 대원들이 거의 절반에 가깝게 사라졌기에 분노를 숨길 수 없었기 때문이다.

"차라리 이렇게 되었으니 멈출 수는 없습니다!"

"어떻게 하자는 건가?"

"공격이지요! 공격으로 적들을 몰아붙이는 것 외에는 달리 방법이 없는 것 같습니다."

그러자 무용학이 고개를 저었다.

"대주의 기분은 이해가 되나 이제 섣불리 나설 수 있는 입장이 아니오. 적과의 수적인 차이가 더욱 극심해졌다는 말이오. 현령 부대주의 예상이 틀리지 않다면, 저들은 오천이 넘는 고수들을 보유하고 있다 봐야 하오. 우리는 이천 명! 보기에는 오히려 차이가 준 것처럼 보이지만 흑룡사와 적룡사의 피해가 극심한 지금의 상태와 기습 전을 비교해 본다면 더욱 어려워졌소. 이 상황에서 더 이상 피해를 감소해야 한다면 마지막 혈전에서 힘도 써보지 못하고 물러나야 할, 최악의 상황을 맞이할 수도 있다는 말이오."

"그렇다고 이대로 있을 수는 없지 않소? 적들도 가만 있지는 않을 터. 어차피 전투를 벌여야 한다면 먼저 공격하는 것이 이득이라는 말이외다."

"지금은 방어에 치중해야 하오. 어제의 기습으로 적들도 우리의 힘을 어느 정도 예상을 했을 것이니 섣불리 나서지는 못할 것이오. 좀 더 기다리며 전열을 가다듬는 것이 좋을 것 같소. 그리고 나가서 싸우는 것보다 이곳 분타에 기대어 적을 맞는 것이 더 유리할 수도 있고."

"하지만……."

각양이 무언가 반박하려는데 유용이 손을 저어 그의 말을 막았다. 누가 보아도 지금의 각양은 흥분해 있었고, 복수해야 한다는 마음 때문에 앞을 내다볼 능력이 없어 보였기 때문이다. 흥분으로 이루어진 계획은 실패할 가능성도 높고, 각양이 내놓은 방법은 실제, 계획이나 계책도 아니었다.

"그만!"

유용의 단호한 말에 모두의 시선이 모아졌다. 그러자 그가 결론을 내린 듯 좌중을 둘러보며 말했다.

"무용학 대주의 말대로 지금부터는 최대한 적들의 공격에 대비를 하며 방어에 치중한다. 분타 내에 보루를 설치해 강뇌와 화살을 쏠 수 있게 만들어놓고, 이교대로 경계를 서며 적의 내습에 대비하라."

이미 결정이 선 것 같자 모두들 수긍하며 고개를 숙였다.

"존명!"

유용이 덧붙였다.

"그리고 현령은 따로 비밀 통로를 만들어놓아라!"

"비밀 통로라니요?"

"최악의 상황을 맞이했을 때 소교주님의 신변은 지켜야 할 것이 아닌가?"
"아!"
무슨 뜻인지 알아들은 현령이 호기롭게 대답했다.
"당장 시행하겠습니다."

제21장
반전

 만월교에 당한 기습의 타격이 상당히 컸던 연합 세력은 잠시 주춤거리며 사태를 관망하기 시작했다. 만월교의 기습으로 인한 타격이 상상 이상의 피해를 떠안겨 주었기 때문이다. 하지만 분타에서 보루를 설치하기 시작하자 금세 의기양양해진 듯 웅크렸던 몸을 폈다. 보루를 설치한다는 것은 적으로부터 방어를 하겠다는 뜻이 담겨 있기 때문이다. 적이 방어를 한다는 것은 그만큼 힘을 상실했다는 것이었기에 공격 의사를 밝히며 모든 무사를 이끌고 분타로 밀고 들어갔다.
 상대를 정신적으로 압박하기 위해 오천이 넘는 무림의 고수들이 분타를 둘러싸듯 천천히 다가가더니 삼십 장 거리에서 급히 만들어놓았던 나무 방패를 들어 올려 혹시 모를 화살 공격에 대비했다.
 그러자 그들이 오기 전부터 이미 각 보루마다 대기 중이었던 만월교도들이 활에 살을 먹이며 언제든지 발사할 수 있도록 준비, 흑룡사와 적룡사 대원들은 담을 넘어 들어올지도 모르는 적의 진입을 막기 위해 역시 담 위에 서서 분타를 빙 둘러서 있었다.

공방전(攻防戰)의 시작은 연합에서 쏘아 올린 신호탄을 기준으로 전개되었다.

"개전(開戰)!"

우렁찬 외침과 함께 함성이 들끓으며 오천의 무사들이 분타 안으로 내달리기 시작했다. 그와 함께 만월교도들이 화살비를 쏟아내며 연합 고수들의 접근을 막았다.

슈슈슈슉―!

거의 일직선에 가까울 정도로 빠르게 허공을 가르던 화살이 사방으로 난사되기 시작하자 둔탁한 소리와 쇠가 튕기는 소리가 여기저기에서 터져 나왔다. 나무 방패에 막히거나, 연합고수들의 무기에 튕겨지는 소리였다. 사실 이런 고수들의 전투에서 화살은 별 필요가 없는 것이지만 적들에게 위협을 줄 수도, 달려오는 속력을 줄일 수도 있다는 점에서 꽤나 유용하다. 그리고 정작 화살이 필요할 때는 난전이 펼쳐질 시기였다. 적과 뒤엉켜 있는 상황에서 등 뒤로 화살이 날아오는 것을 막기란 힘이 들기 때문이다. 혹, 알아차린다 하더라도 앞의 적이 부단히 공격을 해온다면 막을 여유가 없기에 당할 수밖에 없다.

아무튼 보루에서 쏘아댄 화살의 수는 많았지만 연합고수들은 거의 피해없이 담장까지 접근하여 만월교의 정예와 부딪쳤다.

채채채채챙!

만월교와 연합이 부딪치며 동시 다발적으로 병장기 부딪치는 소리가 대지를 울렸다.

 아무리 흑룡사와 적룡사가 극강의 고수라고는 하지만 팔백여 명이 오천이 넘는 고수들을 모두 막을 수는 없었다. 초반부터 적들의 머릿수에 밀려 담까지 내어주자 연합의 고수들은 간단히 분타로 진입을 했다.

 그 후로는 전과 같은 난전이 전개되었다. 그리고 분타 안에 대기 중이던 만월교도들까지 합세를 하자 치열한 접전이 펼쳐지며 어느 정도 평수를 이룰 수 있었다. 만월교가 밀리지 않고 거세게 저항을 하자 거의 발 디딜 틈이 없어졌기 때문이다. 게다가 보루에서 연합고수들을 노리며 정확히 화살을 쏘아대니 만월교가 크게 유리한 것도 사실이었다.

 엇비슷하게 흐르는 전투 양상이 변한 것은 반 시진 후의 일이었다. 생각과는 달리 크게 승기를 잡지 못하고 피해만 커져 가자 연합 쪽에서 퇴각 명령을 내렸기 때문이다. 전투에서는 전면전보다 후퇴하는 적을 주살하는 것이 더욱 큰 피해를 입힐 수 있었지만, 분타를 벗어난다면 오히려 위험해질 수 있었기에 만월교도들은 추적을 포기하고 아쉬운 마음을 뒤로한 채 재정비에 들어갈 수밖에 없었다. 그러니 은근히 만월교에서 쫓아 나오길 바랐던 연합도 어쩔 수 없이 그날의 전과에 만족을 하며 다시 진채로 돌아갔다.

 다음날도 같은 방식의 전투가 계속되었다. 다음날도……. 또 다음날도…….

 그렇게 오 일이나 매일같이 되풀이되는 전투 속에서 첫날만큼의 치열한 전투는 벌어지지 않았다. 연이은 전투! 언제 어떻게 죽을지 모르는 상황이 이어지자 모든 이들이 내심 피해를 줄이기 위해 건성으로 싸우기 시작했던 것이다. 그리고 육 일째 되는 날 연합 쪽 진채에서 변화가 일어났다.

"큰일났습니다!"

오늘도 만월교의 분타를 치기 위해 작전 회의 중이던 각 문파의 책임자들이 헐레벌떡 뛰어들어 온 무사를 향해 시선을 던졌다.

"무슨 일인가?"

"정순에 있던 자양문이 이틀 전 정순문의 공격을 받았다는 소식이 전달되었습니다!"

그러자 늙은 고수 하나가 경악한 표정을 지었다. 그는 자양문에서 고수를 이끌고 파견을 왔던 장로였기 때문이다.

"무슨 말인가? 정순문이 왜 우리 문파를?"

"추측이지만 만월교의 지시를 받았던 모양입니다."

순간 모두가 멍한 표정이 되었다. 만월교 하나만 상대하면 될 줄 알았던 생각이 완전히 무너졌기 때문이다. 실제 귀주의 모든 연합 세력들이 만월교를 상대하고 있기에 앞날을 점칠 수 없었고, 그런 상황에서 만월교의 뜻에 따르는 다른 문파들이 섣불리 움직이지 못할 것이라는 계산을 하고 있었던 것이다. 하지만 자양문은 시작에 불과했다.

때 아닌 소식에 모두들 놀라움을 감추지 못하고 있을 때 또 다른 급보가 연이어 전달되었다.

"적룡문에서 우리 금방을 공격했습니다!"

"섬타문에서 양순의 지영문을 공격했습니다!"

"경동에서 영타문이 공격을 받아 상당한 피해를 입었다는 전갈이 당도했습니다."

쉴 새 없이 날아드는 소식에 각 문파에서 온 책임자들은 어안이 벙벙할 지경이었다. 그러니 작전 회의가 제대로 이루어질 리가 있나! 이미 공격해야 할 시간을 넘어 침중한 분위기 속에 속만 끓이고 있을 뿐이었다.

결국 금방에서 온 나이 든 사내가 조심스럽게 주위 사람들의 눈치를 보며 입을 열었다.

"금방을 공격했다는 곳이 남무림 열두 세력 중 하나인 적룡문인 것이 걸립니다. 이제 돌아가야 할 것 같은데……."

그러자 자양문의 장로 또한 이해한다는 듯 고개를 끄덕였다.

"알고 있습니다. 귀 방이 위험에 처했으니 빨리 가서 지켜야 하겠지요. 게다가 지금 연합의 사기는 오를 만큼 올랐습니다. 적의 분타를 거의 괴멸 상태까지 몰아넣었고 몇 번의 선제공격으로 타격을 주었던 것이 사실입니다."

은근히 자신 또한 돌아가고 싶은 말을 돌려 말하자, 역시 다른 문파에서 온 책임자들도 속마음을 숨기고 동조하기 시작했다.

"맞습니다. 초기의 목적은 이미 달성한 셈이니 이제 각 문파를 지켜도 될 듯하군요. 앞으로 만월교도 함부로 귀주를 도발하는 행위는 하지 않을 것입니다."

그러자 그에 대한 약간의 문제점이 제기되었다. 물론 문제점을 지적한 사내 또한 돌아가는 것에는 찬성이었다.

"아직 만월교의 분타에 상당수의 고수들이 있습니다. 만약 우리가 회군을 한다면 뒤를 치고 들어올 수가 있으니 그에 대한 대비를 해야 합니다."

"흠, 맞는 말이군요!"

그러자 또 다른 사내가 지극히 간단한 해결 방안을 냈다.

"그럼 이렇게 하는 것이 어떻겠소?"

"……?"

"적들이 우리가 회군하는 것을 모르게 하면 되지 않겠습니까. 그렇게 하기 위해서는 우선 진채를 뽑아 오히려 더 강력한 공격을 할 것처럼 좀 더 적의 분타에 접근해서 짓는 것입니다. 물론 그렇게 분주히 움직이는 사이 우리들은 빠져나가면 될 것입니다."

"그렇다면 남아서 진채를 짓는 자들이 있어야 합니다. 그것은 누가 맡아야 하겠습니까?"

"굳이 남을 필요는 없습니다. 사람을 쓰면 되지요. 인근에 마을 주민에게 상당수의 돈을 주어 고용하면 쉽게 해결될 것이라 봅니다. 물론 그들을 우리 연합의 고수로 위장까지 해야겠지요."

"괜찮은 생각이로군요!"

"적들이 분타 쪽으로 전진해 진채를 옮기고 있습니다."

흑색 무복을 입은 사내가 난감한 듯 보고를 올리자 상관에게서 비릿한 웃음 섞인 대답이 튀어나왔다.

"호호, 돌아갈 준비를 하겠다는 말이군."

그러자 이해할 수 없다는 말!

"분타 쪽으로 진채를 옮긴다면 공격에 더욱 박차를 가하겠다는 의미가 아니겠습니까?"

반전 265

"멍청한 놈! 이미 연합 쪽에 속해 있던 문파 열세 군데가 공격을 받았다. 그 시점에서 급히 진채를 옮긴다면 뻔한 것 아니겠나?"

그래도 사내는 이해가 가지 않는 듯한 얼굴이었다. 그런 그를 이번 일을 꾸민 당사자, 악마금이 한심한 듯 바라보며 설명했다.

"적들은 돌아가야 할 확실한 이유가 생겼다. 그런데 분타에서는 아직 많은 고수들이 있지. 자네라면 어떻게 하겠나?"

"속여야지요."

사내는 대답과 함께 번뜩 떠오르는 생각이 있는지 알아들었다는 듯 고개를 끄덕였다. 그리고 그 역시 악마금과 같이 비소를 흘리기 시작했다. 하지만 이내 걱정스러운 표정을 지으며 슬며시 말했다.

"하지만 일이 끝난 후에 유용 장로님의 문책을 피할 수는 없을 겁니다. 충분히 도와줄 수도 있었는데 방관했으니까요."

"멍청한 놈! 우리가 오 일 전부터 이곳에 있었다는 것은 비밀이다. 수하들의 입단속 잘해!"

"존명!"

"참! 매복은?"

"준비해 놨습니다. 그리고 적들의 회군하는 예상로에 벽력탄을 깔아 놓았습니다."

"흠, 벽력탄은 얼마나 구했나?"

"사십여 개를 구했습니다. 특이한 경로를 통해 구했습니다만 시간이 많지 않아 더 이상 구할 수는 없었습니다."

"사십 개도 엄청난 수군. 그 정도 벽력탄이 귀주에 있기는 했나?"

"한 달 전에 저희에게 항복을 했던 타진문에서 비밀리에 가지고 있었던 것입니다. 특이한 경로를 통해 정보를 알아낼 수 있었죠. 그런데 괜찮을까요?"

"뭐가?"

"무림의 전투에서 벽력탄을 사용하는 일은 거의 찾아볼 수 없습니다. 만약 이 일이 알려진다면 만월교의 체면이 상당히 실추될 수가 있습니다."

"흐흐흐. 이기면 됐지, 왜 체면을 따지나. 체면 따진 후에 죽으면?"

"……."

"그러고 싶은가?"

"그건 아니지만……."

"그럼 됐어. 모든 명분은 승자가 가지기 마련! 그러니 상관없다. 아무튼 준비나 철저히 해놔!"

"존명!"

멀어지는 사내를 보며 악마금은 고개를 저었다.

"멍청한 놈! 만월교가 저따위 생각을 가지고 있으니 아직까지 귀주를 삼키지 못한 거지. 어차피 인정사정 보지 않고 나설 생각이었으면, 방법도 그래야 한다는 걸 전혀 모르고 있어. 흐흐흐, 순진한 구석이 있는 거지!"

"뭐?"

악마금이 모종의 계획을 준비하고 있을 그때 유용은 놀라움을 드러냈다. 그러자 성격 급한 각양이 보고자를 향해 확인하듯 물었다.

"다시 말해 봐! 총관이 어디에 있다고?"

"어젯밤에 개양에 도착하셨습니다."

"뭘 하느라 이렇게 늦었다는 건가?"

"자세한 사항은 보고를 받지 못했습니다만, 오늘 저녁쯤 적들이 물러갈 것이니 폭음이 들리면 전원 적들을 추격해 뒤를 치라고 하셨습니다."

모두가 실소를 머금었다. 적들은 이미 삼 리를 더 앞당겨 진채를 세우기 시작했다. 그런 상황에서 후퇴를 한다니……! 거의 고립되다시피 한 그들이었기에 아직 귀주의 상황을 전혀 모르고 있을 수밖에 없었다. 그러니 믿을 수 없는 것은 당연했다. 하지만 악마금이 허위 보고를 하지는 않을 터, 유용이 신중하게 물었다.

"그 사실은 어떻게 알았다는 건가?"

"역시 모르겠습니다. 은밀히 사람을 보내왔을 뿐입니다."

"그자는 어디에 있나?"

"돌아갔습니다."

순간 장내의 인물들이 모두 인상을 찌푸렸다. 완전히 자신들을 무시하는 행동이 아닌가!

각양이 분개한 듯 입을 열었다.

"지시만 내리고 가버리다니, 이건 무슨 경우입니까? 아무리 이곳 분타의 총관을 맡고 있다고는 하나, 우리 또한 한 무리의 수장들로 총관보다 낮은 직위는 아닙니다. 오히려 경험이나 실력 면에서 그의 상관이라고도 할 수 있습니다. 새파랗게 젊은 놈이 우리를 상대로 그따위 행동이나 하다니……."

그러자 유용이 이미 밝아진 창밖을 보며 좌중을 진정시켰다.

"자자, 자네들의 심정은 나도 알고 있네. 그에 대해서는 따로 총관이 돌아오면 문제를 삼아 본 교에 연락을 할 것인즉, 여기에서 그만 하게. 이후부터는 총관의 말대로 적의 뒤를 칠 준비를 해야지. 무슨 뜻인지는 모르겠지만 불확실한 사실을 전할 정도로 총관이 어리석지는 않을 게야."

정작 중요한 것이 무엇인 줄 알고 있던 인물들이었기에 속 좁게 유용의 말에 토를 달지는 않았다. 그 이후부터는 악마금의 말대로 회군하는 적의 뒤를 칠 계책을 논의하기 시작했다.

회의를 마치고 각자 맡은 바 임무를 확인하기 위해 밖으로 나서던 각양 대주에게 현령이 살며시 따라붙었다. 그를 보자 할 말이 있어 보였기에 각양이 의아함을 드러내며 물었다.

"내게 할 말이 있나?"

현령은 잠시 걸으며 주위를 살핀 후 아무도 없는 것을 확인하고 입을 열었다.

"대주께서는 악마금 총관을 어떻게 생각하십니까?"

"총관?"

"네."

"글쎄……. 실력 좋다는 말은 들었지만, 젊은 놈이 좋아봤자 아닌가? 게다가 교주님의 눈에 들어 우리와 동등한 위치에 선 운 좋은 놈이지. 나에게는 그뿐일세! 그런데 그건 왜 묻는 것인가?"

"총관을 조심하십시오."

순간 각양이 떨떠름한 표정을 지었다. 그리고 이해가 안 된다는 듯 현령을 바라보았다.

"자네 변했군. 자네 입에서 남을 조심하라는 말이 나오다니……."

"그것이 아닙니다. 그는 정말 요주의 인물입니다. 지금까지 장로님들 외에 악마대와 악마금에 대해 알려지지 않았고, 저 또한 그에 대해 함구하라는 지시 때문에 발설을 하지는 않았습니다만……."

"그에게 특별한 것이 있다는 말인가?"

"그렇습니다. 만독부주를 불구로 만든 장본인이니까요."

그 말에 각양이 경악한 표정이 되었다. 사실 귀주에 그에 관한 소문이 퍼지기는 했지만 정확한 것은 아니었다. 그들의 대결을 지켜보았던 도균 연합 문파의 고수들이 그때 이후로 만월교와 뜻을 함께하기로 하면서 함구하고 있었기 때문이다. 뿐만 아니라 만월교 내에서도 교주의 엄명으로 모양야 장로가 극비리로 소문을 막고 있었기에 오히려 귀주 무림에서 은근히 퍼져 있는 소문보다 본 교에만 있었던 교도들이 악마금에 대해 더 모를 수밖에 없었다.

경악하던 각양이 재차 확인했다.

"정말인가? 그 소문이 사실이었나?"

"그렇습니다."

"그럴 수가! 놀랍군! 그래서?"

"그래서라기보다는 총관과 마찰을 일으키는 것이 우리 흑룡사와 대주께 여러모로 이롭지 못한 것 같기에 아뢰는 것입니다."

"흠."

잠시 생각하던 각양이 고개를 끄덕였다.

"알겠네. 염두에 두지."

초반 팔천이 넘는 고수를 보유했던 연합은 이제 삼천오백이라는 경이로운 숫자로 줄어 있었다. 절반 이상이 십여 일간의 치열한 공방전으로 운명을 달리했기 때문이다. 만월교의 도발 이후 가장 많은 사상자를 개양 전투에서 남기며 그들은 남몰래 진영을 빠져나가기 시작했다. 겉으로는 분주히 움직이며 진채를 옮기는 척했지만 그것은 모두 속임수. 하지만 그 속임수를 비웃으며 처음부터 끝까지 지켜보고 있는 눈들이 있다는 것을 그들은 눈치채지 못하고 있었다.

저녁 무렵 진채에서 수많은 고수들이 조금씩 빠져나가 하늘이 어둑해지자 하나둘씩 십 리 정도 떨어진 들판에 몰려들었다. 인원 점검을 위해서였다. 혹시 들킬 위험이 있었기에 문파마다 움직이며 조를 나누어 빠져나갔기 때문이다.

인원 점검이 끝나자 그들은 개양을 빠져나가는 길목인 자진령의 골짜기로 들어섰다. 그곳만 빠져나간 후, 문파마다 제 갈 길로 찢어지면 끝이었다. 그런데 문제가 발생했다. 자진령의 중간쯤 지나칠 때였다.

쿠콰콰쾅!

엄청난 진동을 동반한 폭음이 걷고 있던 연합의 고수들 중앙에서 일어났다. 그리고 뒤이어 퍼지는 소리와 폭발의 파장은 모든 무사들에게 충격과 두려움을 선사했다. 일렬로 늘어진 골짜기 한쪽이 완전히 무너져 버렸으니 당연한 것이었지만, 문제는 피해가 엄청났다는 것이다. 거의 무방비 상태로 폭발에 휘말렸으니 아무리 고수들이라도 온전할 리가 없었기 때문이다.

직접적으로 폭발의 영향권에 있었던 자들은 피떡이 되어 형체를 알아볼 수 없었고, 그 외 떨어져 있던 자들도 바닥에 피를 흘리며 나뒹굴었다. 그리고 운 좋게 그보다 멀리 있던 자들까지 파편 때문에 여기저기에 부상을 입었으니…….

"적이닷!"

누군가의 경악에 가까운 소리가 살아남은 자들을 움직이게 했다. 부상당한 동료들을 돌볼 생각도 못하고 하나같이 검을 뽑아 들며 주위를 경계할 수밖에 없었다.

그리고 그 외침에 호응하듯 양편에서 흑의무사들 오십여 명이 혼란한 장내로 뛰어들었다. 사이한 기운을 숨김없이 뿜어내는 그들이 극강의 고수들임을 증명하고 있었다.

채채챙!

"크아악!"

"허억!"

아직 벽력탄에 의한 먼지구름도 다 가시지 않은 대지 위에 쇳소리와 비명성이 터지고 혼란이 시작되었다. 그리고 그때만을 위해 언제든지 출동 대기하고 있던 만월교 개양 분타의 고수들이 밀어닥쳤으니 연합에서 견뎌낼 재간이 없었다. 거의 절반 이상이 벽력탄에 의해 쓰러진데다, 남은 절반도 부상에 온전한 정신이 아니었으니 말할 필요조차 없었다.

"크아악!"

여기저기에서 처절한 비명성이 울리고, 전투라기보다는 거의 학살에 가까운 장면이 연출되었다. 그리고 학살의 끝은 처음 시작과 함께 이각이 채 걸리지 않았다.

자진령 대지는 피로 물들어 있었지만 어두운 밤이기에 검게 얼룩져 보일 뿐이었다. 그 얼룩 위에서 수백 명이 빠르게 시체들을 뒤집고 있었다. 혹, 숨이 붙어 있는 자가 있다면 확실히 사살하기 위해서였다. 그렇게 분주히 움직이는 만월교도들 속에 몇 명의 인물들이 못마땅한 듯 언덕 위에 서 있는 한 사내를 바라보고 있었다. 사내는 달빛을 후광처럼 받으며 잔인하게 쓰러진 적들을 찬찬히 감상하고 있었다.

그를 향해 못마땅한 표정을 하고 있던 인물 중 유용이 분해 떨리는 음성으로 입을 열었다. 그럴 만도 했다. 자신까지 합세한 치열한 전투인데, 감히 악마대 대주 따위가 언덕에서 구경만 하고 있었으니 말이다.

"그만 내려오는 것이 어떤가, 총관 나으리?"

유용을 알아본 악마금이 피식 미소를 지으며 언덕에서 발걸음을 뗐다. 하지만 그조차 유용을 비롯한 대주와 부대주의 심기를 건드리는 것이었다. 악마금이 건들건들 거만한 몸짓으로 다가오고 있었기 때문이다.

악마금이 지척까지 다가오자 유용이 인상을 찌푸리며 항의했다.

"왜 이렇게 늦었나?"

"할 일이 있었습니다."

"할 일? 분타가 적의 손에 떨어질 수도 있는 상황에서 다른 할 일이 있던가?"

"있었습니다."

유용의 눈빛에 살기가 번뜩였다. 자신을 납득시킬 수 있는 이유가 분명하지 않다면 그만한 대가를 받을 각오를 하라는 의사를 그렇게 밝힌 것이었다.

"무슨 일이었나?"

"분타를 구할 수 있는 유일한 일이었습니다."

"내가 납득을 할 수 있게 설명을 해봐라. 그렇지 못하면 차후 그에 대한 문제를 본 교에서 거론할 것이다."

으르렁대는 협박에도 불구하고 악마금은 여전히 심드렁한 표정이었다. 오히려 그는 이런 중요한 자리에서 물어오는 질문에 대한 답을 건성으로 흘려버리는 건방짐을 유감없이 드러냈다.

"그 부분에 대해서는 분타에 돌아가서 보고서로 올리겠습니다. 아무튼 우리 만월교의 힘이 상당하군요. 천 명이 넘는 적들을 이렇게 빨리 끝낼 줄은 몰랐습니다."

"건방진 놈."

유용은 들리지 않을 정도의 소리로 읊조린 후, 피가 잔뜩 묻은 옷을 펄럭이며 획하니 몸을 돌렸다.

"시체를 치우고, 정리한 후 복귀한다."

그는 악마금에 대해 칼을 갈았다. 하지만 복수의 칼날은 악마금을 제대로 벨 수 없었다. 그의 보험이자 방패막이인 소교주가 있기 때문이다.

얄밉게도 분타로 돌아간 즉시 악마금은 소교주에게 그가 벌인 일을 말했다(물론 자신이 유리한 쪽으로). 당연히 마야는 악마금을 철석같이 믿었고, 그것은 유용으로서도 어쩔 수 없었다.

유용은 악마금과 함께 불려가 악마금의 편을 들어주는 소교주 마야를 한탄스럽게 바라보며 한숨만 쉴 수밖에 달리 대처 방안이 없었다.

하지만 이렇게 끝낼 수는 없는 일, 상세한 보고서를 작성해 만월교의 총단에 보내 버리는 것을 잊지 않은 그이기도 했다.
 아무튼 귀주의 앞날을 결정지을 중요한 전투는 만월교의 승리로 돌아갔고, 그 이후 만월교의 압도적인 힘이 전 귀주를 뒤덮을 수밖에 없었다.
 다시 악마대가 움직이기 시작했고, 믿었던 모양각까지 정보를 주지 않으니 연합은 속수무책으로 당할 수밖에 없었다. 그렇게 한 달여가 지날 때쯤 귀주의 육 할이 넘는 무림 세력들이 만월교에 무릎을 꿇으며 동조 의사를 밝혀왔다. 그것도 공식적으로 밝혔기에 연합들은 더욱 흔들리기 시작했다.
 그렇게 만월교에 의한 귀주 통합이 서서히 전개되어 성공할 날만을 기다리고 있는 듯했다. 하지만 언제, 어디에서는 문제의 가능성은 만들어질 수 있었고, 세상은 계획대로만 흘러가지 않는 법이었다.
 만월교의 실수라면 건드리지 않았어도 충분한 모양각을 끌어들인 일이었다. 그들 때문에 그간 드러나지 않았던 문제가 서서히 불거지기 시작했던 것이다. 만월교의 위기를 예고하는 중요한 문제가…….

제22장
불어오는 분란의 바람

 벽에 걸린 화등 하나에 기댄 흐릿한 밀실. 그 안에 있던 여인의 고운 손이 부들부들 떨리고 있었다. 손에는 깨알 같은 글씨로 무언가가 적힌 종이가 들려 있었다.
 "이, 이것이 사실이냐?"
 목소리까지 떨리는 여인의 언성에 근심스런 노인의 목소리가 대답했다.
 "사실입니다. 모양각에서 보내왔습니다."
 "그들을 믿을 수 있을까?"
 아직도 떨리고 있는 손의 주인, 교주는 믿기 싫은 듯한 표정을 지었다. 하지만 모양야 장로는 확신에 찬 어조로 그녀의 바람을 배반했다.
 "믿을 수밖에 없습니다. 증인까지 있으니까요."

"증인이라······."

"그렇습니다. 악마대에게 당했던 적룡사 대원 두 명의 진술과 같습니다. 그들의 신변 또한 모양각에서 확보해 놓고 얼마 전에 보내왔습니다. 그리고 며칠 전에 갑자기 소식이 끊어졌던 악마대와 적룡사 대원의 시체가 발견되었습니다. 그 또한 일을 마치고 서로 시비가 붙어 공격했던 것으로 밝혀졌습니다. 적룡사의 사인은 음공에 당한 것이었고, 악마대의 사인 또한 적룡사들에게 당한 것이기 때문입니다. 아주 분명한 증거인 셈이지요."

그러자 교주의 눈이 가늘어졌다. 그녀는 처음부터 종이에 적힌 글씨를 다시 읽어 내려가기 시작했다. 아직도 믿지 못하는 불신의 눈으로······.

하지만 아무리 보아도 내용은 바뀌지 않았다. 악마대가 저지른 만행과 수많은 지시 불이행. 모든 것이 만월교에 반역하려는 움직임이 확실했다. 꼭 그렇지 않더라도 언젠가는 마찰이 일어날 것이 분명해 보이는 것은 사실! 악마대의 실력이 실력인만큼 혹여, 내부에서 분란이 일어난다면 그만한 골칫거리가 없었다. 같은 편일 때는 더없이 든든한 아군이지만, 가는 길이 달라진다면 엄청난 위협이 될 수도 있는 것이다.

교주는 그것을 잘 알고 있었다. 하지만 내심 아까운 것도 사실이었다. 그들을 지금까지 키워내기 위해 들인 노력은 상상을 불허하는 엄청난 것이었고, 천문학적인 자금이 들어갔기 때문이다. 무엇보다 그들이 가진 힘의 달콤함은 만월교에 있어 없어서는 안 될 것이기도 했다.

더욱 그녀를 괴롭힌 것은 모양야가 전한 다음 보고서였다.

의아함을 느낀 그녀가 그 보고서를 보면서 경악한 표정이 되었다.

이내 얼굴을 붉힌 교주가 분노의 눈빛을 드러냈다. 거기에 적힌 내용은 악마금의 것이었기 때문이다.

그가 지금까지 외부에서 한 행동과 사람들에게 말하고 다닌 내용이었다. 어떻게 알아냈는지는 모르겠지만 도균에서부터 적룡문의 전대 문주, 그리고 만독부주와 나누었던 이야기, 마지막으로 모양각에서 묘강과 나눈 이야기까지 상세히 적혀 있었다.

"호랑이 새끼를 키웠구나!"

탄성에 가까운 그녀의 말에 모양야 장로가 난감한 듯 물었다.

"어떻게 해야겠습니까?"

"여기에 적힌 내용에 조금의 거짓도 없겠지?"

"저도 의심스러워 사람을 시켜 알아보았습니다. 그리고 대부분 사실이었다는 것도 알아냈습니다. 뿐만 아니라 거기에는 없지만 유용 장로에게 살기를 드러내며 하극상까지 벌일 뻔했다더군요. 이것은 유용 장로에게 직접 들은 이야기이고, 증인 또한 있습니다."

"고얀 놈!"

그녀는 말없이 흔들리는 화등을 주시했다. 악마금을 믿고 내심 아꼈던 만큼 배신의 분노도 클 수밖에 없었다.

오랜 침묵은 모양야를 조급하게 만들었지만 교주의 심정을 잘 이해하고 있었기에 끝까지 인내심을 발휘했다. 그리고 그가 반 시진이라는 시간을 기다렸을 때 교주의 입이 움직이는 것을 볼 수 있었다.

"지금 세력을 유지하며 우리 만월교에 저항하고 있는 곳이 몇 군데나 있지?"

돌연한 질문에 모양야 장로가 재빨리 대답했다.

"모두 네 군데이고, 총 칠십여 개의 문파입니다."

"남은 악마대의 인원은?"

"총 삼백이십 명입니다."

"그들을 척결한다."

단순한 말이지만 그 말속에 담긴 의미는 상당히 큰 것이었다. 그녀가 쉽게 내뱉은 말에 모양야가 놀라움을 드러냈다.

"하지만 악마대 삼백이십 명을 모두 처리하려면 엄청난 희생이 따를 것입니다."

"우리의 희생은 최소화한다. 그리고 최대한의 이득도 취해야 한다. 그동안 들인 노력이 너무 많아."

교주는 이미 평정심을 유지하고 있었다. 평소의 차가운 표정으로 돌아가 모양야를 주시하고 있는 것이다.

"무슨 말씀이신지……."

교주는 그에 대한 설명 대신 명을 내렸다.

"지금 즉시 악마대를 이십 부대로 나누어 연합 세력에 속한 문파들 중에서 가장 강한 곳을 골라 공격대로 보내라! 물론 적룡사 또한 한 부대마다 삼십 명을 투입한다."

그녀의 말에 모양야는 더욱 모르겠다는 표정을 지을 수밖에 없었다. 악마대를 처리할 줄 알았더니 갑자기 연합 공격이라니……! 그의 표정을 읽은 교주가 설명했다. 하지만 그 이후의 말은 모두 전음이었다.

잠시 후 그녀의 말을 빠짐없이 들은 모양야가 나직이 한숨을 쉬었다.

"상책이십니다만 그렇게 해도 될까요? 너무 급한 것이 아닌지 걱정입니다."

"급한 것이 아니다. 아주 적절한 처리 방법이지. 그들에게 들인 공 만큼 뽑아야 한다. 하지만 시간을 지체할 수 없다. 지금 나눈 너와 나의 대화가 알려진다면 오히려 그들이 우리의 목줄을 조여올 것이니까. 이 참에 처리하는 것이 낫다고 본다."

"알겠습니다. 교주님의 명대로 따르겠습니다. 그리고 악마금은 어떻게……."

"어떻게 했으면 좋겠나?"

"처리하실 생각은 변함없으십니까?"

교주는 말없이 고개를 끄덕였다. 그러자 모양야가 자신이 생각하고 있는 바를 밝혔다.

"악마금의 실력은 제 생각으로 만월교 최고입니다. 아니, 귀주의 최고라고 해도 무방할 정도입니다. 그런 만큼 웬만한 공격으로는 오히려 타초경사의 우를 범할 수가 있지요."

"흠!"

깊은 생각 끝에 교주가 단정적으로 말했다.

"황룡사 천 명을 투입한다. 그것으로도 충분하겠지만 피해가 클지도 모르니 구로 장로와 공손손 장로를 같이 투입해라. 모두 신화경의 고수들! 상당한 도움이 될 것이다."

"하지만 공손손 장로는 반대하지 않을까요?"

순간 교주의 표정에 싸늘한 미소가 감돌았다.

"만약, 약간의 망설임이라도 보인다면 그도 척결 대상이 될 것이다.

허락을 한다면 본 교에서 다시 지원을 해주겠다고 회유해야 한다."

"거절을 하면?"

"즉시 손을 써라. 그 또한 위험 인물일 수밖에 없다."

"알겠습니다."

"아! 그리고 악마대의 처리가 알려지면 안 되니 악마금을 외부로 보내는 것을 잊지 마라. 악마금의 처리는 악마대의 전멸과 함께 시작한다."

"어디로 보내는 것이 좋겠습니까? 적절한 사유가 있어야 의심하지 않을 겁니다."

"운남으로 가는 길목 중 세력이 어느 정도 있는 문파가 어디지?"

"방산당이라고 삼천여 명의 고수들을 보유하고 있는 곳이 있습니다."

"좋아, 그곳으로 파견해라. 곧 있을 운남 진출에 교두보를 삼을 문파가 필요하고, 그들을 회유하는 사신으로 보낸다는 이유를 들면 의심하지 않을 것이다."

"알겠습니다."

　　　　　　＊　　　＊　　　＊

"걸려들었습니다!"

화급히 실내로 들어선 복면인의 보고에 여인이 고개를 갸웃거렸다.

"뭐가?"

"일사께서 계획하신 일 말입니다. 지금 만월교에서 고수들이 대량으로 빠져나갔고, 악마대 또한 전원 무림으로 움직이기 시작했습니다."

"흠! 이상하네? 뭘 하려는 거지?"

"알아본 바로는 이번에 연합을 일시에 공격한다는 것입니다."

"호호호, 그 늙은 여우도 꽤 하네? 어차피 소모품으로 쓸 거, 적들의 세력이라도 꺾으며 어부지리를 택하자는 거잖아. 아마 악마대가 상당히 고전할 거야."

"그렇겠지요. 아무튼 이제 슬슬 우리도 만월교에서 빠져나갈 수 있게 준비하는 것이 좋겠습니다."

"그래야겠지?"

복면인이 고개를 끄덕이자 여인이 피식 웃으며 말했다.

"좋아! 그 부분은 너에게 일임하겠으니 모든 실력을 동원해서 준비해 놔."

"존명!"

제23장
아까운 녀석

공손손은 두 명의 호위와 함께 악마대의 숙소로 향했다. 그가 찾아가는 곳은 지금은 비어 있는 악마금의 방이었다. 그는 걸으면서 모양야 장로의 약속을 되새겼다.

"모든 것을 지원해 주겠소, 처음부터 다시 시작할 수 있도록!"

악마대의 척결을 주장하며 은근히 협조하라는 협박성 짙은 그의 말에 공손손은 갈등할 수밖에 없었다.

"그들은 실패작이오."

그 말을 들었을 때 공손손은 내심 씁쓸히 미소를 지을 수밖에 없었다.

'실패작이라……. 그럴 수도 있겠지. 무공적인 면이 아닌, 만월교도로서는 말이지.'

마음에 들지 않는 것은 그 부분이었다. 공손손 그 자신도 음공을 실험할 수 있다는 유혹을 뿌리치지 못하고 만월교에 들어왔었다. 수많은 아이들에게 자신이 개발한 음공을 익히게 함으로 수십 평생의 확신을 증명할 수 있는 기회는 결코 평범하게 이루어질 수가 없는 것이기 때문이다. 어떻게 보면 그로서는 기연이라고도 할 수 있는 최고의 기회였다. 그런 면에서 본다면 이번 악마대는 성공, 그것도 대성공이었다.

그런데 만월교에 맞지 않는다는 이유로 극강의 고수들을 척결한다는 것이 기분 나쁠 뿐이었다. 그것도 자신과 한마디의 상의 없이 결정을 내리고 통보만 한 그 방법이 기분 나빴다.

'처음부터라…….'
"흐흐, 가능할까?"

중얼거리던 그는 고개를 설레설레 저었다. 가능하지 않다는 의미로 부정적인 생각을 가진 것 때문이 아니었다. 기분이 나쁘다는 면, 그리고 완성된 악마대가 사라질지도 모르는 데 대한 아쉬움 때문도 아니었다. 그나마 처음부터 다시 음공을 가르칠 아이를 골라주겠다는 것에 대한 유혹을 뿌리치지 못한 자신의 욕심에 대한 부정적인 생각 때문이었다. 그래서 고개를 저은 것이다.

'나도 어쩔 수 없는 놈이지!'

이런 저런 생각이 끝났을 때, 그는 이미 악마금의 방에 도착해 있었다. 문을 연 그가 두 무사에게 명을 내렸다.

"수상한 것이 있다면 모두 찾아 상부에 넘겨라."

"존명!"

대답과 함께 무사들이 방을 수색하기 시작했다. 그때 공손순은 악마금의 책상으로 눈을 돌렸다. 무엇을 공부하고, 무엇을 익히고 있는 것인지 궁금했기 때문이다. 하지만 한참 동안 뒤적인 공손순이 크게 관심을 가질 만한 것은 없었다. 대부분 유교 경전과 만월교에서 흔히 구할 수 있는 무공서적, 그리고 악기에 대한 것, 그 외에도 잡다한 것들뿐이었다. 내심 실망스러움을 가지고 훑어보는 그. 하지만 잠시 후 이상한 것을 발견할 수 있었다.

책장 가운데 있는 책에 눈길이 자연스럽게 옮겨졌다. 악기 파지법에 관한 서적임이 분명한데, 가운데가 불룩하게 튀어나와 있는 것이 이상했다. 무언가 속에 다른 것이 있어 보였다.

공손순은 슬며시 수색 작업에 열을 올리고 있던 무사들의 눈치를 한 번 살핀 후 조심스럽게 수상한 책을 꺼내 들었다. 역시 두툼한 책 사이에 또 다른 책이 숨겨져 있다는 것을 알 수 있었다.

'뭐지?'

그는 책을 들추고 얇은 책자를 확인했다. 물론, 무사들이 눈치채지 못하게 심드렁한 표정으로 한 행동이었다. 책의 겉 표지에는 이렇게 적혀 있었다.

악마지서(樂魔之書).

'악마의 서?'

호기심이 뭉게뭉게 피어오르는 공손손이었다. 악마금은 자신이 인정한 최고의 음공고수! 그런 그가 가지고 있는 비급이라면 분명 중요한 것이었다. 그것도 이렇게 남들의 눈을 의식해 숨겨놓았을 정도라면 더 더욱 그럴 것이다.

하지만 지금 볼 수는 없었다. 그는 무사들을 다시 한 번 살펴보고는 능청스럽게 '악마의 서'를 품속으로 집어넣었다. 그리고 별거없다는 듯 뽑았던 책을 다시 책장에 넣으며 물었다.

"수상한 것은 없나?"

"희귀한 악기와 옷가지 외에는 특별한 것이 없습니다."

"바닥이나 벽면은 살펴보았나? 혹시 공간을 만들어 무언가 숨겨놓았을 수도 있다."

"네, 신경 써서 찾아보았으나 역시 없습니다."

"흠! 그럼 책을 한번 뒤져 보거라."

"존명!"

공손손 때문에 책장을 살피지 않았던 무사들이 책을 살핀 지 일각만에 고개를 저었다.

"역시 없습니다."

"할 수 없군. 그럼 상부에 보고를 하게. 나는 모양야 장로님을 만나보지."

"알겠습니다."

공손손은 모양야 장로와 이번 악마대의 척결에 대해 간단히 논의한 후 자신의 집무실로 향했다. 그리고 조바심이 날 정도로 호기심이 일었던 악마의 서를 품속에서 꺼내 들었다. 책 겉 표지에 적혀 있던 '악마의 서'라는 단어가 주는 힘은 그의 기분을 흥분으로 몰아넣기에 충분했다. 자신이 지금까지 기록해 왔던 음공과 악마금이 기록한 것으로 추정되는 음공이 어떻게 다른지 궁금했던 것이다.

귀로 듣는 것은 첫 번째요, 마음으로 듣는 것은 두 번째니, 마음의 귀가 열릴 때 세상에 숨죽이고 있는 모든 소리가 들리리라!

공손손의 눈이 번뜩 뜨였다. 첫 구절의 의미를 그는 잘 알고 있었기 때문이다. 그리고 그 밑으로 이어지는 내용은 약간의 실망을 가져왔다. 자세하고 쉽게 풀어놓기는 했지만 그리 특별하지는 않았던 것이다. 하지만 다음 편을 보았을 때 그는 놀라움을 금치 못했다. 음공에 대해 쉬우면서도 체계적으로, 또 자세하게 음공을 익히기 위한 자세와 조심해야 할 점, 익히면 유용한 무공과 응용 방법 등이 상세하게 기록되어 있었기 때문이다. 자신이 이루고자 하는 음공과도 다른 괴상한 것이었다.

하지만 그것은 시작에 불과했다. 중반을 넘어가자 그는 경악할 수밖에 없었다.

소리로 공간을 갈라라. 그리하면 신화경이 보일 것이다.

그 구절 밑으로는 신화경에 들어설 수 있는 방법과 악마금 자신이 어떻게 신화경에 들어섰는지 이해할 수 있게 설명해 놓았다.

'이럴 수가! 이 녀석, 이런 식으로 음공을 익혔단 말인가?'

공손손이 악마대 아이들에게 음공을 수련하게 한 방법은 음에 내력을 실어 주위에 미치는 영향을 극대화시키는 것이었다. 무공보다는 심법으로 인한 내공과 그 특성에 중점을 두었던 것이다. 하지만 악마의 서에 적혀 있는 내용은 그것을 정면으로 반대하고 있었다. 소리를 이해하고 소리 자체를 움직이는 방법. 공손손으로는 이해가 가지 않지만 독특해 보이는 방법임이 분명했다. 그 내용대로라면 내공이 크게 쓰이지 않더라도 상당히 다양하게 응용이 가능했다.

'놀랍군!'

그는 연신 경악하며 악마의 서에 몰입하기 시작했다. 한참을 보고 또 본 그는 책을 덮으며 쓴웃음을 지을 수밖에 없었다.

'소리 자체를 중요시 여긴다? 거기에 그 녀석이 강해질 수 있는 비결이 있었어. 하지만 아직 불안한 것도 많아. 이런 식의 수련 방법이라면 소리를 쉽게 이용할 수 있겠지만 그만큼 음공을 시전하는 데 시간이 걸릴 수밖에 없어. 그것을 어떻게 해결해야 하는지가 관건이겠군! 하지만 악마금 녀석과의 비무에서 특별히 시간이 걸리는 것을 느끼지 못했는데……. 출가경에 올라 내공이 급격히 늘어서 그런 건가? 흠!'

이런 저런 생각을 했지만 역시 아직 알려지지 않은 무공에 대해 의문만 남을 뿐이었다. 그리고 번뜩 떠오르는 생각에 그는 종이와 붓을 꺼내 들어 악마의 서를 옮겨 적기 시작했다. 앞날이 어떻게 변할지는 모르나 나중에 꼭 이 방법을 연구해 부족한 점을 찾기 위해서였다.

깨알 같은 글씨로 종이에 빽빽이 적은 공손손이 불현듯 고개를 저었다.

"멍청한 놈! 비급을 이따위로 적어놓으면 어떡하나? 누가 보아도 쉽게 음공을 익힐 수 있겠군!"

대부분의 비급은 남들이 익힐 수 없게 암호화하거나, 말을 비틀어놓는 것이 정석이었다. 그런데 악마의 서에는 너무 상세히 풀어 있었기에 음공을 익히고자 한다면 누구나 익힐 수 있을 것 같았다. 뭐, 그 때문에 공손손이 쉽게 이해할 수 있었던 것이지만.

"이런 녀석을 죽이라니……. 무공은 모르겠지만 음공 하나만큼은 정말 타고난 녀석인데, 너무 아깝군!"

제24장
모종의 계획 시작

"뭐?"

뜬금없는 지시에 악마금이 인상을 썼다.

아직 귀주는 완전히 통합된 것이 아닌 시점. 세 개의 연합이 끈질기게 저항하고 있었고, 그 외 몇몇 군데에서도 은밀히 저항하고 있는 상태였다. 그런데 이 상황에서 운남 통합을 위해 방산당에 가라니…….

악마금으로서는 선뜻 이해할 수 없는 지시였다. 지시대로라면 그는 말 그대로 사신(使臣)이라는 직책을 떠안아야 하기 때문이다. 자신에게 한가로이 유람이나 하라는 말밖에는 달리 생각할 필요가 없지 않은가! 만월교에서 사신이 왔으니 방산당에서도 그리 박하게 대하지 않을 터. 아니, 오히려 융숭한 대접을 해올 것이었다.

총관인 자신에게 그런 쉬운 일을 시키는 것이 의아했지만 처음의 생각과는 달리 악마금은 금세 표정을 고쳤다. 쉽게 해주겠다는데 마다할 그가 아니었다.

"무엇 때문인지 모르겠지만 내려온 지시니 이행하도록 하지."

현령이 고개를 끄덕였다.

"그리고 돌아오실 때 교주님께서 총단으로 미리 연락을 하시랍니다."

"총단으로?"

"그렇습니다. 미리 말씀드리지 못했는데, 복귀는 총단으로 하라는 지시도 있었습니다."

"흠, 무슨 일이 있나?"

"글쎄요……. 귀주 통합이 이제 거의 마무리 단계에 들어섰으니 총관께 그에 대해 치하(致賀)하려는 것이 아닐까요?"

악마금이 쓴웃음을 지었다.

"치하는 무슨……. 아무튼 알겠다. 그리 바쁜 일 같지 않으니 내일 아침에 출발하도록 하지."

"그리 알고 준비해 놓겠습니다."

　　　　　*　　　*　　　*

뚜둥—!

피—! 리릭—!

조용한 밤, 달빛을 벗 삼은 여러 종류의 악기가 조화를 이루며 연주되었다.

모종의 계획 시작

악기 소리가 퍼져 가는 곳은 잠영문(潛影門)!

문도 수 삼천의, 귀주에서는 상당히 큰 힘을 과시하는 곳이었다.

'이상해!'

악마영진(樂魔榮進)은 오늘따라 기분이 좋지 못했다. 그는 대금을 즐겨 불었고, 그럴 때면 언제나 푸근한 기분이었다. 그래서 지금과 같은 기분이 의아하기만 할 뿐이다. 사실 이런 느낌이 지금 막 생긴 것은 아니었다. 얼마 전부터, 정확히 말해 그들을 대하는 적룡사 놈들의 분위기가 달라진 때부터 그랬다.

피익―!

너무 잡념에 빠졌던 모양. 완벽을 추구하던 그의 대금에서 바람 빠지는 소리가 들렸다.

'아차!'

스스로도 놀란 마음에 그는 주위 동료들을 힐끔거렸다. 역시 돌연한 그의 실수에 인상을 찌푸리던 동료들이 눈치를 주고 있었다. 악마영진은 무안한 기색을 감추며 급히 대금에 신경을 몰두했다. 하지만 답답한, 그래서 왠지 불안한 마음은 가시지 않았다.

'오늘 왜 이러지?'

알 수 없는 이유로 혈음강마진을 망칠 수는 없었다. 그래서 악마영진은 내심 고개를 저으며 내력을 몸 밖으로 흘렸다. 혈음강마진을 최대한 살리려고 노력해야 했기 때문이다.

은은히 울려 퍼지는 연주는 잠영문과 일 리 정도 떨어진, 음공을 펼치기에는 상당히 먼 거리에서 이루어지고 있었다. 그렇기에 악마대는 연주에 상당히 신경 쓸 수밖에 없었다. 사실 예전만 하더라도 공격 거점과 그리 멀지 않은 곳에서 음공을 펼쳤지만 지금은 악마대라는 집단이 귀주에 알려져 있었기에 꽤나 거리를 두어야 했다. 이런 밤중에 모두가 들을 수 있게 악기 연주가 들린다면 누구나 악마대가 왔다고 의심을 할 테니까 말이다.

아마 지금 연주로는 잠영문에서는 소리도 들리지 않을 것이다. 무공을 익혀 청력을 끌어올린다면 모르겠지만, 잠을 자야 할 시간에 그렇게 내력을 소모할 사람들도 없을 것이고, 있다 하더라도 의심하지는 않을 정도? 그렇기에 악마대원들의 집중은 어느 때보다 높을 수밖에 없었다. 그에 비례해 내력 소모도 상당히 컸다.

하지만 노력한 만큼 대가도 큰 법! 장장 한 시진이라는 시간 동안 엄청난 내력을 소비하며 음공을 펼친 후, 잠영문에는 그리 많은 고수들이 남아 있지 않았다. 남아 있던 자들도 여느 때와 마찬가지로 내상을 입어 있는 상태였으니 갑작스럽게 기습을 감행했던 적룡사의 적수가 될 리가 없었다.

계획대로 적룡사 삼십여 명의 대원들이 투입되고, 반 시진 후 상황은 종료되었다. 결과는 잠영문의 전멸! 그 후 약속 지점에 모였을 때 적룡사의 조장 진각(瞋覺)이 악마대의 조장 악마경헌(樂魔京憲)에게 친근한 투로 말을 건넸다.

"수고했소. 그대들 덕분에 잠영문을 완전히 끝을 낼 수 있었소."

악마경헌은 고개를 한번 까딱거리는 것으로 간단히 답례를 해버렸다. 그 건방진 행동에 예전 같았으면 날카로운 눈빛으로 살기를 드러냈을 진각이었지만 오히려 더욱 미소를 지어 보였다. 그것이 악마경헌도 마음에 걸렸다. 악마영진과 마찬가지로 그 또한 이번 일을 맡을 때부터 기분이 좋지 않았던 것이다. 불안감마저 들 지경이었으니까.

내심 뒤숭숭한 생각을 날려 버리기 위해 악마경헌이 물었다.

"이번 일을 끝으로 본 교에 복귀한다고 들었소. 어느 길로 갈 것이오?"

"우선 이곳에서 멀어지는 것이 급선무지요. 최대한 잠영문과 멀어진 후 내일 아침에 휴식을 취하며 의논을 합시다. 먼저 출발하시오. 뒤따라가겠습니다."

최대한 예의를 갖추는 그의 말과 행동이 마음에 들지 않았으나 문제 삼을 만한 것 또한 없었으므로 악마경헌은 악마대원들을 돌아보며 나직이 외쳤다.

"출발."

그가 먼저 몸을 날리고, 뒤이어 악마대원들이 그를 뒤따라갔다. 그후 바로 적룡사 대원들이 몸을 날렸는데, 하나같이 음산한 미소를 짓고 있었다. 그중 조장, 진각이 적룡사 대원들에게 고개를 끄덕여 보였다. 어떤 신호인 모양, 모두들 알아들었다는 듯 마주 고개를 끄덕이며 경공술을 전개했다.

짹짹짹!

산새가 울어대는 소리는 아침을 알린다. 가을이 중순을 넘어 하순으로 접어들었기에 아직 날이 밝지는 않았지만 동쪽 하늘에서는 푸르스름함이 밀려오고 있었다. 거의 두 시진이 넘게 최대한의 경공을 펼쳤기에 이미 잠영문에서는 상당히 멀어진 상태.

"좀 쉬었다 가는 것이 어때?"

한참을 선두에서 달리고 있던 악마경헌의 귓가로 헐떡이는 소리가 들려왔다. 악마대원 중 하나가 힘에 겨워 내뱉은 말이었다. 악마경헌이 돌아보자 모두 초췌한 표정으로 진땀을 흘리고 있었다.

잠영문을 향한 음공의 시전은 평소보다 더욱 많은 내력을 소모했었다. 게다가 두 시진이나 달렸으니 지치는 것은 당연한 일이었다. 악마경헌 또한 지치기는 마찬가지였고, 어느 정도 잠영문에서 거리를 벌렸기에 고개를 끄덕이며 지면으로 내려섰다. 그 뒤로 바짝 뒤따라왔던 적룡사의 대원과 조장 진각이 멈춰 서며 웃음을 흘렸다.

"많이 지치신 것 같소?"

진각의 말에 악마경헌이 인상을 찡그리며 차갑게 대답했다. 적룡사 따위에게 무시를 당하기 싫었기 때문이다.

"지친 것이 아니오. 어제 저녁부터 아무것도 먹지 못했으니 식사나 하고 가는 것이 나을 것 같다고 판단했을 뿐."

"흠! 그렇다면 할 수 없지. 저 또한 아무것도 먹지 못했으니까. 그럼, 여기에서 잠시 쉬었다 가도록 합시다. 먹을 것은 우리가 준비하도록 하지요."

그러면서 진각이 적룡사들을 돌아보며 명했다.

"우선 식사부터 해결한 후 출발한다. 모두 주위에 먹을 만한 것을 찾아와라!"

"존명!"

대답과 함께 삼십여 명의 대원들이 사방으로 몸을 날렸다. 그들을 보며 나무에 기대어 있던 악마연진이 고개를 갸웃거렸다. 악마대 삼십 명과 적룡사 삼십 명. 총 육십 명의 식사 끼니 분량은 분명히 많은 것

모종의 계획 시작 295

이었다. 하지만 무공을 익힌 고수들의 경우 산속에 돌아다니는 짐승들을 잡는 것이 크게 어려울 것이 없다. 짐승들을 찾기 힘든 계절도 아닐뿐더러, 따뜻하고 산세가 울창한 귀주였으니 말이다. 그러니 삼십 명 전원 움직인다는 것이 이상할 수밖에!

잠시 후 그들이 잡아온 것은 노루 두 마리, 멧돼지 한 마리, 토끼 네 마리, 그리고 뱀과 종류를 구별할 수 없는 산새 몇 마리였다. 잠깐 사이에 잡아온 것치고는 상당한 양이었다. 곧이어 불이 지펴지고 끓는 물에서 익혀지는 음식의 구수한 냄새가 악마대와 적룡사의 허기를 더욱 끌어당겼다. 하지만 적룡사들은 특별히 음식에 관심이 없었다. 악마대원들과 같이 몰려 앉아 고기를 집어 입속으로 넣기는 했지만, 마무리 지어야 할 일이 있었기 때문이다.

툭!

순간 진각이 들고 있던 토끼 다리를 바닥으로 집어 던졌다. 아직 살이 상당히 붙어 있는 고기를 던지는 것이 이상했지만 악마대원들은 특별히 신경 쓰지 않았다. 무언가 고기 맛이 이상했을 것이라 생각했던 것이다. 하지만 고기가 바닥에 던져진 후 돌변한 적룡사 대원들의 행동에 경악을 금치 못했다.

스르릉!

적룡사 대원들 전원이 한순간 검을 뽑아 들었다. 그리고 바로 옆에 있던 악마대원들을 순식간에 베어버렸다.

스팟!

여기저기에서 섬광이 번뜩이고 답답한 비명이 뒤를 따랐다.

"크윽!"

"헉!"

경악에 물든 악마대원들의 눈빛은 아직도 믿을 수 없다는 불신이 가득 담겨 있었다. 먹고 있던 고기를 보고, 적룡사의 검을 보고, 방금 전 자신을 훑고 지나간 검을 보며 멍한 눈빛이 되었을 뿐이다. 조금의 방비라도 했다면 이렇게 허무하게 당하지는 않았겠지만, 설마 같은 편을 이렇게 암습할 줄을 꿈에도 상상하지 못했기 때문이다. 게다가 과다한 내력 소모와 지친 후에 이루어진 식사 때문에 풀어진 긴장감 또한 그들이 당하는 데 한몫 거든 셈이었다.

적룡사의 조장, 진각의 검에 베인 악마경헌이 떠듬거렸다.

"왜, 왜……?"

옆구리에 피를 쏟고 있는 그를 보며 진각이 음흉한 웃음을 흘렸다.

"흐흐흐, 미안하지만 네놈들이 너무 강한 것을 탓해라! 본 교에서는 이제 너희들이 필요가 없어졌다."

"야비한 놈들! 이런 식의 암습을……."

악마경헌의 말은 더 이상 이어지지 않았다. 진각이 그의 말을 듣기 귀찮다는 표정을 지으며 다시 검을 놀렸기 때문이다. 그 검은 경헌의 목을 쳤다.

투르르르륵—!

몸과 분리된 악마경헌의 목이 바닥을 구르자 진각이 일어서며 삼십 구의 시체가 나뒹구는 장내를 흡족한 얼굴로 찬찬히 둘러보았다.

"혹시 모르니 확실히 숨통을 끊어라!"

"존명!"

한동안 같이 행동했던 동료를 죽인 적룡사였지만 조금의 동요도 보이지 않은 채 진각의 명령을 착실히 이행했다. 이름하여 확인 사살이라는 귀찮은 작업까지 마친 그들은 시체를 치운 후에 음식을 먹기 시작했다. 지금부터가 그들의 진정한 식사 시간이라는 듯 고기를 뜯기 시작한 것이다.

 귀주 여기저기에서 수많은 시체들이 생겨났다가 은밀히 사라지는 사태가 발생했다. 적룡사들에게 불의에 기습을 당한 악마대원들이었다. 모두가 같은 방법이었다. 적들의 문파를 공격한 후, 어느 정도 떨어진 곳에서 적룡사들의 암습을 받았던 것이다.
 거기에는 미리 탄로가 나 적룡사들과 정면으로 부딪친 자들도 있었지만, 결국 전멸이라는 결과를 낳을 수밖에 없었다. 십수 년간 강자가 되기 위해 키워져 왔던 절정의 고수들의 말로라고 하기에는 너무 허무한 것이었지만, 그리고 만월교에서 들인 공이 너무 쉽게 사라져 버린 것이었지만, 어쨌든 계획대로 이루어진 셈이었다. 이제 남은 한 명만 빼고는…….

제25장
사랑을 위한 배신?

최근 들어 만월교의 개양 분타로 좋은 소식이 속속히 날아들었다. 연합을 계속해서 굴복시키고 있다는 보고와 얼마 전부터는 그나마 남아서 끝까지 저항하던 연합 세력들이 하나둘씩 무너지고 있다는 보고였다. 그런 가운데 평화로운 일상은 다음에 불어닥칠 폭풍을 서서히 예고하고 있었다.

분타의 집사인 유용의 집무실에 여섯 명의 고수가 머리를 마주하고 앉아 있었다. 유용과 흑룡사, 적룡사의 대주와 부대주들이었다. 한 시진 전 들어온 총단의 전서구 때문에 모인 그들은 약간의 부담스러운 표정을 지어 보였다.

전서구의 내용은 단순한 것, 하지만 꺼려지는 것이기도 했기 때문이다. 이번 만월교에서 남은 연합의 잔당들을 확실히 무너뜨리기 위해

사랑을 위한 배신? 299

전면전을 계획했다는 내용이 서론이었고, 그것이 중요한 만큼 처음 계획했던 악마금의 척결 작전에 황룡사를 투입할 수 없다라는 것이 본론이었다.

그것은 분타에서 처리하라는 말인데… 다행인 것은 악마금에 대해 잘 알고 있는 공손손과 더불어 화경의 고수인 마독조 구로 장로의 지원은 그대로 이행될 것이라는 점이었다.

악마금의 실력을 누구보다 잘 알고 있는 현령이 걱정스러운 듯 입을 열었다.

"총단에서 내려온 지시이니 받들어야겠지만, 위험 부담이 너무 큽니다. 지금 남아 있는 우리의 전력은 흑룡사 이백 명, 적룡사 이백오십 명이 전부입니다. 나머지야 크게 보탬이 안 되는 자들이니 투입할 수도 없을뿐더러, 각종 사업을 맡고 있는 실정이라 뺄 수도 없습니다."

그 말에 적룡사의 부대주 조일석이 의아함을 드러냈다. 그는 아직도 악마금의 실력을 인정하지 않고 있는 인물 중 하나였다. 그러니 유용과 각양, 현령의 걱정스러운 표정이 당연히 이해가 가질 않았다.

"상대는 혼자입니다. 그리고 분타에 있는 전력은 현령 부대주의 말대로 사백오십여 명, 모두가 극강의 고수들임을 인정하실 겁니다. 무엇을 걱정한다는 말입니까?"

그러자 이번에는 흑룡사의 대주 각양이 신중하게 대답했다.

"자네는 본 교의 정보력과 판단력이 어떻다고 생각하나?"

"그야 최고입니다."

고개를 끄덕인 각양, 이어 씁쓸한 미소를 지었다.

"그런 본 교 총단 상부에서 황룡사 일천 명을 투입하려 했다는 것을 알고 있겠지?"

"흠."

할 말을 잃은 조일석을 향해 각양은 여전히 미소를 짓고 있었다.

"왜 그런 판단을 내렸겠나? 그들이 총관을 너무 과대 평가한 것일까? 아니면 두려워하는 것일까?"

"……."

"이제 총관 척결 명령이 떨어졌으니 숨길 필요도 없겠지. 나도 믿어지지 않는 것이지만… 정확한 상대의 실력을 간과해서는 안 되겠지. 그렇지 않습니까, 유용 장로님?"

"맞는 말이네. 그런데 자네는 알고 있었나?"

"얼마 전에 간단히 들었습니다."

그 말에 유용이 인상을 찌푸리며 현령을 돌아보았다. 왜 말했냐는 질책 어린 시선이었다. 하지만 어차피 알려야 할 사항이었고, 실내에 있는 인물들은 모두가 차기 장로급들이니 문제는 없었다. 그는 인상을 풀며 현령에게 말했다.

"자네가 설명하게."

"알겠습니다."

그러면서 현령이 악마금에 대해 설명하기 시작했다.

현령이 알고 있는 바를 설명하자 유용을 뺀 모두가 점점 경악하는 표정이 되었다. 각양 또한 듣기는 했지만 자세한 것은 몰랐기에 다른 자들과 같은 반응일 수밖에 없었다. 거기에 적룡문의 일을 유용이 마지막으로 덧붙이자 장내가 숙연해졌다. 가장 놀라움을 드러낸 것은 적룡사의 대주 무용학이었다.

사랑을 위한 배신? 301

"그 말씀이 정말입니까? 출가경의 경지?"

"그렇다네."

"허!"

소문은 소문일 뿐이라고 치부해 버린 그였기에, 게다가 정작 만월교에서 숨기고 있었으니 자세한 내막을 알 리가 없었다. 그런데 생각보다 훨씬 위험 인물인 것이 파악되자 내심 소름까지 끼쳤다.

'정말 음공으로 출가경에 오를 수 있었단 말인가? 그저 음공이 가지는 특이한 현상 때문에 사람들이 착각했던 것이라 생각했는데……!'

내심을 숨기며 그가 입을 열었다.

"현령 부대주와 유용 장로님의 말씀이 정확하다면 이번 일은 쉽게 넘길 수가 없습니다."

"그렇겠지. 그래서 총단에서도 공손손 장로와 구로 장로의 지원은 철회하지 않았네."

"그렇다면 해볼 만하지 않습니까? 총관이 아무리 대량 살상을 주 무기로 내세운다고는 하지만 우리 적룡사와 흑룡사는 교내 최강의 무력 세력! 거기에 신화경의 고수인 두 장로님께서 직접 나서신다면 충분하다고 봅니다."

하지만 현령이 회의적인 반응을 내비쳤다.

"그렇다고는 하나, 피해를 줄일 수는 없을 것입니다. 제가 지켜본 바로는 그의 음폭이라는 무공은 상상을 불허합니다. 거기에 휘말리는 사람치고 제대로 살아 나올 자는 아무도 없을 것입니다. 뿐만 아니라 주위에 있는 모든 사물이 그의 무기가 됩니다. 마음대로 움직이니까요."

"마음대로 움직인다?"

"그렇습니다. 자연동화경이라고 하는 자까지 있을 정도로 주위 사물을 원하는 방향으로 움직일 줄 압니다. 오죽하면 허공에 강기를 만들어내겠습니까?"

"그럼 어떻게 하자는 것인가?"

짜증스러운 무용학의 물음에 현령이 생각하고 있던 바를 말했다.

"이번 작전의 승패와 피해를 최소한으로 줄이기 위해서는 장소를 잘 골라야 합니다."

"장소라……. 어떤 의미로 말하는 것인가?"

"음공을 시전하기에 불리하지만 저희 쪽에서는 이로운 곳을 말합니다."

"흠, 지리적인 이점을 이용하자는 말이군!"

"그렇습니다."

"생각하는 장소는 어디인가? 어디가 음공에 불리하지?"

"우선 총관이 자주 사용하는 무공은 강기입니다. 음강이라고 하는 것 같던데, 검강이나 도강과 비슷한 효과를 냅니다. 갑자기 생겨나기에 막기가 상당히 어렵습니다. 하지만 흑룡사와 적룡사가 미리 대비한다면 크게 걱정할 필요는 없을 겁니다. 문제는 소리를 직접적으로 응용한 무공인데… 저도 그것을 어떤 방식으로 사용하는지는 정확하게 파악하지 못하고 있습니다."

그러자 각양이 못 미더운 표정을 지었다.

"그건 방법이 없다는 말 아닌가?"

"아닙니다. 확실한 것은 음공으로 사용할 수 있는 물건이 없는, 그러니까 거의 평지에서는 그나마 우리가 유리하다는 것입니다. 그리고 정면 대결은 모르겠지만 기습에는 약점을 보일 수도 있습니다. 아직 음공을 시전하는 데 미약하지만 약간의 시간이 지체되는 것을 파악했습니다. 갑작스런 기습에는 취약할 것이 분명합니다."

"그럼 자네 말은 두 가지 중 한 가지를 선택하자는 말이군. 기습이 좋은 숲이냐, 아니면 아무것도 없는 평지냐? 너무 단조로운 것 아닌가?"

"말씀대로 단조롭기는 하지만 역시 두 가지 모두 사용할 수도 있습니다."

"……?"

"우선 숲과 평지가 맞물린 곳을 고른 후 숲에서 기습을 노립니다. 물론 거기에는 소수의 정예가 매복해 있어야 합니다."

"과연 총관이 당할까? 내력이 높은 만큼 오감이 상당히 발달해 있을 텐데?"

"아닙니다. 그의 약점으로 또 한 가지 들 수 있는 것이 자신감입니다. 너무 자신감이 넘치기에 평소에는 내력을 거의 사용하지 않습니다. 오죽하면 청력도 끌어올리지 않겠습니까? 마음만 먹으며 수십 장 밖에 숨어 있는 적도 알아낼 수 있겠지만 실제로는 그러지 않는다는 단점이 그에게는 존재합니다. 상대를 마주해야 내력을 사용하는 편이죠."

"흠, 그럼 성공 가능성이 높겠군. 하지만 악마대원들이 모두 신법에 상당한 실력을 가지고 있다고 들었는데……."

유용의 말에 현령이 고개를 끄덕였다.

"맞습니다. 총관의 경공과 신법은 엄청납니다. 속도 면에서는 따라

갈 자가 없을 겁니다. 하지만 흑룡사와 적룡사가 기습을 한다면 크게 걱정할 필요도 없습니다. 그리고 부상만 입혀도 성공한 것입니다."

"뭐, 성공하면 거기에서 끝이겠지만 실패한다면?"

"유인을 해야지요. 그의 성격상 자신을 기습한 자가 도주를 한다면 분명 쫓아올 것입니다. 평지로 유인한 후 이차 기습. 그것도 실패한다면 마지막 결전을 벌여야 합니다. 삼차까지 간다면 상당한 피해를 예상해야 할 겁니다."

모두 고개를 끄덕였지만 선뜻 수긍을 하는 사람은 없었다. 누군가를 기습한다는 계획, 특히 치밀하게 이루어진 계획일수록 뜻밖의 상황이 잘 발생하기 때문이다. 그리고 불안한 점도 한두 가지가 아니었다. 그러니 현령의 말만 믿고 무작정 악마금을 칠 수는 없었다.

결국 여러 가지 방법이 거론되었고, 가장 그럴듯한 방법으로 서서히 절충 보완해 나가기 시작했다.

유용 등이 회의로 정신없이 바쁠 때, 분타의 또 다른 건물에서는 그와 유사한 고민에 빠져 있는 소녀가 있었다.

마야는 언제나 유용에게 하루 동안 분타에서 일어난 모든 일에 대한 보고를 받았었다. 하지만 오늘은 다른 때와는 달리 말없이 자신의 집무실을 찾지 않았던 유용을 직접 찾아갔다. 최근 들어 꽤나 분타의 일에 재미를 붙이고 있는 그녀였기 때문이다.

하지만 유용의 집무실 창밖을 지날 때 많은 사람들의 목소리를 들을 수 있었기에 그녀는 발걸음을 돌리려 했다. 바쁜 유용을 붙잡고 귀찮게 하기 싫었기 때문이다. 분타의 일은 나중에 따로 보고를 받으면 되는 것이다. 하지만 몸을 돌리려 할 때 그녀의 귀를 자극하는 소리가 그녀의 걸음을 멈추게 했다. '총관' 이라는 단어가 그녀에게 주는 영향은 큰 것이기 때문이다. 총관이란 바로 악마금을 지칭하는 말이었으니 말이다.

그래서 순수한 호기심에 청력을 끌어올렸을 뿐인데, 대화 내용은 놀라운 것이었다. 유용 장로의 집무실 안에서 오가는 대화에 그녀는 몸을 부들부들 떨었다. 저들이 악마금을 질투해 일을 벌일 자들은 아니었다.

그렇다면 결론은 하나!

총단에서 지시가 내려왔다는 것뿐, 달리 생각할 필요가 없었다.

'지아를 왜?'

그녀는 순간 혼란에 빠지며 하마터면 바닥에 주저앉을 뻔한 몸을 간신히 지탱했다. 가슴이 떨리고, 힘 빠진 다리가 후들거렸으나 그녀는 그것까지 참으며 자신의 처소로 향했다.

침상에 쓰러지듯 누운 그녀는 왜 이렇게 일이 진행되고 있는지 의아했다. 교주는 분명 자신에게 악마금을 월랑으로 생각하라고 했었다. 그것은 악마금을 그만큼 믿고, 높게 평가하고 있다는 뜻이라 할 수 있다. 그런데 이제 와서 척결 대상이라니…….

"그럴 수는 없어!"

말은 본능적으로 내뱉었지만, 그녀는 만월교의 소교주였고, 곧이어 그것을 인식했다. 그래서 갈등은 클 수밖에 없었다. 자신의 실력으로 악마금을 구한다는 것도 불가능했지만, 설사 가능하다 하더라도 그것은 만월교에 정면으로 도전하는 일이었기 때문이다.

어릴 때 만월교의 소교주로 지목되어 부족한 것 없이 지내왔던 생활. 자신을 위해 목숨도 바칠 각오가 되어 있는 수많은 교도들. 그런 모든 것들이 그녀의 발목을 잡고 있었다.

"어떻게……!"

급기야 그녀는 눈물까지 글썽이기 시작했다. 무언가 해야 하는데 그럴 수 없는 자신이 한심하기까지 했다. 그렇게 암울한 미래를 생각하던 그녀가 문득 밖을 향해 외쳤다.

"영선!"

말과 함께 문을 열고 삼십대 중반의 멀끔하게 생긴 사내가 기다렸다는 듯 들어섰다.

"부르셨습니까?"

"네가 해야 할 일이 있다."

"무엇입니까?"

마야는 선뜻 대답을 미루며 그의 표정을 자세히 살폈다. 돌연한 그녀의 행동에 얼굴을 붉힌 영선이라는 사내가 의아함을 드러냈다.

"무슨 일이 있으십니까?"

"아니다."

"그럼 하명하십시오."

"그전에 너에게 물어볼 말이 있다."

"무엇입니까?"

다른 때와는 사뭇 다른 진지한 분위기 때문에 내심 불안한 표정을 짓고 있던 영선을 향해 마야가 나직이 물었다.

"너는 나를 위해 목숨을 바칠 수 있느냐?"

대답은 쉽게 튀어나왔다, 오히려 마야가 얼떨떨할 정도로.

"그렇습니다. 어떠한 일이든, 무엇이든 소교주님을 위해서라면! 이번 일이 중요한 것입니까?"

마야는 고개를 끄덕였다. 그리고 영선에게 명했다.

"네가 알아봐야 할 것이 있다."

"무엇입니까?"

"이 일은 비밀을 우선으로 해야 하며, 너는 나 이외에 누구에게도 지금 있는 지시에 대해서는 함구해야 한다. 알겠느냐?"

"하명만 하십시오."

그러자 마야는 결심한 듯 입을 열기 시작했다. 그녀의 말이 끝나기 바쁘게 영선의 몸이 잘게 떨리고 있었다.

"꼭 그렇게 하셔야만 합니까?"

"그렇다. 할 수 있겠느냐?"

"휴!"

영선은 한숨부터 흘린 후 고개를 끄덕였다. 그는 소교주의 호위를 책임지고 있었고, 훗날 그녀가 교주 자리에 올랐을 때 독립 호위대의 수장이 될 인물이기도 했다. 그러니 교주보다 소교주의 말에 복종할 수밖에 없었던 것이다. 하지만 그 또한 만월교도였으니 총단의 지시에 정면으로 반발하는 소교주의 명령에 갈등이 일 수밖에 없었다. 하지만 이미 결심이 섰다면 어쩔 수 없는 일!

"알겠습니다. 해보겠습니다."

"고맙다."

마야가 진심이 담긴 표정으로 고개를 숙이자 영선이 놀라서 무릎을

끓었다.

"제가 감당하기 어렵습니다. 어서 고개를 드십시오."

"아니다. 이 일이 알려진다면 너는 무사하지 못할 것이다. 그러니 최대한 몸을 숨기고 드러나지 않게 행동해라!"

"최선을 다하겠습니다."

『음공의 대가』 제4권 끝

청어람 신무협 판타지소설

최고의 신무협 작가 『설봉』의 최신작!

다시 한번 당신을 잠못 들게 만들
불후의 대작!

사자후
獅 子 吼

사자후(獅子吼) / 설봉 지음

깊게 깊게 빠져드는 몰입의 세계!
온몸을 전율케 하는 찌릿 듯한 강렬함을 느낀다!

그에게서는 묘한 악취가 풍겼다. 그가 창을 겨눴을 때……
화염이 이글거리는 눈동자를 보았을 때……
비로소 악취의 정체를 짐작해 냈다.
피와 땀이 켜켜이 쌓여 자연스럽게 뿜어져 나오는 살인마의 냄새.
그는 허명(虛名)을 좇아 비무를 즐기는 낭인(浪人)이 아니라 야성(野性)이 살아서 꿈틀거리는 진짜 살인마였다.
투지가 끓어올라 활화산처럼 꿈틀거렸다.
그의 눈길을 정면으로 맞받으며 묘공보(妙空步)를 밟기 시작했다.
우리의 첫 만남은 그렇게 시작되었다.

- 환봉개(幻棒丐)의 회고록(回顧錄) 中에서 -

유행이 아닌 자유추구 -
WWW.chungeoram.com

청 어 람 신 무 협 판 타 지 소 설

「Go! 무림판타지」를 점령한
최고의 인기와 화제를 뿌리는 대작!

화산질풍검(華山疾風劍) / 한백림 지음

화산에는 질풍검이 있고 무당에는 마검이 있으니, 소림에는 신권이 있어 구파의 영명을 드높인다.
육가에는 잠룡인 파천과 오호도가 있고, 낭인들은 그들만의 왕이 있어 천지에 제각기 힘을 뽐내도다.

겁난의 시대에 장강에서 교룡이 승천하니, 법술의 환신이 하늘을 날고,
광륜의 주인이 지상을 배회하며, 천룡의 역지와 살문의 유업이 강호를 누빈다.
천하 열 명의 제천이, 도래하는 팔황에 맞서 십익의 날개를 드높이고…
구주가 좁다 한들, 대지는 끝없이 펼쳤구나.

"잔잔한 미풍으로 시작한 한 사람이, 천하를 질주하는 질풍이 될 때까지.
그의 삶은 그의 이름처럼 한줄기 바람과 같았다."

청어람 신무협 판타지소설

『초일』, 『건곤권』으로 유명해진 작가 백준의 신작!!

송백(松百) / 백준 지음

"강해지고 싶었다!"

그녀의 검끝… 그 검끝에 닿은 그의 목젖… 목젖에 맺힌 붉은 피 한 방울.
그리고 그 피 한 방울이 흘러… 닿아버린 반쪽의 승룡패…….

"당신… 누구?"
"너를 위해 살아왔다."
"…저의 과거는… 아무것도 없어요."

『초일』의 끈끈함, 『건곤권』의 시원화끈함!

이번 작품『송백(松百)』에
작가 백준의 모든 것을 걸었다!

유행이 아닌 자유추구 -
WWW.chungeoram.com